JN075827
アク
第四の加速
川原 礫
イラスト／HIMA
デザイン／ビィピィ

大《だい》天《てん》使《し》メタトロン
大《おお》日霊《ひるめ》アマテラス
太《たい》霊《れい》后《こう》シーワンムー

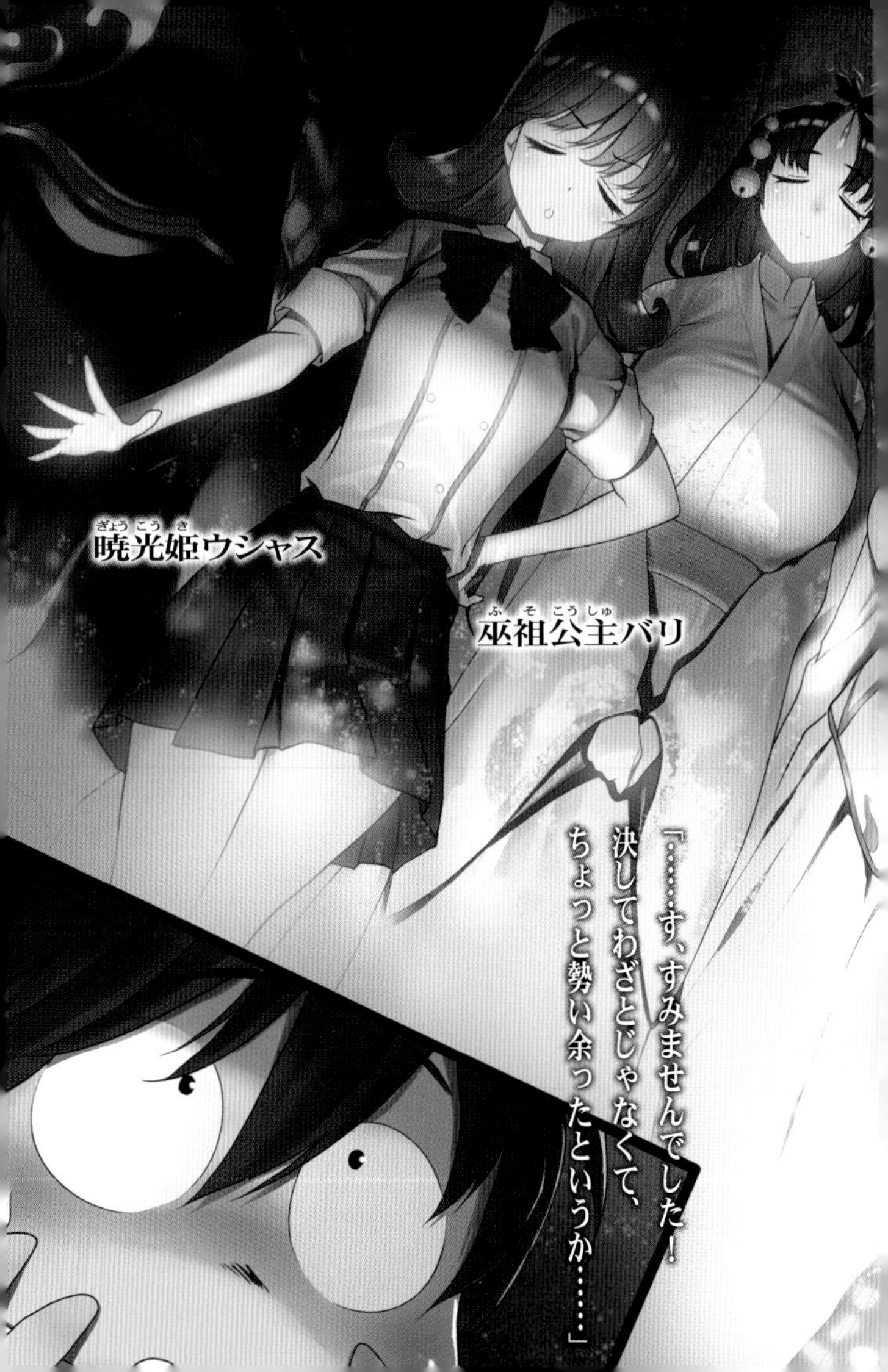
暁光姫《ぎょうこうき》ウシャス
巫祖公主《ふそこうしゅ》バリ
「……す、すみませんでした！
決してわざとじゃなくて、
ちょっと勢い余ったというか……」

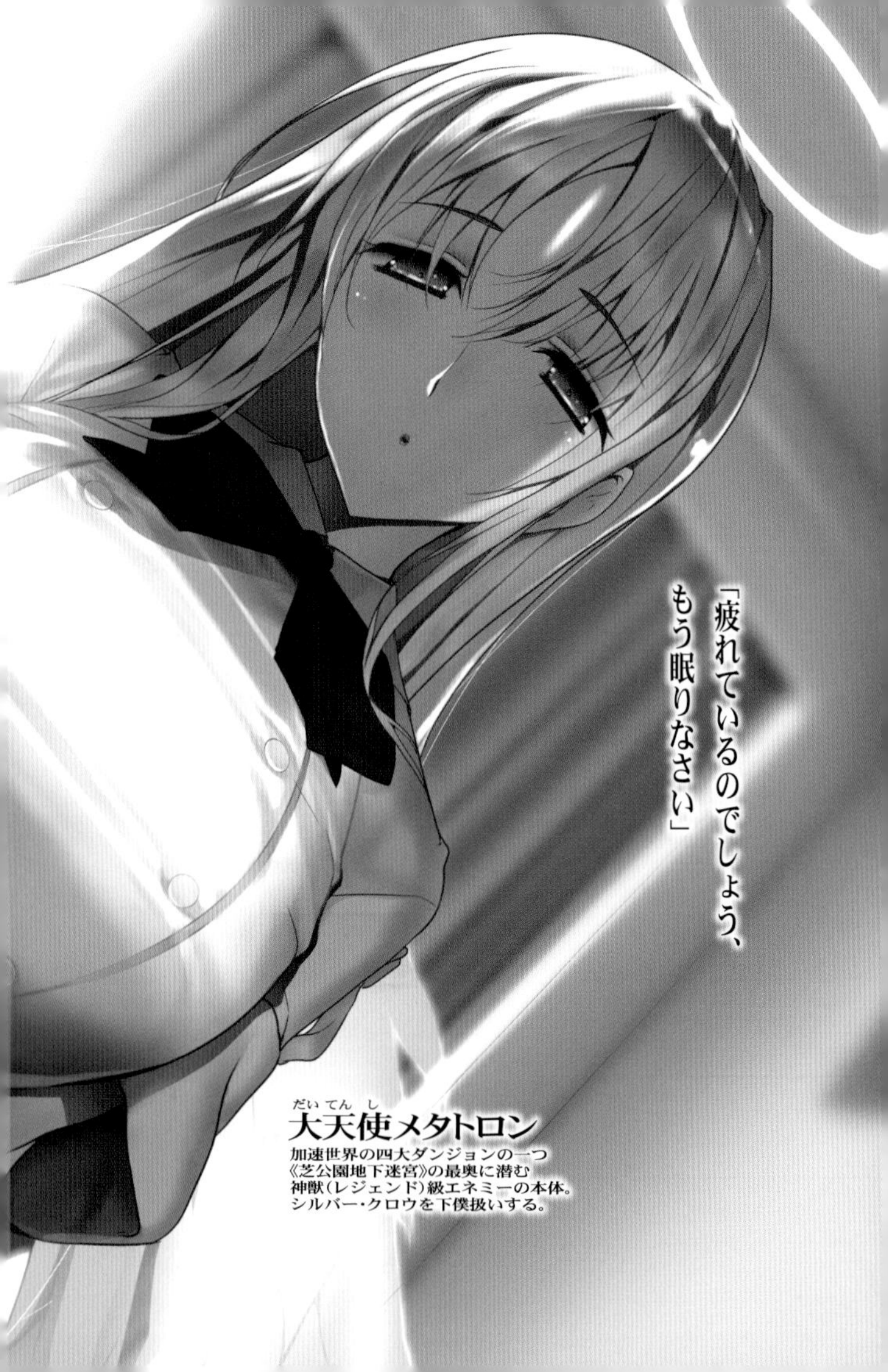
「疲れているのでしょう、もう眠りなさい」
大《だい》天《てん》使《し》メタトロン
加速世界の四大ダンジョンの一つ
《芝公園地下迷宮》の最奥に潜む
神獣(レジェンド)級エネミーの本体。
シルバー・クロウを下僕扱いする。

「……寝かしつけてほしいのですか？
まるで子供ですね」

「《クリソキオ――――ン》!!」
ユーロキオン
DD2047 からの来訪者、
《ユニファイアーズ》の
切込み隊長を自称する
ドライブリンカー。
二つ名は
《原初の牙（プライマル・ファング）》。

「いつか必ず四回転を成功させてみせる」
月《ツキ》折《オリ》リサ
跳馬を得意種目とする、
中学三年生の体操選手。
二〇四七年七月二十一日、
全日本大会決勝で
跳馬の演技中に重傷を負い、
意識不明のまま入院した。

≪加速世界≫のレギオン領土MAP Ver.4.1

エクセルキトゥス

テスカトリポカ撃破を目的に結成された、中小レギオンの連合軍。ラテン語で《軍隊》を意味する。有力な中堅レギオン《ナイトアウルズ》《オーヴェスト》《コールドブリュー》を中心に、小規模レギオンやソロリンカーたちが多数参加。そのメンバー数は優に五百を超え、結成直後にして、加速世界最大規模の勢力となった。

終焉神テスカトリポカ

《太陽神インティ》内部から出現した、百メートルを超える巨人型超級エネミー。攻撃手段は、右手から放つ重力波《第五の月(トシュカトル)》、左手から放つ紅蓮の炎《第九の月(ミカイルイトントリ)》、レベル・ドレインが確認されている。白の王によれば、その力は四聖と四神全ての合計を上回るという。

アクセル・ワールド 27
第四の加速

川原 礫
イラスト／HIMA
デザイン／ビィピィ

■黒雪姫（クロユキヒメ）＝黒羽早雪（クロバ・サユキ）。《カムラ》の研究者であった両親により生み出された《マシンチャイルド》で、何者かの魂を脳に上書きされている。デュエルアバターは『ブラック・ロータス』。
■ハルユキ＝有田春雪（アリタ・ハルユキ）。梅郷中学二年。《親》である黒雪姫のもとを離れ、《オシラトリ・ユニヴァース》に移籍する。デュエルアバターは『シルバー・クロウ』。
■チユリ＝倉嶋千百合（クラシマ・チユリ）。ハルユキの幼馴染。バーストリンカーとしては極めて稀な時間遡行能力を持ち、黒のレギオンのヒーラーとして活躍する。デュエルアバターは『ライム・ベル』
■タクム＝黛拓武（マユズミ・タクム）。ハルユキ、チユリとは幼少期からの知り合い。レベル７を目前にして、テスカトリポカのレベル・ドレインによりレベル４に下がってしまう。デュエルアバターは『シアン・パイル』。
■フーコ＝倉崎楓子（クラサキ・フウコ）。《四元素（エレメンツ）》の一人で、《風》を司る。ハルユキに《心意》システムを授けた。デュエルアバターは『スカイ・レイカー』。
■ういうい＝四埜宮謡（シノミヤ・ウタイ）。《四元素（エレメンツ）》の一人で、《火》を司る。松乃木学園初等部四年生。高度な解呪コマンド《浄化》を扱う。デュエルアバターは『アーダー・メイデン』。
■セントレア・セントリー＝鈴川瀬利（スズカワ・セリ）。三代目クロム・ディザスターにして、加速世界最強の一角。ハルユキに《オメガ流合切剣》を伝授する。
■ローズ・ミレディー＝越賀莟（コシカ・ツボミ）。白のレギオンの幹部集団《七色矮星（セブン・ドワーフス）》の第三位だが、若宮恵を助けるため、ハルユキと一時共闘を行う。
■アイボリー・タワー＝本明不明。《七色矮星（セブン・ドワーフス）》の第四位にして、白の王の全権代理。《加速研究会》の副会長、ブラック・バイスの正体でもある。
■グラファイト・エッジ＝本名不明。旧《ネガ・ネビュラス》に所属していたバーストリンカー。《四元素（エレメンツ）》の一人。いまだその正体は謎に包まれている。
■ホワイト・コスモス＝黒羽苑珠（クロバ・エンジュ）。《儚き永遠（トランジェント・エタニティ）》の名を持つ、白のレギオン《オシラトリ・ユニヴァース》のレギオンマスター。黒雪姫の姉であり、彼女の《親》でもある。

■ニューロリンカー＝脳と量子無線接続し、映像や音声など、あらゆる五感をサポートする携帯端末。
■ブレイン・バースト 2039＝《試行（トライアル）ナンバー２》。黒雪姫からハルユキに転送された、ニューロリンカー内のアプリケーション。対戦格闘ゲームとエネミー狩りをメインコンテンツとする。
■アクセル・アサルト 2038＝《試行（トライアル）ナンバー１》。対人戦メインの高速シューティング。ブレイン・バーストとは別の加速世界だが、過剰な闘争に満たされたために滅んだという。
■コスモス・コラプト 2040＝《試行（トライアル）ナンバー３》。対エネミー戦メインのハック・アンド・スラッシュ。ブレイン・バーストとは別の加速世界だが、過剰な融和に満たされたために滅んだという。
■ドレッド・ドライブ 2047＝？？？
■デュエルアバター＝ブレイン・バースト内で対戦する際に操るプレイヤーの仮想体。
■軍団＝レギオン。複数のデュエルアバターで形成される、占領エリア拡大と利権確保を目的とする集団のこと。主要なレギオンは７つあり、それぞれ《純色の七王》がレギオンマスターを担っている。
■エクセルキトゥス＝ラテン語で《軍隊》を意味する。七大レギオン、そしてテスカトリポカ打倒のために結成された中小のレギオン連合軍。そのメンバー数は、七大レギオンのメンバー総数をも上回る。
■通常対戦フィールド＝ブレイン・バーストのノーマルバトル（１対１格闘）を行うフィールドのこと。現実さながらのスペックを持つが、システムはあくまで一昔前の格闘ゲームレベルのもの。
■無制限中立フィールド＝レベル４以上のデュエルアバターのみが許可されるハイ・プレイヤー向けのフィールド。《通常対戦フィールド》とは段違いのゲームシステムが構築されており、その自由度は次世代ＶＲＭＭＯにも全くひけを取らない。

■運動命令系＝アバターを制御するために扱うシステム。通常はすべてこのシステムによってアバターは操作される。
■イメージ制御系＝自身が強く想像（イメージ）することによってアバターを操作するシステム。通常の《運動命令系》とはメカニズムが大きく異なり、扱えるものはごく少数。《心意》システムの要諦。
■心意（インカーネイト）システム＝ブレイン・バースト・プログラムのイメージ制御系に干渉し、ゲームの枠を超えた現象を引き起こす技術。《事象の上書き（オーバーライド）》とも言う。

■《七の神器（セブン・アークス）》＝《加速世界》に７つある、最強の強化外装群のこと。内訳は、大剣《ジ・インパルス》、錫杖《ザ・テンペスト》、大盾《ザ・ストライフ》、宝冠・王笏《ザ・ルミナリー》、直刀《ジ・インフィニティ》、全身鎧《ザ・ディスティニー》、形状不明《ザ・フラクチュエーティング・ライト》。

■《心傷殻》＝デュエルアバターの礎となる《幼少期の傷》、その心の傷を包む殻のこと。その殻が並外れて強固で分厚い子供が、メタルカラーのデュエルアバターを生み出すという。

■《人造メタルカラー》＝対象者の心の傷から自然に生まれる特性ではなく、第三者によって《心傷殻》をより厚くさせ、人為的に誕生させたメタルカラーアバターのこと。

■《無限ＥＫ》＝無限エネミーキルの略。無制限中立フィールドに於いて、強力なエネミーによって対象のアバターが死亡し、一定時間経過後再び復活してもまたそのエネミーに殺される、その無限地獄に陥ってしまうこと。

デュエルアバター＆エネミーリスト

黒のレギオン:ネガ・ネビュラス

暫定マスター:ブラック・ロータス（黒雪姫）
暫定サブマスター:スカーレット・レイン（上月由仁子）

四元素（エレメンツ）
- 風:スカイ・レイカー（倉崎楓子）
- 火:アーダー・メイデン（四埜宮謡）
- 水:アクア・カレント（氷見あきら）

ライム・ベル（倉嶋千百合）
シアン・パイル（黛 拓武）
ショコラ・パペッター（奈胡志帆子）
ミント・ミトン（三登聖実）
プラム・フリッパー（由留木結芽）
マゼンタ・シザー（小田切累）
トリリード・テトラオキサイド
セントリア・セントリー（鈴川瀬利）

三獣士（トリプレックス）
- 第一位:ブラッド・レパード（掛居美早）
- 第二位:カシス・ムース
- 第三位:シスル・ポーキュパイン

ブレイズ・ハート
ピーチ・パラソル
オーカー・プリズン
マスタード・サルティシド
ラベンダー・ダウナー
アイオダイン・ステライザー

グレート・ウォールから一時移籍中
- アッシュ・ローラー（日下部綸）
- ブッシュ・ウータン
- オリーブ・グラブ

青のレギオン:レオニーズ

マスター:ブルー・ナイト

二剣（デュアリス）
- コバルト・ブレード（高野内琴）
- マンガン・ブレード（高野内雪）

フロスト・ホーン
トルマリン・シェル
セルリアン・ランナー

緑のレギオン:グレート・ウォール

マスター:グリーン・グランデ

六層装甲（シックス・アーマー）
- 第一席:グラファイト・エッジ
- 第二席:ビリジアン・デクリオン
- 第三席:アイアン・パウンド
- 第四席:リグナム・バイタ
- 第五席:サンタン・シェイファー
- 第六席:???

ジェイド・ジェイラー

黄のレギオン:クリプト・コズミック・サーカス

マスター:イエロー・レディオ
レモン・ピエレット
サックス・ローダー

紫のレギオン:オーロラ・オーバル

マスター:パープル・ソーン
アスター・ヴァイン

白のレギオン:オシラトリ・ユニヴァース

マスター:ホワイト・コスモス（黒羽苑珠）

七色矮星（セブン・ドワーフス）
- 第一位:プラチナム・キャバリアー（京武智周）
- 第二位:スノー・フェアリー（ユーホルト七々子）
- 第三位:ローズ・ミレディー（越賀 蒼）
- 第四位:アイボリー・タワー
- 第五位:???
- 第六位:サイプレス・リーパー（鷺洲あいり）
- 第七位:グレイシャー・ビヒモス（小清水理生）

シャドウ・クローカー
オーキッド・オラクル（若宮 恵）
シルバー・クロウ（有田春雪）

加速研究会

ブラック・バイス
アルゴン・アレイ
ダスク・テイカー（能美征二）
ラスト・ジグソー
サルファ・ポット
ウルフラム・サーベラス（災禍の鎧マークII）

演算武術研究部

アルミナム・バルキリー（千明ちあき）
オレンジ・ラプター（祝 優子）
バイオレット・ダンサー（来摩胡桃）
アイリス・アリス（リーリャ・ウサチョヴァ）

エクセルキトゥス

ギャラント・ホークス
- ゼルコバ・バージャー
- トープ・ケープ

オーヴェスト
- コットン・マーテン

所属不明

アボカド・アボイダ
ニッケル・ドール
サンド・ダクト
クリムゾン・キングボルト
ラグーン・ドルフィン（安里琉花）
コーラル・メロウ（糸洲真魚）
ブリキ・ライター

エネミー

四聖

大天使メタトロン（芝公園地下大迷宮）
大日霊アマテラス（東京駅地下迷宮）
暁光姫ウシャス（新宿都庁地下迷宮）
太霊后シーワンムー（東京ドーム地下迷宮）

《四方門》の四神

東門:セイリュウ
西門:ビャッコ
南門:スザク
北門:ゲンブ

《八神の社》の八神

???

最上位ビーイング

女神ニュクス（代々木公園地下大迷宮）
巫祖公主バリ（国立競技場地下迷宮）
暴風王ルドラ（東京ビッグサイト地下迷宮）

神獣級エネミー

太陽神インティ（終焉神テスカトリポカ）

accel World

accel World

-Fourth Acceleration-

第四の加速

1

いったい何十時間……何日経《た》ったのだろう。

小規模レギオン《ギャラント・ホークス》所属のバーストリンカー、ゼルコバ・バージャーは、彩度《さいど》を失った幽冥《ゆうめい》の世界で、ただ立《た》ち尽《つ》くしていた。

自分のアバターは頼《たよ》りなく透《す》き通《とお》り、四方にそびえ立つ岩山も輪郭《りんかく》が煙《けむ》るように滲《にじ》んでいる。はっきりと視認《しにん》できるのは、視界中央で音もなく減っていく、六つの小さなデジタル数字のみ。六十分をカウントダウンしているそれは、ゼルコバ自身の《蘇生《そせい》メーター》だ。数字がゼロに到達《とうたつ》するとゼルコバは生き返り、無制限中立フィールドで実体を取《と》り戻《もど》す。

以前にもレギオンメンバーたちとのエネミー狩《が》りでうっかり死んでしまったことが二、三度あり、その時は蘇生《そせい》待ち時間のあまりの長さに罵《のの》り声《ごえ》を上げずにはいられなかった。しかし、いまゼルコバの胸中に満ちるものはまったく逆——蘇生《そせい》が一分一秒でも遅《おそ》くなればいいのに、いっそ時間が止まってしまえばいいのに……という思いだった。

なぜならゼルコバ・バージャーは現在、全バーストリンカーが心の底から恐《おそ》れる究極の危地——《無限ＥＫ《エネミー・キル》》に陥《おちい》っているのだ。しかもゼルコバを繰《く》り返《かえ》し即死《そくし》させ続けているのは、そんじょそこらのエネミーではない。帝城《ていじょう》の四方門を守護する超級《ちょうきゅう》エネミー《四神》すらをも超《こ》えるという、加速世界史上最強にして最悪の破壊者、《終焉神《しゅうえんしん》テスカトリポカ》。

いや……。

自分が死ぬ――ポイント全損《ぜんそん》するのは、仕方のないことなのかもしれない。ゼルコバは目を閉じ、その苦い諦念《ていねん》を噛《か》み締《し》めた。

――僕はたぶん、このブレイン・バーストというゲームをナメてたんだ。攻守《こうしゅ》のバランスが取れたデュエルアバターを引き当てて、仲間や環境《かんきょう》にも恵《めぐ》まれたお陰《かげ》で時間はかかったものの、ピンチらしいピンチを味わうこともなくレベル6になって、このままどんどん上っていけると思っていた。

――でも、加速世界はそんなに甘っちょろい場所じゃなかった。《親》のトープ・ケープに格好いいところを見せたいなんていう軽薄《けいはく》な動機で杉並《すぎなみ》エリアまで遠征《えんせい》して、同じレベル6のシルバー・クロウに一蹴《いっしゅう》された時に、自分の思い上がり……慢心《まんしん》に気付かなきゃいけなかったんだ。

――なのに僕は、トープやレギオンの仲間たちを説得して巨大《きょだい》連合軍《エクセルキトゥス》に加わり、テスカトリポカに挑《いど》んでしまった。勧誘《かんゆう》メールの熱気に満ちた檄文《げきぶん》を信じたかったという理由はあるにせよ、危険を感じて踏《ふ》みとどまることだってできたはずだ。板橋《いたばし》エリアの中堅《ちゅうけん》レギオン《ヘリックス》がそうしたみたいに。

――だから、僕がここで全損《ぜんそん》しても、それは自業自得《じごうじとく》というものだ。…………でも。

自責の念に駆《か》られながら、ゼルコバはゆっくり周囲を見回した。

百メートルほど離《はな》れた場所に、空恐《そらおそ》ろしいほど巨大《きょだい》な人型のシルエットがそびえ立っている。幽霊《ゆうれい》状態なので黒い影《かげ》しか見えないが、あれこそが終焉神《しゅうえんしん》テスカトリポカだ。静止しているのは攻性化範囲内《アグロはんいない》のバーストリンカーを皆殺《みなごろ》しにしたからで、誰《だれ》か一人でも蘇生《そせい》すれば即座《そくざ》に動き始めるだろう。

巨大《きょだい》な影《かげ》の足許《あしもと》には、小さな炎《ほのお》を模した立体アイコンが無数に揺《ゆ》らめいている。あの全てが、テスカトリポカ討伐《とうばつ》作戦に参加したバーストリンカーたちの死亡マーカーだ。恐《おそ》ろしいことに、討伐隊《とうばつたい》の壊滅《かいめつ》直後は三百個以上も存在していたマーカーの四分の一ほどが、すでに消え去ってしまっている。つまり、討伐隊《とうばつたい》が無限EK状態に陥《おちい》ってからの約一週間——百七十時間前後のあいだに、七、八十人ものバーストリンカーがポイント全損《ぜんそん》し、加速世界から永久追放されたことになる。

しかしそれも当然と言えば当然のことだ。無制限中立フィールドでエネミーに殺された場合の減算ポイントは10に固定されているので、百七十時間の無限EKで失うポイントは、およそ1700。仮にレベルアップ直後だったり、《ショップ》で大きな買い物をしたばかりなら、余剰《よじょう》ポイントが1000に届かないことは決して珍《めずら》しくない。

幸い——と言っていいのかどうか解《わか》らないが、ゼルコバ・バージャーはレベル7を目指して何ヶ月も貯金にいそしんでいたので、2100程度のポイントが蓄積《ちくせき》されていた。内部時間で一週間にも及《およ》ぶ無限EKを喰《く》らっても、まだ約400ポイントの余裕《よゆう》がある。つまりこのまま蘇生《そせい》と即死《そくし》を繰《く》り返《かえ》せば、ゼルコバが全損《ぜんそん》するのは四十時間後。

悔《く》やまれるのは、無制限中立フィールドへのダイブでは必須《ひっす》の自動時限切断セーフティを、現実時間で六十分に設定してしまったことだ。エクセルキトゥスの作戦計画でそう指示されていたのでやむを得なかったと言えばそうなのだが、無視して十分……いや一分にしておけば、いまごろはとっくにバーストアウトできていた。

でももう、いかなる後悔《こうかい》も反省も無意味だ。四十時間後にゼルコバはバーストリンカーではなくなってしまうのだから。その覚悟《かくご》は――いささか捨《す》て鉢《ばち》な感情ではあるが――もうできた。ただ、たった一つ、諦《あきら》めきれないことがある。

ゼルコバの死亡マーカーからほんの三メートルほど離《はな》れた場所で揺《ゆ》らめく、小さな無色の炎《ほのお》。死んでいなければ紫《むらさき》がかったウォームグレーに見えるはずのそれは、ゼルコバの《親》でありギャラント・ホークスのリーダーでもある、トープ・ケープの死亡マーカーだ。

現実世界では同じ中学校の一年後輩《こうはい》である彼女は、どちらかと言えば慎重《しんちょう》な性格で、今回の合同討伐《とうばつ》作戦への参加にもあまり乗り気ではなかった。それをゼルコバや、レギオンメンバーのジムことルビジウム・クーラーが説得し、レギメン全員でエクセルキトゥスに加わったのだ。だから、この事態に至ってしまったことの責任は、トープにはない。恐《おそ》らくジムや他の仲間はとうに全損《ぜんそん》しているだろうし、ゼルコバの余命もあと四十時間。しかしせめて、トープだけは生還《せいかん》させたい。彼女の性格からして、一人でレギオンを再興させるのは無理かもしれないが、それでもバーストリンカーとして生き続けてほしい。

恐怖《きょうふ》と絶望と睡眠《すいみん》不足で際限なく低下していく思考のクロックを懸命《けんめい》に保とうとしながら、ゼルコバ・バージャーは強く祈《いの》った。

――誰《だれ》か……この死地から、トープを救い出してくれ。

――僕はどうなってもいいから、なんとかトープのマーカーを回収して、テスカトリポカの射程圏外《しゃていけんがい》まで逃げてくれ……。

しかし、もちろん、応える者はいなかった。

視界中央のカウントダウンが、着々とゼロに近づいていく。百何十回目かの蘇生《そせい》まで、残り五分三十秒。

その時、百メートル前方で、漆黒《しっこく》の巨人が音もなく身じろぎした。

この場で地縛霊《じばくれい》状態になっている二百何十人のバーストリンカーは、最初の死亡はほぼ同時だったのだが、生死を繰《く》り返《かえ》すうちに少しずつ蘇生《そせい》時間がずれてきて、いまは五分ほどの差がついている。最も早いグループの蘇生《そせい》が始まり、テスカトリポカが反応したのだ。

ゼルコバがじっと見つめる先で、小さな残り火――死亡マーカーが次々と明るく燃え上がり、人型の影《かげ》へと変わる。影《かげ》たちは再生した足が地面を捉《とら》えるやいなや、猛然《もうぜん》とダッシュして漆黒《しっこく》の巨人《きょじん》から遠ざかろうとする。

散《ち》り散《ぢ》りに逃げていくバーストリンカーたちの中心で、終わりの神は右足を高く持ち上げ、轟然《ごうぜん》と踏《ふ》み下ろした。

ゼルコバはまだ死亡中なので音はほとんど聞こえないが、破壊《はかい》不能の地面がひび割れながら波打つほどの衝撃波《しょうげきは》が同心円状に広がり、逃亡者《とうぼうしゃ》たちを容赦《ようしゃ》なく呑《の》み込んだ。足をすくわれ、つんのめるように倒《たお》れ込み――体が地面に触《ふ》れる前に、次々と爆散《ばくさん》していく。大多数がレベル5や6のベテラン勢のはずなのに、その全員がたった一発の足踏《あしぶ》みにすら耐《た》えられないのだ。

それでも、最も距離《きょり》を稼《かせ》いだ者は、死ぬまでの数秒間で二十メートル以上も走っただろう。これを愚直《ぐちょく》に繰《く》り返《かえ》せば、いつかはテスカトリポカの攻撃範囲《こうげきはんい》から抜けられる。ゼルコバも、最初はそう思ったのだが――。

次のグループが蘇生《そせい》し、同じように逃走《とうそう》を試みる。終わりの神は、今度は足ではなく右手を持ち上げる。広げられた掌《てのひら》に黒い同心円模様が浮《う》かび、そこから闇《やみ》を凝縮《ぎょうしゅく》させたかの如《ごと》き漆黒《しっこく》の球体が放たれる。

濃密《のうみつ》な闇《やみ》の塊《かたまり》は、地面をプリンか何かのように抉《えぐ》りながら巨大化《きょだいか》し、激しく渦《うず》を巻く。途端《とたん》、走っていたバーストリンカーたちが有無《うむ》を言わせぬ力で吸い寄せられ、球体に触《ふ》れるそばから呆気《あっけ》なく四散する。

あれが、テスカトリポカの必殺技《ひっさつわざ》の一つ、《第五の月《トシユカトル》》だ。掌《てのひら》から重力波を放射して対象を押《お》し潰《つぶ》す、あるいは任意地点にマイクロブラックホールを生み出して対象を吸引、圧死させる。

より恐《おそ》ろしいのは後者のほうで、蘇生《そせい》するたび必死に走って稼《かせ》いだなけなしの距離《きょり》は、たった一回の吸引で無情にもリセットされてしまう。終焉神《しゅうえんしん》テスカトリポカから逃《に》げ延《の》びるには、テレポート系の能力を使うか、シルバー・クロウのように空を飛ぶしかない……というのが、一週間にも及《およ》ぶ無限ＥＫでゼルコバが得た結論だった。

もちろん、ゼルコバ・バージャーもトープ・ケープも、そんな力は持っていない。残されたたった一つの希望は、誰《だれ》かが、できることなら七大レギオンのどこかが救助に来てくれることだけだ。

虫がいいにもほどがある、それはゼルコバにも解《わか》っている。なぜならエクセルキトゥスは、七大レギオンによる現支配体制の転覆《てんぷく》を期して生まれた組織だからだ。中小レギオンの総力を挙げてテスカトリポカを倒《たお》し、これまでの損害に対する謝罪と賠償《ばいしょう》を純色の王たちに要求する。七大レギオンは莫大《ばくだい》なポイントと領土を失い、加速世界の黎明期《れいめいき》から延々と続いた七王の覇権《はけん》はひっくり返る。

エクセルキトゥスの旗振り役たちが掲《かか》げた、その大志が間違《まちが》っていたとは思わない。しかし彼らは、そして五百人にも上る賛同者たちも、テスカトリポカの脅威《きょうい》を見誤った。

水深八十メートルにも及ぶ《大海》ステージの海に首まで沈《しず》め、氷漬《こおりづ》けにして攻撃《こうげき》手段の大半を封《ふう》じる……その作戦が奏功したのは、わずか五分足らず。攻撃《こうげき》開始の号令が出る直前にテスカトリポカが氷の中で炎熱系《えんねつけい》の必殺技《ひっさつわざ》《第九の月《ミカイルイトントリ》》を炸裂《さくれつ》させ、生み出された凄《すさ》まじい高熱は、分厚い氷の上に陣取《じんど》っていたゼルコバたちを一瞬《いっしゅん》で蒸発させた。

無限ＥＫに陥《おちい》ってからしばらくは作戦の立案者たちを責めもしたが、三日目か四日目くらいにはその感情も摩耗《まもう》してしまった。中核《ちゅうかく》レギオン――《オーヴェスト》、《コールドブリュー》、《ゴウエン》、そして《ナイトアウルズ》のリーダーたちが遁走《とんそう》していればもう少し怒《いか》りも持続しただろうが、彼らはテスカトリポカが口から放った長射程のブラストウェーブによって作戦指揮所になっていた高層ビルのとしまエコミューゼタウンごと粉砕《ふんさい》され、地縛霊《じばくれい》の仲間入りをしている。

頭を冷やして考えれば、リーダーたちが一人でも多く逃《に》げ延《の》びていればそれだけ援軍《えんぐん》が来る確率も上がるのだが、いまは現実時間だと午後七時過ぎ。バーストリンカーは大半が小学生か中学生、最年長でも高校一年生なので、平均的な家庭に暮らしているならちょうどご飯時だ。エクセルキトゥス参加者のように事前通告されているならともかく、呼び出しを受けて即座《そくざ》に無制限中立フィールドへダイブするのは簡単ではない。大急ぎで食事を終え、最低限の準備をするだけで七時半にはなってしまうだろう。

仮にその時間に助けが来るとしても、現実世界の二十分後は加速世界の二万分後、すなわち約三百三十時間後。このまま無限ＥＫが続けば、実に３３００ものポイントを奪《うば》われる計算だ。ゼルコバやトープは言うに及《およ》ばず、いま生き残っている二百数十人の、恐《おそ》らく半分以上が全損《ぜんそん》してしまうのではないだろうか。

いや……それ以前に、何百時間待っても助けなど来るまい。

エクセルキトゥスは、七大レギオンを打倒《だとう》するために結成された実力組織だ。最初の目標はテスカトリポカを撃破《げきは》し超高額《ちょうこうがく》の賠償金《ばいしょうきん》を得ることだったが、将来的には七大レギオンとの直接対決も視野に入れていたらしい。それくらいのことは王たちだって見抜いていただろうし、自分を玉座から蹴落《けお》とそうという集団を、全損《ぜんそん》の危険を冒《おか》して助けに来るほどのお人好《ひとよ》しならそもそもレベル9に到達《とうたつ》できなかったはずだ。

誰《だれ》も助けてはくれない。

何をどう考えても決して揺《ゆ》るがないその結論を改めて噛《か》み締《し》めながら、ゼルコバは目の前のカウントダウン・タイマーを見つめた。

蘇生《そせい》まで、残り十秒……五秒……三、二、一、ゼロ。

六つの数字が白い炎《ほのお》となって消えると同時に、幽霊《ゆうれい》状態のアバターが死亡マーカーの真上に引《ひ》き戻《もど》される。両手の指先から始まった実体化は瞬《まばた》きほどの時間で完了《かんりょう》し、復活した両足が地面を捉《とら》える。

その地面が小刻みに震《ふる》えた。顔を上げると、百メートル前方に立ちはだかる暗赤色の巨人《きょじん》が、周囲に連なる岩山の群れ——東池袋《ひがしいけぶくろ》エリアの高層ビル群に比肩《ひけん》しうるほどの偉躯《いく》を重々しく巡《めぐ》らせているところだった。

ターゲットされているのは、ゼルコバでも、近くで続々と蘇生《そせい》しつつあるバーストリンカーたちでもない。巨人《きょじん》を挟《はさ》んだ反対側で、サンシャインシティ方面に逃走《とうそう》を試みている十人ほどの集団だ。

テスカトリポカが彼らを殲滅《せんめつ》し、再び巨体《きょたい》を反転させるのに、十秒くらいはかかるだろう。いますぐ振り向いて必死に走れば、重量級のゼルコバでも五十メートルかそこらの距離《きょり》を稼《かせ》げるかもしれないが、それも無駄《むだ》な足掻《あが》きだ。安全圏《あんぜんけん》まで逃げ切る前にいずれ必ず《第五の月《トシュカトル》》を喰《く》らい、巨人《きょじん》の足許《あしもと》まで引《ひ》き戻《もど》されてしまう。恐《おそ》らくあのエネミーは、バーストリンカーをただ殺すのではなく、いかなる地形、いかなるステージ属性でも確実にポイント全損《ぜんそん》するまで殺し続けるという役目を与《あた》えられているのだ。

周囲で蘇生《そせい》したバーストリンカーの四割ほどは振り向いて走り始めたが、六割はゼルコバと同じく無気力に立《た》ち尽《つ》くしている。たぶんあと二日もすれば、生き残ろうと頑張《がんば》る者もいなくなるだろう。その頃《ころ》には、ゼルコバはもうポイント全損《ぜんそん》しているが。

疲《つか》れのせいで、頭がまともに回らない。死んだら、次の蘇生《そせい》まで仮眠《かみん》しようか……腹が減りすぎて眠《ねむ》れるか解《わか》らないけど……などとぼんやり考えながら、テスカトリポカが振り向くのを待っていると——。

「ゼルくん！」

すぐ右側で名前を呼ばれ、ゼルコバはテスカトリポカに向けていた視線を引《ひ》き戻《もど》した。右を見ると、数秒遅《おく》れて蘇生《そせい》したトープ・ケープが、やけに張《は》り詰《つ》めた顔で立っている。

トープも長いことポイント稼《かせ》ぎをしていたし、ショップで無駄遣《むだづか》いするタイプでもないので、残高はゼルコバ以上にあるはずだ。全損《ぜんそん》が刻一刻と近づいているのは確かだが、いま焦《あせ》ってもできることはないし、トープだってそれは解《わか》っているだろうに。

「こっち！」

しかしトープは、ゼルコバが何かを言う前にきびすを返し、フルスピードで走り始めた。

やむなく追いかけるが、他の蘇生者《そせいしゃ》たちのようにテスカトリポカから遠ざかるのではなく、左に回り込むようなコースだ。確かに、集団から離《はな》れればターゲットされる確率は下がるが、《第五の月《トシユカトル》》も《第九の月《ミカイルイトントリ》》もブラストウェーブも攻撃範囲《こうげきはんい》が広すぎて、走って稼《かせ》げる距離《きょり》など誤差に等しい。

前方で揺《ゆ》れる灰紫色《かいししょく》のケープ型装甲《そうこう》を懸命《けんめい》に追いかけながら、ゼルコバはトープを呼び止めようとした。しかし今度も、口を開く寸前に鋭《するど》い声が飛んでくる。

「ゼルくん、一緒《いっしょ》にあれを倒《たお》して！」

トープが指さす先を見ると、大きな岩の根元を、ダンゴムシのような黒い甲殻類《こうかくるい》がのろのろ這《は》いずっている。

ダンゴムシと言っても全長一メートル以上あるそれは、確か《エボナルース》という名前の小獣級《レッサーきゅう》エネミーだ。攻撃力《こうげきりょく》は最低クラス、面倒《めんどう》な特殊《とくしゅ》能力も持っていないが、小突いただけで全身を丸めてしまう。しかも装甲《そうこう》が硬質ゴム《エボナイト》のように頑丈《がんじょう》で、物理はもちろん火炎《かえん》も冷気も電気も効果が薄《うす》い。

ゆえに、倒《たお》すなら最初の一撃《いちげき》で即死《そくし》させられるだけのダメージを与《あた》えなくてはならないが、ゼルコバもトープも蘇生《そせい》直後で必殺技《ひっさつわざ》ゲージは空っぽ。相手は小獣級《レッサーきゅう》とはいえエネミーなので、弱点の頭を二人で同時に殴《なぐ》っても、体力ゲージは二割も減らせまい。

左後方で、ゴゴオォ——ン……という山鳴りじみた重低音が轟《とどろ》いた。サンシャインシティ方面に逃げた集団を屠《ほふ》ったテスカトリポカが、振り向いてこちら側への攻撃《こうげき》態勢に入ったのだ。あと五秒もしないうちに、必殺技《ひっさつわざ》三種のうちのどれかが降り注ぎ、ゼルコバたちを圧《お》し潰《つぶ》すか焼き殺す、もしくは消し飛ばすだろう。

それでも、トープは走るのをやめない。

エボナルースに八つ当たりしたいだけ、というわけではあるまい。考えてみれば、蘇生後《そせいご》に走って辿《たど》り着《つ》ける範囲内《はんいない》で他のエネミーを見たのは、無限ＥＫに陥《おちい》ってから初めてのことだ。トープが何を狙《ねら》っているのかは不明だが、たぶん近くにエネミーが湧《わ》くのはこれが最初で最後。なら、仲間を——《親》を信じて全力を尽《つ》くさなくては。きっとシルバー・クロウなら、この状況《じょうきょう》でも一ミリ秒たりとも考えることをやめようとはしないだろう。

彼のように、視野を広く……広く。

エボナルースに固定されていた両目が、大きすぎて逆に見えていなかったものを捉《とら》えた。

「トープ、あの岩！」

ゼルコバがそう叫《さけ》んだ瞬間《しゅんかん》、エボナルースの頭側に回り込もうとしていたトープ・ケープが即座《そくざ》に反応した。

巨大《きょだい》ダンゴムシは、直径五メートル近くもありそうな大岩の根元をのろのろと這《は》っている。

ここが《焦土《しょうど》》ステージなら大抵の岩は軽石のようにスカスカだが、幸いいまは自然系・地属性中位の《鬼岩《きがん》》ステージ。ゼルコバとトープが飛びついた大岩は緑がかった光沢《こうたく》を帯び、触《ふ》れただけで密度の高さが伝わってくる。

もし大岩が半分、いや三分の一でも地面に埋《う》まっていたら、二人がかりで押しても一ミリも動かせなかっただろう。しかしこの一帯は分厚い岩盤《がんばん》が露出《ろしゅつ》していて、大岩はその上に載《の》っているだけだ。

「ぐ……おおっ！」

右肩《みぎかた》を岩に押し当て、ゼルコバは吼《ほ》えた。

ほとんど同時に、背後で数千基のモーターがいっせいに回転し始めたかのような轟音《ごうおん》が鳴《な》り響《ひび》いた。着弾《ちゃくだん》した《第五の月《トシユカトル》》が、マイクロブラックホールを発生させたのだ。重力が大岩を引き寄せ始めれば、向こう側に転がすのはもう不可能だ。

「んんんん～～っ‼」

両手と頭を岩に預けたトープ・ケープが、過去に聞いたことのないような唸《うな》り声《ごえ》を上げる。

ゼルコバも、七割がた摩耗《まもう》していた意識に最後の火を入れ、渾身《こんしん》の力で押しまくる。

背中にブラックホールの引力を感じたその刹那《せつな》、岩がぐらりと揺《ゆ》れ、焦《じ》らすようにゆっくり前方へと転がった。向こう側の根元を這《は》っていたエボナルースは、体を丸める暇《ひま》もなく巨大《きょだい》な岩の下敷《したじ》きになり、ぶちゅっ、と怖気《おじけ》をふるうような音を発して呆気《あっけ》なく砕《くだ》け散《ち》った。

視界に、ポイント加算を知らせるメッセージが表示される。これで二人の全損《ぜんそん》は少しばかり遠ざかったが、たぶんトープの狙《ねら》いはわずかな延命ではないはずだ。

直後、まるで地面そのものが後ろに傾《かたむ》いていくかの如《ごと》き重力が、ゼルコバの全身を容赦《ようしゃ》なく引っ張った。

その力に逆らうことなく振り向くと、ゼルコバは右手を思い切り伸ばして地面に押し当て、叫《さけ》んだ。

「――《モノリシック・ウォール》‼」

エボナルースの撃破《げきは》によってフルチャージされた必殺技《ひっさつわざ》ゲージが七割も消費され、目の前の岩盤《がんばん》から赤茶色の板が垂直に伸び上がる。厚さ十センチ、高さと横幅《よこはば》が二メートルにも達する一枚岩状《モノリスじょう》の壁《かべ》を作り出す、ゼルコバのレベル5必殺技《ひっさつわざ》だ。攻撃力《こうげきりょく》を持たない防御《ぼうぎょ》特化の技《わざ》だが、炎《ほのお》属性以外の攻撃《こうげき》には高い耐性《たいせい》を持ち、さらに《支持面が破壊《はかい》されない限り生成された場所から絶対に動かない》という特性がある。

ゼルコバは自分が生み出した壁《かべ》に顔から突っ込み、フェイスマスクが砕《くだ》けたかと思うほどの衝撃《しょうげき》に見舞《みま》われた。体力ゲージも三割近く減少したが、ブラックホールへの落下はかろうじて止まる。

直後、背中にトープ・ケープがぶつかってくる。凄《すさ》まじい重力に耐《た》えながら体を反転させ、壁《かべ》から転げ落ちる寸前のトープの左腕《ひだりうで》を掴《つか》み、引《ひ》き戻《もど》す。二人の左右を、石混じりの砂埃《すなぼこり》が川のように流れていく。

「ありがと……そのまま抱《かか》えてて！」

トープが、苦しげな声で叫《さけ》んだ。言われるまま、小柄《こがら》なアバターを後ろからしっかりと抱《かか》え込む。

現実世界はもちろんのこと、加速世界でもトープとここまで密着したことは一度もない。

考えてみれば、ゼルコバはトープが自分を《子》にしようと思った理由さえ知らないのだ。接点は、同じ部活の先輩後輩《せんぱいこうはい》ということだけ……しかも二人が所属する手工芸部《しゅこうげいぶ》は、基本的に女子部員は裁縫《さいほう》や編み物、男子部員は木工細工《もっこうざいく》をメインの活動内容としていて、交流はないに等しい。バーストリンカーになる前に会話らしい会話をしたことは、たった一回……トープが落とした刺繍針《ししゅうばり》を捜すのを手伝った時だけだ。

放課後の工作室に後輩《こうはい》の女子と二人きり、という状況《じょうきょう》に間が持てず、ゼルコバは訊《き》かれてもいないのに自分が先天性の夜盲症《やもうしょう》で、赤《あか》ん坊《ぼう》の頃《ころ》からニューロリンカーと専用コンタクトレンズで暗部視力を強化しているのだ……という話をしてしまった。きっと、トープがゼルコバを《子》に選んだのは、バーストリンカーの第一条件——出生直後からニューロリンカーを常時装着してきたかどうか——を満たしていることを、あの時にたまたま知ったからでしかないのだろう。

　もっと、話をしたい。自分のこと……たとえばデュエルアバターが《欅の番人《ゼルコバ・バージャー》》になった理由の推測を聞いてほしいし、トープのこと……たとえばバーストリンカーとしての信条や、レギオンマスターとしての目標を教えてほしい。親子になって一年半も経《た》つのに、ゼルコバは初めて真剣《しんけん》にそう思った。

　刹那《せつな》の思考が装甲越《そうこうご》しに伝わったわけではないだろうが、トープはごくかすかに頷《うなず》くようなそぶりを見せてから、掠《かす》れ声《ごえ》で叫《さけ》んだ。

「《モール・ホール》‼」

　ゼルコバの知らない技名《わざめい》。突き出された両手から、紫色《むらさきいろ》に光る半透明《はんとうめい》の四足獣《しそくじゅう》が飛び出し、すぐ前の地面を猛然《もうぜん》と掘《ほ》り始《はじ》める。一瞬《いっしゅん》巨大《きょだい》なネズミかと思ったが、ずんぐりした体型とシャベルのような前足は恐《おそ》らくモグラだ。そもそもモグラは英語でモール《mole》だし、トープ・ケープのトープ《Taupe》というカラーネームは、フランス語でモグラの毛皮の色を意味するのだと以前に言っていたような気がする。

　半透明《はんとうめい》のモグラは、破壊《はかい》不能のはずの地面を猛烈《もうれつ》な勢いで掘《ほ》り返《かえ》し、マンホールほどもある穴の中に姿を消した。

　直後、バキッという鈍《にぶ》い音と、ピキッという硬《かた》い音が同時に響《ひび》いた。

鈍《にぶ》い音は、背後で二人を支えている《モノリシック・ウォール》が真ん中から折れ曲がる音。

そして硬《かた》い音は、ゼルコバの装甲《そうこう》が圧力に耐《た》えかねてひび割れた音――。

「ゼルくん、装甲《そうこう》が壊《こわ》れたらあの穴に飛び込んで！」

トープの声に、ゼルコバは両目を見開いた。

穴の直径は六十センチほど。肩幅《かたはば》八十センチ近い重量級のゼルコバは絶対につかえてしまうサイズだが、マイクロブラックホールの重力で肩《かた》や腰《こし》の装甲《そうこう》が砕《くだ》け、アバター素体が露出《ろしゅつ》すればぎりぎり通り抜けられそうだ。

いったい、トープはいつからこの作戦を温めていたのだろう。

近くに最弱クラスのエネミーが湧《わ》くまでひたすら待ち、それを倒《たお》して必殺技《ひっさつわざ》ゲージを溜《た》め、《モール・ホール》で地面に穴を開け、テスカトリポカの《第五の月《トシュカトル》》を利用して装甲《そうこう》を砕《くだ》き、穴に飛び込む。全ての段階をクリアするのは暗い工作室で刺繍針《ししゅうばり》を捜すより困難だろうに、トープは五段階のうち四つまで完遂《かんすい》してのけた。

しかし、恐《おそ》らくあと一つだけ、大きな問題がある。

「トープ、あの穴、二人入れるのか⁉」

ゼルコバの問いかけに。

「大丈夫《だいじょうぶ》！　だから、ゼルくんが先に！」

トープは、一瞬《いっしゅん》も躊躇《ためら》わずに答えた。まるで、そう訊《き》かれることを事前に想定していたかのように。

ひときわ高い音とともに、ゼルコバの背中と左肩《ひだりかた》の装甲《そうこう》が砕《くだ》け散《ち》った。ブラックホールの重力は際限なく強まり、二人を漆黒《しっこく》の闇《やみ》に落下させようとする。それをかろうじて食い止める《モノリシック・ウォール》もバキバキと悲鳴を上げ続けていて、たぶんあと十秒かからずにへし折れてしまうだろう。

この状況《じょうきょう》では貴重すぎる一秒を消費し、ゼルコバは決意した。

無言でトープの両脇《りょうわき》を摑《つか》み、地面から離《はな》す。

「ぜ……ゼルくん⁉」

叫《さけ》ぶトープには何も答えず、圧倒的《あっとうてき》な重力に抗《あらが》って一歩前へ。全身の装甲《そうこう》が次々とひび割れ、剝落《はくらく》していく。ダメージはアバター素体にも及《およ》び、体力ゲージが急減少し始めるが、無視して右足にあらん限りの力を込める。

「う、お、おおおおお――――っ‼」

過去のどんな対戦でも出したことのない絶叫《ぜっきょう》を迸《ほとばし》らせながら、ゼルコバはさらに一歩前に出ると、トープを高々と持ち上げた。

「だめっ……！　ゼルくん、だめ‼」

悲鳴じみた声を上げてもがくトープに、いままでありがとう、と告げたかったが口を動かす余力すらも残されていなかった。息を詰《つ》め、歯を思い切り食《く》い縛《しば》ったまま、ゼルコバはトープをモグラ穴《モール・ホール》に投げ込んだ。

続いて、重力に引かれて転がってきたビーチボールほどもある岩をキャッチし、最後の力を振《ふ》り絞《しぼ》ってそれを穴に押し込み、蓋《ふた》をする。

これで、トープ・ケープが助かるのかどうかは解《わか》らない。無制限中立フィールドは内部時間で約一週間ごとに《変遷《へんせん》》し、ステージ属性が変わると同時に全ての損傷がリセットされる。その時にモグラ穴も消滅《しょうめつ》し、トープが吐《は》き出されてしまう可能性は少なからずあるが、もし穴が変遷《へんせん》に耐《た》えられたなら……。

精神力を最後の一滴《いってき》まで使い果たしたゼルコバの足が、地面から離《はな》れた。

ほぼ同時に《モノリシック・ウォール》も砕《くだ》け散《ち》り、無数のパーティクルへと変わる。

儚《はかな》く煌《きら》めく光の粒子《りゅうし》に包まれ、ゼルコバ・バージャーは轟々《ごうごう》と渦《うず》巻《ま》くブラックホールへと落ちていった。

2

「トライアル・ナンバーツーは、今日でサービス終了《しゅうりょう》だ！　消えたいヤツは消えればいいし、しがみつくヤツにはオレたちが引導を渡《わた》してやる……このゲームの正式バージョン、その名も《ドレッド・ドライブ２０４７》がな‼」

高らかに発せられたその言葉を、有田《アリタ》春雪《ハルユキ》は一言一句逃《のが》すことなくクリアに聞き取ったが、意味を理解するのに数秒の時間を要した。

試行第２番《トライアル・ナンバーツー》とは、ハルユキたちバーストリンカーの戦場であり生空間でもある加速世界――正式名称《めいしょう》《ブレイン・バースト２０３９》のことだ。その名の通り二〇三九年にサービス開始し、現在まで八年にもわたって続いてきたブレイン・バーストが、今日で終わる……？

かすかな目眩《めまい》に襲《おそ》われ、ハルユキはシルバー・クロウの鏡面ゴーグルの下で両目を何度も瞬《しばた》かせた。

視界の左右には、《荒野《こうや》》ステージ特有の赤茶けた岩山が数え切れないほど乱立している。このステージのモデルは、アメリカのコロラド高原にあるモニュメント・バレーという景勝地らしいが、とても風景を眺《なが》める余裕《よゆう》はない。

ハルユキと、一緒《いっしょ》にダイブした倉嶋千百合《クラシマチユリ》――ライム・ベルが肩《かた》を並べて立っているのは、現実世界の豊島区役所《としまくやくしょ》が入居する、としまエコミューゼタウンという複合型高層ビルの屋上。二人が見下ろすビルの北側には、グリーン大通りと補助八十一号線が交わる広い交差点があるはずだが、その真ん中に奇怪《きかい》な形状の石像がそびえている。垂直に伸び上がる二本の円柱が、地上四十メートルほどのところで合体して太い柱となり、さらに二十メートル上で真横に断《た》ち切《き》られて荒々《あらあら》しい断面をさらすその石像は、あたかも本来はもっと巨大《きょだい》だった人型の彫像《ちょうぞう》が、上半身を全て破壊《はかい》されたかのような――いや、「ような」ではなくそれそのものだ。あの像は、加速世界を大混乱に陥《おちい》らせた超級《ちょうきゅう》エネミー《終焉神《しゅうえんしん》テスカトリポカ》が、自ら崩壊《ほうかい》したあとに残された遺骸《いがい》なのだ。

しかし、それで事件が終わったわけではまったくない。

ハルユキたちの眼前で崩《くず》れ落《お》ちたテスカトリポカの中からは、深紅《しんく》に渦巻《うずま》く楕円形《だえんけい》の光――ポータルが出現し。

そこを通って、十人の見知らぬバーストリンカーたちが無制限中立フィールドに姿を現した。

「今日でサービス終了《しゅうりょう》だ」と言い放ったのは、右端《みぎはし》の一人。イヌ科の獣《けもの》を思わせるデザインの青いマスクとスーツを身につけた、小柄《こがら》な男性型《M》だ。

「……ドレッド・ドライブ2047……」

ほとんど声にならない声で呟《つぶや》いてから、ハルユキは気付いた。

もしもそれが、ブレイン・バースト2039とは別の世界、別のゲームの名称《めいしょう》であるなら、あの十人はバーストリンカーではない。《ドライブリンカー》とでも呼ぶべき、真の意味での来訪者……いや、侵入者《しんにゅうしゃ》たちなのだ。

「引導を渡《わた》す……って、たった十人で何をする気なの……？」

隣《となり》でチユリも掠《かす》れ声《ごえ》を響《ひび》かせる。

ドライブリンカーたちが横一列に並ぶ石像の足許《あしもと》には、五十人ほどのバーストリンカーと、ほぼ同数の死亡マーカーが点在している。テスカトリポカを討伐《とうばつ》するために、数多《あまた》の中小規模レギオンが大同団結して発足《ほっそく》した連合軍、《エクセルキトゥス》のメンバーたちだ。

討伐《とうばつ》作戦の開始時には三百人を超《こ》えていたと思われる彼らは、ハルユキとチユリが到着《とうちゃく》する前にテスカトリポカによって蹂躙《じゅうりん》され、三分の二……実に二百人にも上るメンバーがポイント全損《ぜんそん》してしまった。

一度に出た犠牲者《ぎせいしゃ》の数としては、間違《まちが》いなく過去最大であろう惨劇《さんげき》。その責任の大半は、《卵》たる太陽神インティを撃破《げきは》し、テスカトリポカを覚醒《かくせい》させてしまったハルユキにある。それを考えると胸が潰《つぶ》れるような感覚に襲《おそ》われるが、いま自分を責めても何も解決しない。

問題は、チユリが言ったとおり、あの十人が何をするつもりなのかだ。

サービス終了《しゅうりょう》という言葉が、文字通りの意味だとは思えない。他の世界《ゲーム》に繋《つな》がるポータルといい、ステージの空を埋《う》め尽《つ》くす深紅《しんく》の六角形といい、前代未聞《ぜんだいみもん》の事態であることは確かだが、ハルユキたちはまだここに――ブレイン・バースト2039の中にいるのだから。

しかし同時に、もしかしたらこれが《終わりの始まり》なのかも……と考えてしまう自分もいる。

オシラトリ・ユニヴァース《七連矮星《セブン・ドワーフス》》の第二位、《眠り屋《スリーピー》》ことスノー・フェアリーは、かつてハイエスト・レベルでハルユキに告げた。

――おわりはもうさけられない。問題は、あたしたちバーストリンカーがどうおわるかだけ。アサルトリンカーやコラプトリンカーたちのように苦痛と屈辱《くつじょく》、絶望にまみれておわるか……それとも……。

フェアリーの言う《おわり》が、この事態を指していたのだとしたら。

本当に、今日――二〇四七年七月二十七日が、八年も続いたブレイン・バーストのサービス終了日《しゅうりょうび》になってしまうのだろうか。十人のドライブリンカーは、それをあまねく知らしめるためにやってきたメッセンジャーなのか……？

半ば麻痺《まひ》した頭で、ハルユキがどうにかそこまで考えた、その時だった。

青マスクのドライブリンカーが、石像の縁《ふち》から地上に向けて再び大呼《たいこ》した。

「出ていかねーなら、やる気アリと見なすぜ！　ま、リンカーはそーじゃねーとな！」

伸ばした右手で、地上の生存者たちを指差し――。

「おめーらの意地、オレが最後のヒトカケまできっちり喰《く》い尽《つ》くしてやるよ！　DD2047

《ユニファイアーズ》の切り込み隊長、《ユーロキオン》……参る‼」

「切り込み隊なんてないでしょ、十人しかいないんだから」

背後で空中に腰掛《こしか》ける三角帽子《さんかくぼうし》の魔女《まじょ》が冷ややかに突っ込んだが、青マスクは「うっせ！」と一言叫《さけ》び、石像の縁《ふち》を蹴《け》って飛び降りた。

上半身が崩壊《ほうかい》したと言っても、高層ビル並みの偉容《いよう》を誇《ほこ》っていたテスカトリポカの残骸《ざんがい》は、上面まで六十メートルはある。衝撃《しょうげき》をキャンセルする手段なしに落下すれば、ハイランカーでも生き残れない高さだ。

しかし、ユーロキオンと名乗った青マスクのドライブリンカーは、ブラッド・レパードの《常時全面走行《コンスタント・フール・ラン》》アビリティのように垂直の壁面《へきめん》を走るわけでも、セントレア・セントリーの《低速落下《フェザー・フォール》》アビリティのようにゆっくり降下するわけでも、ましてやシルバー・クロウの《飛　行《アビエーション》》アビリティのように翼《つばさ》を広げるわけでもなく、重力に引っ張られるまま一直線に落下し――ズガン‼　と凄《すさ》まじい音を立てて地面に突っ込んだ。

水平方向に百メートル、垂直方向に二百メートルも離《はな》れたエコミューゼタウンの屋上にまでかすかだが振動《しんどう》が伝わってきて、ハルユキは青マスクが死んだと直感した。

だが、次の瞬間《しゅんかん》。

もうもうと湧《わ》き上がった土煙《つちけむり》の中から、青い影《かげ》が信じられないほどのスピードで飛び出し、慣性を感じさせない鋭角《えいかく》な方向転換《てんかん》を繰《く》り返《かえ》しながら近くにいたエクセルキトゥスの生存者に急迫《きゅうはく》した。

「えっ……無傷⁉」

チユリが息を呑《の》む。

驚《おどろ》いたのはハルユキも同じだ。体力ゲージは見えないが、俊敏《しゅんびん》すぎる身のこなしには負傷の気配がまったく感じられない。

狙《ねら》われた生存者——緑系の中型アバターは、我に返ったかのように素早《すばや》く両腕《りょううで》を持ち上げ、体の前でぴったり合わせて完全防御《ぼうぎょ》姿勢を取った。前腕部《ぜんわんぶ》の分厚い装甲《そうこう》が一体化し、五角形のシールドを作り出す。

仮にあの緑系が無制限中立フィールドに入れるようになったばかりのレベル4でも、単なる物理攻撃《こうげき》でシールドを破るのは困難だろう。どう対応するのかを観察すれば、青マスクの——ひいては他のドライブリンカーたちの実力をわずかながら推《お》し量《はか》れるはずだ。

せっかくテスカトリポカの猛攻《もうこう》から生き残ったバーストリンカーを当て馬にしてしまうのは申し訳ないが、エクセルキトゥスの生存者は現時点で五十人以上いるし、ほぼ同数の死亡者がこれから続々と蘇生《そせい》してくる。万が一あの青マスクが王レベルの戦闘力《せんとうりょく》を持っていたとしても、全員まとめて蹴散《けち》らされたりはするまい。

——いま僕がするべきなのは、状況《じょうきょう》をしっかり見極《みきわ》めて、詳細《しょうさい》で確実な情報を黒雪姫先輩《クロユキヒメせんぱい》とネガ・ネビュラスの仲間たちに伝えることだ。

自分にそう言い聞かせてから、ハルユキは己《おのれ》がもうネガ・ネビュラスの一員ではないのだということを思い出し、仮想の心臓がずきんと疼《うず》くのを感じた。その痛みを堪《こら》えながら、懸命《けんめい》に両目を見開く。

青マスクことユーロキオンは、緑系アバターに真っ向から肉薄《にくはく》し、空中でひらりと翻身《ほんしん》して後ろ回《まわ》し蹴《げ》りを放った。

恐《おそ》ろしいくらいスムーズな、達人級の動き——ではあるが、あまりにも工夫《くふう》のない一撃《いちげき》だ。分厚いシールドに蹴《け》りを跳《は》ね返《かえ》され、空中でひっくり返るユーロキオンを、カウンター攻撃《こうげき》が吹《ふ》き飛《と》ばすところまでハルユキはありありと予想した。

しかし。

ユーロキオンの右足が緑系のシールドに触《ふ》れた、その刹那《せつな》。ブルーの閃光《せんこう》がかすかに瞬《またた》き、厚さ五センチはあるシールドは、飴細工《あめざいく》のように呆気《あっけ》なく砕《くだ》け散《ち》った。

しかも、回《まわ》し蹴《げ》りはそこで止まらず、緑系の逞《たくま》しい両腕《りょううで》をも粉砕《ふんさい》し、その奥の胸アーマーを深々と貫《つらぬ》き——。

遥《はる》か上空のハルユキにまで届く、バガァアアン！　という破壊音《はかいおん》とともに、緑系アバターの上半身を無数の破片《はへん》へと変えた。

「……うそ……」

チユリが驚愕《きょうがく》の声を上げたその時にはもう、ユーロキオンは足許《あしもと》に出現した死亡マーカーを飛《と》び越《こ》えて新たなターゲットへと走り始めていた。

次に狙《ねら》われたのは、膨《ふく》らんだ両腕《りょううで》に大型火器を内蔵しているらしい赤系アバター。こちらは防御《ぼうぎょ》ではなく迎撃《げいげき》を選択《せんたく》し、ユーロキオンに左右の掌《てのひら》を向けるや、直径三センチはありそうな砲口《ほうこう》から交互《こうご》に真っ赤な発射炎《はっしゃえん》を迸《ほとばし》らせる。

秒間二発ほどの連射速度ではあるが、弾速《だんそく》は相当に速い。ジグザグに走るユーロキオンは、最初の四発を回避《かいひ》したものの、五発目に左の大腿部《だいたいぶ》を直撃《ちょくげき》された。

体にぴったりフィットする青いスーツはいかにも薄手《うすで》で、とても三十ミリ砲弾《ほうだん》に耐《た》えられる防御力《ぼうぎょりょく》を備えているようには見えない。ダメージを受けるどころか、足が丸ごと吹《ふ》き飛《と》んでもまったく不思議ではないのに、命中した砲弾《ほうだん》は青い火花と鈍《にぶ》い金属音を発しただけで弾《はじ》かれ、後方のどこかへと消えていった。

安全地帯で見ているだけのハルユキが声も出ないほど驚愕《きょうがく》したのだから、赤系アバターが二秒足らずフリーズしてしまったのもやむを得ないだろう。しかしユーロキオンにとっては、お釣《つ》りが来るほどの時間だった。

残る距離《きょり》をひとっ跳《と》びで詰《つ》めると、ユーロキオンは右のオーバーハンド・パンチを放った。今回も予備動作《プレモーション》を隠《かく》そうともしない、あからさまな一撃《いちげき》。

精神的衝撃《しょうげき》から立ち直った赤系は、無骨な左手でパンチを受け止めようとした。カノン砲《ほう》の発射口を内蔵した掌《てのひら》は、厚みも広さもさっきの緑系を上回る。だがハルユキは、反射的に叫《さけ》んでしまった。

「だめだ、避《よ》けろ！」

高さ二百メートル近い屋上からの声が、地上に届くはずもなく。

赤系が掲《かか》げた左手は、ユーロキオンの右拳《みぎこぶし》に触《ふ》れた途端《とたん》、粘液《ねんえき》に変化してしまったかの如《ごと》く四方に飛び散った。パンチはそのまま赤系の左腕《ひだりうで》をバターか何かのように抉《えぐ》りながら進み、肩《かた》から胸郭《きょうかく》に深々と突き刺さる。

再び、バガァアン！　という炸裂音《さくれつおん》が轟《とどろ》き、赤系アバターの上半身も粉々に破裂《はれつ》した。

そこからはもう、戦闘《せんとう》と呼べるものではなかった。

エクセルキトゥスの生存者たちは、内部時間で数週間にも及《およ》ぶ無限ＥＫのあいだに、想像もつかないほどの恐怖《きょうふ》と絶望を味わったはずだ。加えて睡眠《すいみん》もまともに取れていないだろうに、惨殺《ざんさつ》された仲間の敵《かたき》を討《う》つべく、ユーロキオンに次々と飛びかかる。

しかしユーロキオンは、前後左右から浴びせられるパンチやキック、剣や金鎚《かなづち》をやすやすと回避《かいひ》または粉砕《ふんさい》し、一度の反撃《はんげき》で一人以上のバーストリンカーを微細《びさい》な粒子《りゅうし》に変えていく。遠距離《えんきょり》から浴びせられる銃弾《じゅうだん》やレーザーは、避《よ》けようとすらせず全身で跳《は》ね返《かえ》す。

これはもはや対戦格闘《かくとう》ゲームでもバトルロイヤルゲームでもない。たった一人のヒーローが敵軍をなぎ倒《たお》していく、無双《むそう》アクションゲームだ。五十人以上も残っている生存者がまとめて蹴散《けち》らされたりはしないだろうという数分前の確信が、急速に揺《ゆ》らいでいく。

十二人目──いや十三人目のバーストリンカーが死亡マーカーに変えられた時、ハルユキの口から抑《おさ》えきれない声が零《こぼ》れた。

「………やめろ……」

ひび割れたその声が聞こえたか、隣《となり》のチユリが呟《つぶや》いた。

「ハル」

てっきり止めるのだろうと思ったが、しかし続いたのは正反対の言葉だった。

「あたしも行く」

「………解《わか》った」

本音を言えばここで待っていて欲しいが、それを是《ぜ》とするチユリではあるまい。そもそも、今夜ハルユキたちが無制限中立フィールドにダイブしたのは、中堅《ちゅうけん》レギオン《オーヴェスト》に所属するチユリの友達、コットン・マーテンの安否を確認《かくにん》するためなのだ。

コットンがまだ無事なのかどうかは解《わか》らない。ハルユキたちがこの場所に到着《とうちゃく》する遥《はる》か前に、テスカトリポカによってポイント全損《ぜんそん》させられてしまった可能性も決して少なくない。

それでも、地上の生存者または死亡マーカーにコットンが含《ふく》まれているかもしれない以上、ハルユキが行くならチユリも絶対ついてくるだろう。

「でも、無茶はするなよ」

せめてこれだけはと思ってかけた言葉に、チユリが深々と頷《うなず》く。

ハルユキはさらに一秒考え、指示をもう二つ追加すると、ライム・ベルの胴《どう》に右腕《みぎうで》を回した。しっかりホールドしてから、屋上をぐるりと囲む天然の石壁《いしかべ》に右足を掛《か》ける。

飛び降りる前に、戦場の後方にそびえ立つ石像を一瞥《いちべつ》。

九人のドライブリンカーたちが動き出す様子はない。真ん中に陣取《じんど》る長髪《ちょうはつ》の赤スーツ男は、胸の前で両腕《りょううで》を組んだ格好で直立しているが、他の八人は石像の縁《ふち》に腰掛《こしか》けたり背中合わせに寄りかかったり、中には寝そべっている者さえいる。

ハルユキはふと、ごくかすかな違和感《いわかん》を覚えた。だがどれだけ目を凝《こ》らしても、その正体が解《わか》らない。

「どうしたの？」

チユリに問われ、ハルユキは小さくかぶりを振った。

「いや……何でもない。いくぞ」

返事を待たず、石壁《いしかべ》を蹴《け》って空中に飛び出す。

ダイブ直後に溜《た》めた必殺技《ひっさつわざ》ゲージは、自宅マンションからこの場所までの全力飛行でかなり消費したものの、まだ四割ほど残っている。いささか心許《こころもと》ない量ではあるが、オブジェクトをちまちま破壊《はかい》している余裕《よゆう》はない。

せめて飛行で消費しないよう、背中の翼《つばさ》を必要最小限だけ広げて急角度で降下する。東池袋《ひがしいけぶくろ》交差点の南入り口で一気にブレーキを掛《か》け、チユリを投下。ちゃんと着地するのを視界の端《はし》で確認《かくにん》してから、地を這《は》うような超《ちょう》低空飛行で戦場の中心部を目指す。

大きな円を作っているエクセルキトゥスのメンバーたちの足許《あしもと》を、右に左にすり抜けながら突き進むと、前方にもうもうと立ちこめる土煙《つちけむり》の向こうで、赤や黄色の光が断続的に閃《ひらめ》くのが見えた。

初対面の相手に不意打ちするのはややポリシーに反するが、着地して名乗っているあいだにさらなる犠牲者《ぎせいしゃ》が出てしまいかねない。腹をくくり、いままで滑空《かっくう》しかしていなかった翼《つばさ》に、一瞬《いっしゅん》だけ推力を与《あた》える。

ボッ、と鈍《にぶ》い音を立てて土煙《つちけむり》を突き抜けたハルユキは、コンマ一秒で前方の状況《じょうきょう》を把握《はあく》した。まず見えたのは、巨大《きょだい》なツルハシを両手で振りかぶる大柄《おおがら》な青系アバター。その姿は記憶《きおく》にある。確か、北区《きたく》を根城とする中堅《ちゅうけん》レギオン《コールドブリュー》のメンバー、《コベリン《Coveline》・マイナー《Miner》》だ。

そしてコベリンの手前でハルユキに背中を向けているのが、異世界からの侵略者《しんりゃくしゃ》たる十人のドライブリンカーの尖兵《せんぺい》、ユーロキオン。

コベリン・マイナーは、鉱員《マイナー》の名のとおり無制限中立フィールドにある山をツルハシ一本で掘《ほ》りまくり、希少金属や宝石を見つけることを生きがいにしているバーストリンカーらしい。そう聞くと戦闘《せんとう》は得意ではないように思えるが、トンネルがエネミーの巣穴に繋《つな》がってしまうこともままあるようで、ワーム型の野獣級《ワイルドきゅう》エネミーを単独で撃破《げきは》したという逸話《いつわ》も持っている

――と以前にタクムが言っていた。

恐《おそ》らくコベリンは、ツルハシの貫通力《かんつうりょく》だけをひたすら鍛《きた》え上げてきた一点集中型のバーストリンカーなのだろう。いかにユーロキオンのスーツが頑丈《がんじょう》でも、コベリンの生き様そのものが乗った一撃《いちげき》を、素手《すで》で防げるとは思えない。

しかしドライブリンカーは、今度もまた無造作に右手を持ち上げただけだった。

コベリンのツルハシがその手を貫《つらぬ》いた瞬間《しゅんかん》、シルバー・クロウの近接技《きんせつわざ》では最強の威力《いりょく》を持つ《螺旋蹴り《スパイラル・キック》》を、がら空きの背中に叩《たた》き込む。

瞬時《しゅんじ》に決断すると、ハルユキは姿勢を反転させ、右足をまっすぐ突き出した。

ツルハシの先端《せんたん》が、ユーロキオンの右手に触《ふ》れる。青い火花を振りまきながら、ツルハシは掌《てのひら》を深く貫《つらぬ》き……。

――違《ちが》う。野獣級《ワイルドきゅう》の装甲《そうこう》すら穿《うが》ったというツルハシは、ユーロキオンの掌《てのひら》に触《ふ》れるそばから針のような細片《さいへん》となって砕《くだ》け、それも即座《そくざ》に蒸発して大量の火花を生んでいるのだ。

「…………!!」

驚愕《きょうがく》しつつも、ハルユキは渾身《こんしん》の不意打ちを完遂《かんすい》しようとした。

螺旋蹴り《スパイラル・キック》は、《氷山空母《ハボクック》》グレイシャー・ビヒモスの超重装甲《ちょうじゅうそうこう》を砕《くだ》いたこともある大技《おおわざ》だ。当たりさえすれば、ノーダメージで跳《は》ね返《かえ》されることはないはず。

両翼《りょうよく》の推力を調整し、全身を錐《きり》のように回転させようとした、その刹那《せつな》。

ユーロキオンが、パワーもスピードもまるで感じさせない動きで、ひょいっと左手を後ろに
——ハルユキの蹴《け》りの軌道上《きどうじょう》に突き出した。

後ろに目がついているかの如《ごと》き、完璧《かんぺき》な位置とタイミング。もう螺旋蹴り《スパイラル・キック》の照準を変える余裕《よゆう》はない。

——構うもんか。背中だろうと掌《てのひら》だろうと貫《つらぬ》くだけだ！

頭の中でそう叫《さけ》んだのと、ほぼ同時に。

ハルユキの目が、それを捉《とら》えた。

ユーロキオンの左手を包む、ごくかすかな青い光。単なるライトエフェクト——ではない。

あれはきっと。

「光線《レーザー》……」

その声が実際に口から出たのか、それとも思念として響《ひび》いたのかは解《わか》らなかった。瞬時《しゅんじ》に限界強度のイマジネーションを振《ふ》り絞《しぼ》ったせいで、視界が白くハレーションを起こす。

技名《わざめい》を叫《さけ》び終《お》える前に、ハルユキの右足とユーロキオンの左手が接触《せっしょく》した。

ギャイイイイン！　という異様な金属音が轟《とどろ》き、青と銀の閃光《せんこう》が生き物のように渦巻《うずま》いた。

右足の爪先《つまさき》から伝わってくるのは、信じがたいほどの硬《かた》さ。しかも、金属や岩石が持つ物質的な硬度《こうど》ではない。己《おのれ》の肉体に対する圧倒的《あっとうてき》な自信……つまり意思の固さだ。

言《い》い換《か》えれば、心意。

ハルユキは歯を食《く》い縛《しば》りながら、翼《つばさ》の推力を反転させた。ユーロキオンの左手に弾《はじ》かれる力も利用して大きくバックジャンプし、十メートル近くも離《はな》れた場所に着地する。

「…………」

詰《つ》めていた息を小さく吐《は》き、背中の金属フィンを半分に折《お》り畳《たた》みながら、ハルユキは自分の右足をちらりと見下ろした。

爪先《つまさき》の金属装甲《そうこう》に、蜘蛛《くも》の糸よりも細い亀《き》裂《れつ》が一本走っている。体力ゲージには影響《えいきょう》しない程度の損傷だが、あと五秒……いや三秒せめぎ合いを続けていたら、右足を砕《くだ》かれていたかもしれない。

それ以前に、心意力を振《ふ》り絞《しぼ》るのが一瞬《いっしゅん》でも遅《おく》れれば、いまごろハルユキは死亡マーカーに変わっていただろう。

いままで、足で心意技《しんいわざ》を出そうとしたことは一度もないのに、間に合ったのは奇跡《きせき》だ……と思いながら、ハルユキは前方を見やった。

己《おのれ》の分身にも等しい存在であろうツルハシを素手《すで》で砕《くだ》かれたコベリン・マイナーは、残ったシャフトを両手で握《にぎ》ったまま硬直《こうちょく》してしまっている。

その手前に立つ青スーツのアバターは、もう眼前の敵に興味をなくしたかのように肩《かた》の力を抜き、ゆっくりと振り向いた。ハルユキが攻撃《こうげき》したので、頭上にまだ満タン状態の体力ゲージが表示されている。

遠目ではイヌっぽく見えたマスクは、突き出た鼻筋や三角形の耳がかなりシャープな形状をしていて、相対《あいたい》するとキツネの印象が強くなる。スーツはゴムと金属が融合《ゆうごう》したような質感で、小柄《こがら》な肉体を覆《おお》う逞《たくま》しい筋肉のラインがくっきりと浮《う》かぶ。厚みはせいぜい二、三ミリにしか見えないのに、カノン砲《ほう》の直撃《ちょくげき》を受けた箇所《かしょ》は損傷どころか変色すらしていない。

その理由に、ハルユキはようやく気付いた。

ユーロキオンは、攻撃《こうげき》する時も防御《ぼうぎょ》する時も、そしていまこの瞬間《しゅんかん》さえも、心意システムを発動させているのだ。過剰光《オーバーレイ》がほとんど見えないのは、恐《おそ》らくイマジネーションが完全に最適化されているからだろう。

心意の過剰光《オーバーレイ》は、使用者のイマジネーションがBBシステムのイメージ制御系《せいぎょけい》を通過する際、溢《あふ》れた過剰《かじょう》な信号がエフェクト光として処理されることで発生する。しかしユーロキオンは、必要な時に最短かつ最小限の心意だけを発動させるので、信号がほとんど溢《あふ》れない。それでも《心意に対抗《たいこう》できるのは心意だけ》という大原則は揺《ゆ》るがないので、対戦者の攻撃《こうげき》がどれほど強力でもユーロキオンにはかすり傷もつけられないし、装甲《そうこう》がどれほど厚くてもパンチ一発で砕《くだ》かれてしまう。

危《あや》ういところで欠損を免《まぬが》れた右足で、地面をぐっと踏《ふ》み締《し》めた、その時。

「やれやれ、やっとサイオンを使えるヤツが出てきたか」

首を左右に曲げながら、ユーロキオンがそう言った。

青いキツネマスクは鼻から上を覆《おお》っているだけで、口許《くちもと》は人間のそれだが、肌《はだ》も唇《くちびる》も無機質な灰色だ。そこに皮肉っぽい笑《え》みを滲《にじ》ませ、さらに言葉を続ける。

「大センパイの皆々様《みなみなさま》が、基礎《きそ》のキの字も身につけてない初心者揃《ヌーブぞろ》いだったら、ガッカリして腰《こし》が抜けちまうとこだったぜ」

台詞《せりふ》こそ挑発的《ちょうはつてき》だったが、口調には本物の安堵《あんど》がありありと感じられて、ハルユキは毒気を抜かれて普通《ふつう》に問い返してしまった。

「……サイオンって何だ？」

「決まってんだろ、サイオニック・パワー……超能力《ちょうのうりょく》のことだよ。あれ、BB戦士の皆《みな》さんはそう呼ばねーの？」

そう答えると、ユーロキオンはすっと右手を持ち上げた。ハルユキは思わず身構えかけたが、ドライブリンカーはただ人差し指を立てただけだった。

その先端《せんたん》に、青い輝《かがや》き——過剰光《オーバーレイ》が宿り、炎《ほのお》のように揺《ゆ》れる。

ハルユキも同じように右手の人差し指を空に向け、イマジネーションを集中させた。ユーロキオンより半秒ほど時間がかかったが、銀色の輝《かがや》きが星の如《ごと》く十字に煌《きら》めく。

いつの間にか、ユーロキオンの後方にいたコベリン・マイナーは、十メートル以上も後ろに下がっていた。他の生存者たちも、ハルユキたちの周囲に大きな輪を作り、無言で成り行きを見守っている。

指先の光を維持《いじ》したまま、ハルユキはユーロキオンの質問に答えた。

「僕たちは、この力を《心意《シンイ》》……もしくは《インカーネイト・システム》って呼んでる」

「シンイ……ふーん、なるほどね。ま、原理は同じだよな」

軽く頷《うなず》くと、ユーロキオンは過剰光《オーバーレイ》を消し、その手を右腰《みぎこし》に当てた。

「んで、オマエはどこのどなた様なワケ？」

気安く誰何《すいか》してくる様子に、ハルユキは石像の上に並ぶドライブリンカーたちを眺《なが》めた時と同じ違和感《いわかん》を覚え、次いでその理由にも気付いた。

ユーロキオンも、他の九人も、ハイランカー特有のプレッシャー――つまり情報圧をまるで放っていないのだ。それが別ゲームからの来訪者だからなのか、あるいは他に理由があるのか……。

いや、いまはそんなことを気にしている場合ではない。

ハルユキも手を下ろし、自分の所属レギオンを頭の中で再確認《さいかくにん》してから名乗った。

「……レギオン、オシラトリ・ユニヴァース所属、シルバー・クロウ」

「オシラトリ……振動《しんどう》宇宙ってか、大層な名前だな。嫌《きら》いじゃねーけど」

今度は愉快《ゆかい》そうにニヤッと笑い、左手も腰骨《こしぼね》にあてがうと、ユーロキオンはぐるりと周囲を見回した。

生存者たちは、とうとう精神力の限界が訪《おとず》れたのか、十把《じっぱ》一絡《ひとから》げに睥睨《へいげい》されてもぴくりとも動かない。

無理もない。彼らは終わりの神テスカトリポカに挑《いど》んで一敗地《いっぱいち》に塗《まみ》れ、そこから数週間もの無限EKを味わったのだ。恐《おそ》らく、一時間経《た》って蘇生《そせい》するたび死《し》に物狂《ものぐる》いで走って距離《きょり》を稼《かせ》ぎ、しかし重力攻撃《こうげき》《第五の月《トシュカトル》》によってまた引《ひ》き戻《もど》されるという、ギリシャ神話のシシュポスの逸話《いつわ》にも等しい苦行をひたすらに繰《く》り返《かえ》したのではないか。

唐突《とうとつ》にテスカトリポカが崩壊《ほうかい》し、無間地獄《むげんじごく》がやっと終わったと思ったら、今度は正体不明の侵入者《しんにゅうしゃ》が現れて新たな殺戮《さつりく》を始めた。こんな展開はエクセルキトゥスのリーダーたちだって予想できなかったはずで、心意力を自在に駆使《くし》するユーロキオンに、ほんの数分にせよ抗《あらが》えたことは大いに誇《ほこ》っていい。

だから、彼らにこれ以上の犠牲者《ぎせいしゃ》を出させるわけにはいかない。七大レギオンの中でも最も権威《けんい》主義的なオシラトリ・ユニヴァースに所属するハルユキと、その権威《けんい》を否定しようとしたエクセルキトゥスは相容《あいい》れない存在なのかもしれないが、加速世界——BB2039そのものに侵入《しんにゅう》してきた外敵の前では、同じバーストリンカーだ。

「……ユーロキオン。お前たちの目的は……望みはいったい何なんだ」

ハルユキは、胸に渦巻《うずま》くいくつもの感情を懸命《けんめい》に抑《おさ》え込みつつ問いかけた。

するとと青衣《せいい》のドライブリンカーは、笑《え》みを消して答えた。

「おいおい、今度こそ興醒《きょうざ》めだぜ。オレらは今日のこの時を……オレらの世界とオマエらの世界が繋《つな》がる瞬間《しゅんかん》を、何ヶ月も待ってたんだぞ。てっきりBBの猛者共《もさども》がずらーっと並んで待ち構えてるもんだと思ってたのに、あいつらはサイオンも使えねーしやたらボロボロだし、ようやく活《い》きがいいのが出てきたと思ったらいつまでもグダグダ言ってっし……」

「ちょ……ちょっと待った。世界が繋《つな》がる瞬間《しゅんかん》を待ってた、だって？　それはつまり、お前たちはこの状況《じょうきょう》を予告されてたってことか？」

愕然《がくぜん》とするハルユキに、ユーロキオンは深々と頷《うなず》いてみせた。

「決まってんだろ、レベル9になった時のシステム・メッセージでな」

「………‼」

ハルユキは鋭《するど》く息を吸い込んだ。

眼前のドライブリンカーがレベル9er《ナイナー》であることにも驚《おどろ》かされたが、問題はその先だ。かつて黒雪姫《クロユキヒメ》は、バーストリンカーになったばかりのハルユキに言った。自身がレベル9になった時、眼前にシステム・メッセージが現れ、そこには三つの情報が記されていた、と。

レベル10に到達《とうたつ》するためには、レベル9のバーストリンカーに五回勝利する必要があること。

レベル9バーストリンカー同士が戦えば、敗北した者は即座《そくざ》にバーストポイントを全て失い、ブレイン・バーストを強制アンインストールされること。

そして、レベル10になった者はプログラム製作者、すなわち加速世界の創造者と対面し、ブレイン・バースト２０３９というゲームが存在する真の理由を知らされるだろう、ということ——。

しかしどうやら、ドレッド・ドライブ２０４７のプレイヤーたちは、レベル９になった時に異なるメッセージを受け取ったらしい。全文を一言一句まで正確に知りたい！　とハルユキは痛切に思ったが、この状況《じょうきょう》で訊《き》いても教えてはくれないだろう。

代わりにハルユキは、弱みを見せないよう懸命《けんめい》に背筋を伸ばしながら言った。

「僕たちは、システムからこの件に関して何のメッセージも受け取ってない。それに、お前がボロボロだって言ったバーストリンカーたちは、あの……」

右手後方にそびえる石像——テスカトリポカの下半身を指差しながら続ける。

「超級《ちょうきゅう》エネミーと戦ったせいで、本当にボロボロなんだ。こんな、そっちに有利すぎる条件で戦って満足できるなら、いくらでも好きに暴れればいい」

「…………」

ハルユキが言い終えても、ユーロキオンはしばらく口をへの字に曲げたまま黙《だま》り込んでいた。十秒近くも経過してから、ようやく苦々しい声を発する。

「チッ、オレらが弱い者いじめしてるみてーな言い方しやがって。……でもなあ、こっちにもこっちの事情があんだよ」

「……事情って？」

「一から十まで説明してやる義理はねーな。けど、まあ、オマエの言ってることが本当なら、ヘバってる奴《やつ》らをブチのめすのは確かにオレの趣味《しゅみ》じゃねー。だから……シルバー・クロウっつったか、オマエにチャンスをやるよ」

「チャンス？　どんな？」

「オマエの言葉が本当かどうか、証明するチャンスだ。まわりの連中も、万全《ばんぜん》の状態だったらもうちょっとマトモに戦えるんだよな？」

「…………うん」

実際のところは、せめて第一段階の心意技《しんいわざ》である《攻撃威力拡張《こうげきいりょく》》と《装甲強度拡張《そうこう》》を両方習得しない限り、エクセルキトゥスの生存者たちが束になってもユーロキオンを撃破《げきは》することは不可能だろう。しかし、充分《じゅうぶん》に休息すれば、五月雨式《さみだれしき》の特攻《とっこう》ではなくもっと戦術的な行動ができるようにはなるはずだ。

頷《うなず》いたハルユキに、びしっと人差し指を向けるとユーロキオンは言った。

「よし。だったら、オマエがそれを証明しろ。オレと一対一《サシ》でやって勝てたら……っと待てよ、オマエ、レベルはいくつだ？」

「……6」

「おいおい、マジかよ。……しゃーねえ、じゃあ五分間死ななかったら、オマエも他の連中もこの場は見逃《みのが》してやるよ」

大げさに肩《かた》をすくめながら発せられたその台詞《せりふ》に、ハルユキは少しばかりカチンと来ざるを得なかった。僕が勝ったらどうする、と切り返しそうになり、寸前で堪《こら》える。ユーロキオンが提示した条件は、現状ではこれ以上望むべくもないものだ。意地を張って、「ならどっちかが死ぬまでやろう」と言われたら目も当てられない。

「……解《わか》った」

一呼吸入れてからハルユキが頷《うなず》くと、ユーロキオンはもう一度ニッと笑い、予想外の質問を投げかけてきた。

「オマエ、通りがいい二つ名はあんのか？」

「…………」

吸おうとした空気が喉《のど》の奥に引っかかり、危《あや》うく咳《せ》き込みそうになる。

まだハイランカーにはほど遠いシルバー・クロウにも、二つ名らしきものがあるにはある。エクセルキトゥスのメンバーたちにいちばん通りがいいのは《裏切り者《ビトレイヤー》》だろうが、さすがにそれを自分で名乗るのは露悪的《ろあくてき》に過ぎるし、赤のレギオンのアイオダイン・ステライザーから無理やり譲渡《じょうと》された《毒消しキング》は何のことやら解《わか》らないので、気恥《きは》ずかしさを堪《こら》えて最も二つ名らしい二つ名を答える。

「……《超速の翼《スピードスター》》」

「ほほぉ」

茶化すでもなく頷《うなず》くと、ユーロキオンは右手をさっと横に振った。

「よーし、まわりの奴《やつ》ら！　いまからBB2039代表、《超速の翼《スピード・スター》》シルバー・クロウと、DD2047代表のオレ……《原初の牙《プライマル・ファング》》ことユーロキオンがサシでやっからな！　余計な手出しはすんなよ！」

途端《とたん》、遠巻きにしていた生存者たちが低くどよめく。

エクセルキトゥスのメンバーにしてみれば、オシラトリ・ユニヴァース所属のハルユキが、自分たちの代表として戦うのは納得《なっとく》しがたいだろう。しかし、たとえ彼らの中に心意を使える者がいたとしても、何週間もの無限EKで消耗《しょうもう》しきった状態でまともにイマジネーションを練れるとは思えない。

同じ結論に達したらしい何人かの生存者が、周囲の仲間たちに呼びかけて距離《きょり》を取らせる。よくよく考えてみれば、もう彼らをこの場所に束縛《そくばく》していたテスカトリポカはいないのだから、サンシャインシティのポータルから脱出《だっしゅつ》できるはずだ。しかし、蘇生《そせい》待機中の仲間を見捨てるわけにはいかないからか、逃げ去ろうとする者は見当たらない。

生存者たちが一人残らず交差点の外周部まで下がると、ユーロキオンは両手をパァンと打ち鳴らした。

「よっしゃ、やっとマトモな対戦ができそうだな」

その台詞《せりふ》に、ハルユキは思わず問《と》い質《ただ》した。

「ドレッド・ドライブ２０４７も、ブレイン・バーストと同じ対戦格闘《かくとう》ゲームなのか？」

それが気になった理由は、すでに閉鎖《へいさ》されている《試行第１番《トライアル・ナンバーワン》》こと ア《Ａ》クセル・ア《Ａ》サルト２０３８は高速三次元シューティング、《試行第３番《トライアル・ナンバースリー》》ことコ《Ｃ》スモス・コ《Ｃ》ラプト２０４０はハックアンドスラッシュと、どちらもＢＢ２０３９とはまったく異なるゲームジャンルだったからだ。

しかしユーロキオンは、薄青《うすあお》く光る両目を瞬《しばた》かせてから小さく両手を広げた。

「カクゲーか、その要素もなくはねーけどＤＤは違《ちが》うぜ。なんつーか……一言で表現しづれージャンルなんだよな。強《し》いて言うなら、３Ｄシューターとカクゲーとハクスラの要素を足したＭ《モ》ＯＢ《バ》Ａかな……」

「…………！」

またしても息を呑《の》んでしまう。

ＭＯＢＡというのは、《マルチプレイヤー・オンライン・バトル・アリーナ》の頭文字《かしらもじ》で、２０１０年代頃《ごろ》から広く人気を博した、アクションＲＰＧとＲＴＳ《リアルタイム・ストラテジー》を合わせたようなゲームのことだ。

つまりＭＯＢＡそのものがクロスジャンル的なのに、さらにシューターと格闘《かくとう》とハクスラの要素を足したと言われても、どんなゲームなのかまったく想像もつかない。いや……それよりもっと気になるのは、ユーロキオンが挙げた三つの追加要素が、それぞれAA、BB、CCのジャンルであることだ。

まるで――ドレッド・ドライブ2047が、試行《トライアル》三作を下敷《したじ》きにして生まれた完成版《コンプリート》だとでも言うかのような……。

「ま、一対一《ワンオンワン》ならややこしいことを考える必要はねーだろ。どつき合って、最後まで立ってたほうが……じゃねえ、五分後まで生きてりゃオマエの勝ちだ」

ハルユキの沈黙《ちんもく》を誤解したのか、ユーロキオンがひょいっと肩《かた》をすくめる。ルールに悩《なや》んでいたわけではないが、確かにいま重要なのはそれだけだ。

「解《わか》った」

短く答えると、ハルユキは両腕《りょううで》を持ち上げ、左足を前に出して右足を引いた。

映し鏡のように、ユーロキオンが右足を前にして構える。ボクシングだったらサウスポー・ポジションだが、これだけで左利《ひだりき》きだと判断するのは早計だ。

どうあれ、まずは防御《ぼうぎょ》優先。だがユーロキオンの攻撃《こうげき》は、ただのパンチやキックであっても心意力を使わなければ防げない。つまりここから五分間、《光線剣《レーザー・ソード》》のイマジネーションを維持《いじ》し続けなくてはならないということだ。

――できる。

オシラトリ・ユニヴァース《七連矮星《セブン・ドワーフス》》第一位、《破壊者《バッシャー》》プラチナム・キャバリアーは、ハルユキの射程拡張型心意技《しんいわざ》《光線槍《レーザー・ランス》》を模倣《もほう》した時に、平然と言い放った。君の《光線》シリーズくらい単純な技《わざ》なら、三日もあれば真似《まね》できるよ、と。

そう……《光線剣《レーザー・ソード》》は、第一段階の心意技《しんいわざ》としても、最も単純な部類だ。キャバリアーに軽々と再現されてしまうほどのシンプルさが、いまはメリットとなるはず。

ハルユキが予備動作なしで両手に銀色の過剰光《オーバーレイ》をまとわせると、ユーロキオンも待ってましたとばかりに青い燐光《りんこう》を宿した。光の強度はハルユキのほうが上だが、それは最適化が甘いということだ。

ここまで滑《なめ》らかにイマジネーションを制御《せいぎょ》できるようになるまでには、いったいどれほどの――とハルユキが感嘆《かんたん》しそうになった、その瞬間《しゅんかん》。

ブンッ！　と空気を震《ふる》わせて、ユーロキオンが一気に距離《きょり》を詰《つ》めてきた。

アバターの各所が青い流線になるほどのスピードで、右拳《みぎこぶし》を二《に》連撃《れんげき》。グレート・ウォールのボクサーリンカー、アイアン・パウンドのお株を奪《うば》うような超高速《ちょうこうそく》ジャブだ。

しかし、《フェムト流》を名乗るプラチナム・キャバリアーの神速斬撃《ざんげき》を経験したハルユキには、かろうじて反応できた。微妙《びみょう》に角度が異なる連撃《れんげき》を、左の手甲《てっこう》でガードする。青と銀の火花が散り、衝撃《しょうげき》がアバター素体の芯《しん》まで響《ひび》く。心意の反発力で、双方《そうほう》が一メートル以上もノックバックする。

ハルユキの《光線剣《レーザー・ソード》》は装甲《そうこう》強度拡張型の心意技《しんいわざ》ではないが、ユーロキオンの右ジャブは心意力で強化された通常技《つうじょうわざ》であって心意技《しんいわざ》ですらない。おかげでどうにかガードできたが、相手が本格的に心意を使いだしたら恐《おそ》らく過剰光《オーバーレイ》だけでは防御《ぼうぎょ》しきれないだろう。だから、五分生き残るためには守り一辺倒《いっぺんとう》になってはいけない。ユーロキオンが小手調べをしているうちに、相手の想定を上回る威力《いりょく》の心意技《しんいわざ》を喰《く》らわせて、一撃死《いちげきし》は無理でも腕《うで》か脚《あし》の一本ぐらいは破壊《はかい》しなくては――。

そんな思考を巡《めぐ》らせながら、ハルユキが次の攻撃《こうげき》に備えてガードを固めた、その瞬間《しゅんかん》。

「《セルドキオン》!!」

ユーロキオンが、そう叫《さけ》びながら左のボディーフックを繰《く》り出した。

遠すぎる――と一瞬《いっしゅん》思ってしまってから、ハルユキは脊髄《せきずい》が凍《こお》りつくような戦慄《せんりつ》に襲《おそ》われた。

コンマ一秒後、推測は現実となった。ユーロキオンの左手に宿るオーラが、青く透《す》き通《とお》った獣《けもの》の頭部へと変形し、猛然《もうぜん》と飛びかかってきたのだ。

マスクとよく似た形の獣頭《じゅうとう》は、鋭《するど》い牙《きば》が並んだあぎとをいっぱいに開き、ハルユキの脇腹《わきばら》に食いつこうとする。防御《ぼうぎょ》不可能と瞬時《しゅんじ》に判断し、飛び退《と》きつつ懸命《けんめい》に体を捻《ひね》る。

ざぐっ！　という音とともにおぞましい感触《かんしょく》が全身を駆《か》け巡《めぐ》り、灼熱《しゃくねつ》の痛みがそれに続いた。青い獣頭《じゅうとう》は、閉じた口から真っ赤な光の粒《つぶ》を零《こぼ》しながら後方に抜け、消える。

「ぐうっ……」

呻《うめ》きながら、ハルユキはさらに距離《きょり》を取った。

ちらりと見ると、右脇腹《みぎわきばら》の装甲《そうこう》に大穴が開き、アバター素体も深々と抉《えぐ》られている。装甲《そうこう》の切断面は研磨《けんま》したかのように滑《なめ》らかで、さっきのキツネ頭がただの必殺技《ひっさつわざ》ではなかったことは九割がた間違《まちが》いない。

「……いまのも《サイオン》か」

それでもいちおう確認《かくにん》すると、ユーロキオンは不敵な笑《え》みを浮《う》かべた。

「そういうこった。サービスで教えてやるけど、セルドキオンてのは南米にいるカニクイイヌのことな」

左手を引き、再びサウスポーのポジションに構えながら――。

「オマエもサイオンアーツをばかすか使っていいんだぜ。出《だ》し惜《お》しみしてられる状況《じょうきょう》じゃねーだろ?」

「…………」

無言で頷《うなず》き、ハルユキも構える。

いまのやりとりで得られた情報が二つある。一つは、サイオン――心意力を自在に駆使《くし》するユーロキオンも、発動時に技名《わざめい》発声が必要らしいということ。

そしてもう一つは、眼前のドライブリンカーは心意の暗黒面を恐《おそ》れている様子が微塵《みじん》もないということ。

本当に気にしていないのか、それとも暗黒面を克服《こくふく》するすべを知っているのか気になるが、これ以上は時間稼《じかんかせ》ぎだと思われるだろう。体力ゲージがまだ九割がた残っていることを確かめ、奥《おく》の手《て》その一――背中の翼《つばさ》をフルパワーで振動《しんどう》させる。

左右に五枚ずつある金属フィンを、片側二枚になるまで折《お》り畳《たた》んでいたので推進力は本来の半分も出せなかったが、完全な静止状態からの猛《もう》ダッシュに、さしものユーロキオンも反応がごくごくわずかに遅《おく》れた。

後ろに引《ひ》き絞《しぼ》った右手を、まっすぐ突き出しながら叫《さけ》ぶ。

「《光線剣《レーザー・ソード》》!!」

ずっと保持していた過剰光《オーバーレイ》が、銀色の剣となって伸びる。ユーロキオンが、両腕《りょううで》のオーラを強化しつつクロスガードしようとする。

右手から伸びた心意の剣が、ユーロキオンのオーラに接触《せっしょく》する寸前、腰撓《こしだ》めに構えたままの左手の五指を伸ばしてさらなる技名《わざめい》発声。

「《光線槍《レーザー・ランス》》!!」

ガキィイン！　という金属音を響かせて、右手の剣がガードされ。

ドギャッ！　という重苦しい音とともに、左手から伸びた心意の槍《やり》がユーロキオンの右脇腹《みぎわきばら》を直撃《ちょくげき》した。

抜けた——と思ったが、ユーロキオンの頭上の体力ゲージは減っていない。見れば、脇腹《わきばら》にもオーラが分厚く集まり、光線槍《レーザー・ランス》の切っ先を受け止めている。

——こんなこともできるのか。

いままで、心意技《しんいわざ》に付随《ふずい》する発光現象《ライト・エフェクト》としか思っていなかったオーラ——過剰光《オーバーレイ》を、攻防《こうぼう》一体の武器として操《あやつ》るユーロキオンの技術にハルユキは感嘆《かんたん》した。

ドレッド・ドライブ２０４７というタイトル名からして、ユーロキオンたちがプログラムを与《あた》えられたのは今年の一月以降のはずだ。事実、彼は戦いが始まる前に、二つの世界が繋《つな》がる瞬間《しゅんかん》を何ヶ月も待ったと——何年も、ではなく——言っていた。

だから、ユーロキオンを含《ふく》む全てのドライブリンカーたちの戦歴は、去年の十月にバーストリンカーになったハルユキより短いということになる。もちろん、加速時間の累計《るいけい》では負けている可能性はあるが、それでも実時間で一年かからずに、いったいどうやってここまでの技《わざ》を……。

畏怖《いふ》の念を振《ふ》り払《はら》い、ハルユキはありったけの精神力を両手に集中させた。

心意システムの要訣《ようけつ》は《事象の上書き《オーバーライド》》、すなわちイマジネーションによる世界の改変だ。「もっと速く、もっと遠く」というイメージの具現化である《光線剣《レーザー・ソード》》や《光線槍《レーザー・ランス》》は、光線の名のとおり一瞬《いっしゅん》の射程と威力《いりょく》に特化した技《わざ》で、もともとせめぎ合いには向いていない。

それ以前に、剣《ソード》と槍《ランス》を両手で同時に発動させたのもこれが初めてだ。

しかし、ユーロキオンの防御《ぼうぎょ》を破れず心意が消えれば、カウンターの一撃《いちげき》でどちらかの腕《うで》を、下手をすると首を持っていかれる。

ハルユキの心意を阻《はば》む青いオーラは、最初の接触《せっしょく》では圧倒的《あっとうてき》な硬《かた》さだけを伝えてきたのに、いまはそれに加えてしなやかな強靭《きょうじん》さを感じさせる。まるで野生の獣《けもの》のような……と思ってしまうのは、ユーロキオンの外見のせいだけではあるまい。

三十ミリ砲弾《ほうだん》を跳《は》ね返《かえ》すほどのオーラは、力押しでは貫《つらぬ》けない。心意の刃《やいば》を極限まで硬《かた》く、細く、鋭《するど》く研《と》ぎ澄《す》まさなくては――しかし、そんな技術を修練したことは一度も……。

いや、ある。

剣こそ違《ちが》えど、斬《き》れないものを斬《き》るための修業《しゅぎょう》を、ハルユキは今日まで地道に続けてきた。《剣鬼《ルースレス》》セントレア・セントリー直伝の、オメガ流合切剣《りゅうがっさいけん》。どれほど硬《かた》くて大きい物体にも最小の一点――《極微《きょくび》》を見出《みいだ》し、《極大《きょくだい》》の威力《いりょく》で切断するという、防御《ぼうぎょ》不能の技《わざ》だ。

ハルユキがセントリーに弟子《でし》入《い》りしたのは、レベル6のボーナスで取得した剣型強化外装、ルシード・ブレードの使い方を学ぶためだった。

だが剣は剣、刃《やいば》は刃《やいば》だ。実体なきイメージの剣である《光線剣《レーザー・ソード》》でも、オメガ流の技《わざ》を使うことは可能なはず。

せめぎ合いが始まって、すでに五秒。ユーロキオンの両腕《りょううで》と脇腹《わきばら》に宿るオーラは小揺《こゆ》るぎもせずに心意の剣と槍を受け止め続けているが、ハルユキのイマジネーションは持続できてもあと三秒だろう。やるならいましかない。

左手の光線槍《レーザー・ランス》を消すと同時に、右手から放たれる銀色の過剰光《オーバーレイ》にさらなる表象《ひょうしょう》を重ねる。硬《かた》く、細く、鋭《するど》い剣のイメージ。以前なら色と形を思《おも》い浮《う》かべるのが精一杯《せいいっぱい》だっただろうが、愛剣ルシード・ブレードと共に積み重ねてきた時間が、確固たる体感となって記憶《きおく》に……魂《たましい》に刻み込まれている。

キュイン！　と甲高《かんだか》い音を放ち、実体なき光線剣《レーザー・ソード》が五分の一以下の太さにまで凝集《ぎょうしゅう》して、完璧《かんぺき》な直線を描《えが》く硬質の刃《やいば》——言うなれば光刃剣《ライト・ソード》へと変わった。

「……ッ！」

素早《すばや》く反応したユーロキオンが、何らかの技名《わざめい》を発するつもりか、大きく口を開いた。だがその時にはもう、ハルユキは白く輝《かがや》く刃《やいば》で青いオーラをわずかだが切《き》り裂《さ》いていた。

ほんの数ミリ食い込んだだけでオーラの硬度《こうど》が急激に増し、刃《やいば》を跳《は》ね返《かえ》そうとする。だが、硬《かた》いということは、決まった形があるということだ。ゴムのような不定形のオーラではなく、スーツに密着する硬質《こうしつ》の鎧《よろい》であれば、そこに《極微《きょくび》》を見出《みいだ》せる。

心意の刃《やいば》と、オーラの鎧《よろい》が一点で接触《せっしょく》したと感じた瞬間《しゅんかん》——ハルユキは、残された精神力の全てを振《ふ》り絞《しぼ》って念じた。

――――《極《きょく》》!!


かつん、という乾《かわ》いた手応えとともに、光刃剣《ライト・ソード》が真下へと抜けた。

直後、イマジネーションを持続させられなくなり、剣は小刻みに明滅《めいめつ》してから消えた。

ハルユキは右足の筋力と翼《つばさ》の推力を使ってバックジャンプし、五メートル以上も離《はな》れてから詰《つ》めていた息を吐《は》いた。

ここでようやく、知力と技量の全てを注《つ》ぎ込んだ一撃《いちげき》の結果が明らかとなった。

青いオーラをうっすらとまとったまま静止するユーロキオンの、顔の前でクロスされた腕《うで》の片方――光刃剣《ライト・ソード》をガードしていた右腕《みぎうで》が、手首と肘《ひじ》の中間あたりで音もなく分離《ぶんり》し。ドッと重い音を立てて地面にバウンドした右手は、バーストリンカーの離断《りだん》パーツのように光の欠片《かけら》を散らして砕《くだ》けるのではなく、青い炎《ほのお》に包まれて瞬時《しゅんじ》に燃《も》え尽《つ》きた。

残った左腕《ひだりうで》にも、ごく細い刀傷が一直線に刻まれているが、切断には至らなかったようだ。

ハルユキの目論見《もくろみ》は、ユーロキオンの両腕《りょううで》を断《た》ち斬《き》り、あわよくば胴体《どうたい》にもダメージを与《あた》えることだった。しかし、乾坤一擲《けんこんいってき》の《オメガ流光刃剣《ライト・ソード》》で奪《うば》えたのは片腕《かたうで》だけ。これで戦意を失うような相手なら、切り込み隊長を名乗りはするまい。

心意力をほとんど使い果たしてしまったが、タイムアップまでどうにかしのぎ続けなくては。

そもそも、五分経《た》ったことをどうやって知ればいいのか……と思った、その時。

「……なるほどね」

両腕《りょううで》を下ろしたユーロキオンが、右腕《みぎうで》の切断面を眺《なが》めながら言った。

「こいつが心意《シンイ》か……ＤＤのサイオンアーツと原理は同じみてーだが応用が違《ちが》うな。ピリ辛《カラ》な隠《かく》し味《あじ》が入ってやがる……」

いきなり口から灰色の舌を伸ばし、切断面をべろりと舐《な》める。それで何かが解《わか》ったわけでもないだろうが、納得《なっとく》したかのように笑うと北の空に目を向け──。

「《コンプリケーター》、あと何秒だ」

さして声を張り上げたわけでもないのに、交差点の真ん中に高々とそびえる石像の上から、どこか機械的な響《ひび》きを帯びた声が降ってきた。

「貴方《あなた》が勝手に決めたルールなんですから、時間くらいご自分で計って下さいよ。……あと、百二十秒です」

「オッケー、ゼロ秒になる時も教えてくれ」

顔を戻《もど》すと、ユーロキオンはじっとハルユキを見た。

「さて、ラスト二分は全開でぶちかますぜ。ついてこいよ、シルバー・クロウ」

そう言い放つや、無事な左腕《ひだりうで》と切断された右腕《みぎうで》を高々と空に向ける。筋肉質な体を思い切り反らせ、キツネマスクの下でがばっと口を開いて叫《さけ》ぶ。

「《クリソキオ――――ン》‼」

まるでアニメの主人公の如《ごと》き堂々たる技名《わざめい》発声。何が起きるのか見届けたい気持ちもあるが、もう情報収集を優先している余裕《よゆう》はない。

ハルユキは、前にダッシュしながら最速で唱えた。

「着装、《ルシード・ブレード》‼」

左腰《ひだりこし》に光が凝集《ぎょうしゅう》し、細身の長剣《ちょうけん》を作り出す。

これが奥《おく》の手《て》その二だ。わざわざ心意で剣を作ったハルユキが、本物の剣を召喚《しょうかん》できるとはさしものユーロキオンも思わないだろう。

右手で柄《つか》を、左手で鞘《さや》を握《にぎ》り、全身を低く沈《しず》ませる。

ユーロキオンの全身から青いオーラが炎《ほのお》の如《ごと》く立ち上ったが、ハルユキは構わず抜き打ちの一撃《いちげき》を放った。心意、いやサイオンの鎧《よろい》が《極《きょく》》で斬《き》れることは確認済《かくにんず》み。万が一オーラが本物の炎《ほのお》でも、《炎熱《えんねつ》ダメージ無効》の強化を施《ほどこ》してあるルシード・ブレードは刃《は》こぼれ一つしない。

まだ両腕《りょううで》を振り上げたままのユーロキオンの、がら空きの右脇腹《みぎわきばら》に刃《やいば》が吸い込まれていく。切っ先がオーラの鎧《よろい》に触《ふ》れた瞬間《しゅんかん》に《極》を使うべく、会話中にわずかだが回復した精神力を余さずフォーカスさせようとした、その刹那《せつな》――。

空気が爆《は》ぜたかの如《ごと》き衝撃《しょうげき》とともに、ユーロキオンの姿が掻《か》き消《き》えた。

いや、消えたわけではない。ハルユキは視界の端《はし》ぎりぎりを掠《かす》めた、青い残光をかろうじて捉《とら》えた。真上だ。

剣を全力で引《ひ》き戻《もど》しながら、顔を仰向《あおむ》ける。

深紅《しんく》の六角形に埋《う》め尽《つ》くされた空に、黒々とした人影《ひとかげ》が浮《う》かんでいる。一瞬《いっしゅん》、飛行能力かと思ってしまったがそうではない。ユーロキオンは、仁王立《におうだ》ちの状態から、信じられないほどの高さまで……恐《おそ》らくは二十メートル以上も垂直にジャンプしたのだ。

四肢《しし》を広げて落下してくるシルエットは、数秒前とは明らかに形状が違《ちが》う。もともと体格のわりに長めだった両腕《りょううで》はさらに長く、逞《たくま》しくなり、腰回《こしまわ》りは異様なほど細くくびれ、両脚《りょうあし》は大腿部《だいたいぶ》がみっしりと膨《ふく》らみ、膝《ひざ》から下はすらりと引き締まり……そして腰《こし》の後ろからは、青い炎《ほのお》にも似た尻尾《しっぽ》が伸びている。

――――人狼《ライカン》。

そんな言葉がハルユキの脳裏《のうり》を過《よぎ》ったのと、ユーロキオンが体を丸めたのは同時だった。

落下速度が一気に増す。青黒い塊《かたまり》となって降ってくる人狼《じんろう》を、ハルユキはバックジャンプで回避《かいひ》しようとした。

しかし。

ハルユキがまだ空中にいるうちに、ユーロキオンが勢いよく両脚《りょうあし》を伸ばし、空気を蹴《け》った。

見間違《みまちが》いではない。蹴《け》られた虚空《こくう》にリング状の閃光《せんこう》が弾《はじ》け、落下の角度が大きく変化する。

このままでは、着地の瞬間《しゅんかん》を攻撃《こうげき》される。

翼《つばさ》を使って跳躍《ちょうやく》距離《きょり》を伸ばしても、再び空気を蹴《け》ってぴったり追尾《ついび》してくるだろう。ならば――。

ハルユキは半閉状態だった十枚の金属フィンを完全に展開し、さらには装着したままだった強化外装《メタトロン・ウイング》も広げてフルパワーで振動《しんどう》させた。発生した膨大《ぼうだい》な推力が、アバターを猛然《もうぜん》と加速させる。横ではなく上――落下してくるユーロキオンめがけて。

その挙動を予想していたのか意表を突かれたのかは解《わか》らないが、ユーロキオンは縮めていた四肢《しし》を広げて空気抵抗《ていこう》で減速し、同時に青く燃えさかるオーラを両腕《りょううで》に集中させた。

無事な左手は以前の二倍ほどにも巨大化《きょだいか》し、指先には凶悪《きょうあく》なまでに鋭《するど》い鉤爪《かぎづめ》が伸びている。それを包《ふく》むオーラを含めると、差《さ》し渡《わた》しが三十センチ近くもありそうだ。一薙《ひとな》ぎされただけで手足がちぎれ、首が落ちるだろう。しかも、ハルユキに切断された右手までもが、同じサイズのオーラで再現されている。

あれほど巨大《きょだい》な腕《うで》を空中で振《ふ》り回《まわ》したら、反作用で体が逆方向に回転してしまうはず……という読みをハルユキは即座《そくざ》に捨てた。

推測どおり、ユーロキオンは逆さまの姿勢で虚空《こくう》を踏《ふ》み、そこを足場にしつつ両腕《りょううで》を同時に振り下ろした。

空中に青いVの字を描《えが》きながら降ってくる十本の鉤爪《かぎづめ》を睨《にら》み、ハルユキは叫《さけ》んだ。

——光速翼《ライト・スピード》‼

今回も、技名《わざめい》が実際に口から出たのか、あるいは脳内で響《ひび》いただけなのかは解《わか》らなかった。

しかし背中の銀翼《ぎんよく》はハルユキの心意に応え、全身の金属装甲《そうこう》が軋むほどの推力を絞《しぼ》り出した。

彼我《ひが》の距離《きょり》が急激にゼロへと近づく。青い炎《ほのお》をまとった鉤爪《かぎづめ》が、ヘルメットに肉薄《にくはく》する。

ほんの一瞬《いっしゅん》でも恐《おそ》れれば加速が鈍《にぶ》り、頭を細切《こまぎ》れにされるだろう。胸の真ん中で燃える炎《ほのお》に理性も分別も叩《たた》き込み、さらなるスピードを絞《しぼ》り出す。

ギッ！　とアーク放電めいた擦過音《さつかおん》を立てて、ヘルメットの両側面を親指の鉤爪《かぎづめ》が引《ひ》っ掻《か》き、後ろへ抜けた。

すぐ目の前に、ユーロキオンの頭がある。ほんの数秒前まではキツネマスクを被《かぶ》った人間の顔だったのに、いまは完全に獣化《じゅうか》している。

「グルオオオオッ‼」

ユーロキオンが猛獣《もうじゅう》の咆哮《ほうこう》を迸《ほとばし》らせ。

「うおあああっ‼」

ハルユキも腹の底から雄叫《おたけ》びを上げ、鋭《するど》い牙《きば》を剥《む》き出す人狼《じんろう》の鼻面《はなづら》に、渾身《こんしん》の頭突《ずつ》きを叩《たた》き込んだ。

必殺技《ひっさつわざ》《ヘッドバット》を発動する余裕《よゆう》はなかったが、発動させたところで心意技《しんいわざ》レベルの防御力《ぼうぎょりょく》を誇《ほこ》るユーロキオンには通用しなかっただろう。一縷《いちる》の望みは、第二段階心意技《しんいわざ》である《光速翼《ライト・スピード》》のイマジネーションが、ユーロキオンの心意防御《ぼうぎょ》を上書《オーバーライド》きしてくれることだけだ。

――こいつの鼻がひしゃげるか、僕の頭が吹《ふ》っ飛《と》ぶか、二つに一つ！

目も眩《くら》むような衝撃《しょうげき》と閃光《せんこう》。真っ白にハレーションを起こした視界から、自分と相手の体力ゲージすらも消え去る。

そこに、【YOU　ARE　DEAD】の死亡メッセージが浮《う》かび上がるのを、ハルユキは覚悟《かくご》した。

しかし一秒後、視界が周辺部から色彩《しきさい》を取《と》り戻《もど》し、体力ゲージも再び表示された。どうやらあまりの衝撃《しょうげき》に、ブレイン・バースト中央《メイン・ビジュアライザー》サーバーに存在するハルユキの思考用量子回路が、一瞬《いっしゅん》にせよ誤動作したらしい。

体力ゲージも七割以上減っているが、しかしまだ生きている。

復活した視界の中央に、大きく仰《の》け反《ぞ》りつつ遠ざかる人狼《じんろう》が見える。ハルユキも同じ格好で落下する。右手のルシード・ブレードで追撃《ついげき》したいが、もう手も足も背中の翼《つばさ》も動かせない。タイムリミットまではあと一分以上も残っているはずなので、もしユーロキオンが立ち直って反撃《はんげき》してきたら万事休《ばんじきゅう》すだ。

残る手札《カード》は、あと一枚きり。

ハルユキはわずかに残った思考力をかき集め、懸命《けんめい》に念じた。


——チユ、いまだ!!


その思念が届いたわけではないだろうが、視界の右隅《みぎすみ》で、緑色の光が十字に煌《きら》めいた。戦場の北東に立ち並ぶ岩山の隙間《すきま》から、鮮《あざ》やかなライムグリーンの光線が放たれ、一直線に伸びていく。

その向かう先はハルユキでも、ユーロキオンでもない。交差点の中心に屹立《きつりつ》する灰色の巨像《きょぞう》——かつて終焉神《しゅうえんしん》テスカトリポカだったモノの左足だ。

エコミューゼタウンから降下する直前、ハルユキはチユリに三つのことを頼《たの》んだ。一つ目は、くれぐれも無理をするなということ。二つ目は、戦いが混戦模様になったら、生存者の中からコットン・マーテンを見つけ出し、サンシャインシティのポータルで離脱《りだつ》させること。

そして三つ目は、ハルユキと青いドライブリンカーが一対一で戦うことになった場合を想定した指示だ。

——その時は、オレがどうにかして相手に十秒間の隙《すき》を作るから、テスカトリポカの残骸《ざんがい》にシトロン・コールをかけてくれ。

チユリはその指示を遂行《すいこう》した。ならばハルユキも、約束を果たさなくてはならない。

正面で、落下中のユーロキオンが激しく全身を震《ふる》わせた。早くも意識を取《と》り戻《もど》したらしく、仰《の》け反《ぞ》っていた頭がぐぐっと持ち上がる。まだ人狼化《じんろうか》は継続中《けいぞくちゅう》で、鉤爪《かぎづめ》に宿るオーラも消えていない。

獣《けもの》の双眸《そうぼう》が、ほんの一瞬《いっしゅん》だけ訝《いぶか》しそうに細められ、すぐさまカッと見開かれた。赤い大地を横切る緑色の光に気付き、それが重要な意味を持つことまで見抜いたのだ。

空《くう》を蹴《け》って移動できるユーロキオンなら、五秒あればチユリのところまで到達《とうたつ》するだろう。

「ガウッ！」

猛々《たけだけ》しく吠《ほ》え、跳躍《ちょうやく》するべく両脚《りょうあし》を縮める人狼《じんろう》に、ハルユキは剣を向けようとした。だが、右手が痺《しび》れてしまって愛剣の柄《つか》を握《にぎ》り続けるのが精一杯《せいいっぱい》だ。

ユーロキオンの足許《あしもと》で、圧縮された空気がリング状に震《ふる》える。

その時――。

――クロウ！　私の翼《つばさ》を使いなさい！

頭の芯《しん》でそんな声、いや意思が紫電《しでん》となって弾《はじ》けた。

同時に、背中の翼《つばさ》――シルバー・クロウの金属フィンではなく、肩甲骨《けんこうこつ》の上部に装着された強化外装《メタトロン・ウイング》に、仄《ほの》かな熱が生まれた。

そのささやかなエネルギーを刹那《せつな》の力に変えて、ハルユキは掠《かす》れ声《ごえ》で叫《さけ》んだ。

「《エクテニア》!!」

右のウイングが一条の輝線《きせん》となって伸び、大きく弧《こ》を描《えが》いてユーロキオンに襲《おそ》いかかる。

しかしユーロキオンは慌《あわ》てる様子もなく、ぎりぎりまで引きつけてから空気を蹴《け》る。

回避《かいひ》されたとハルユキが思い、回避《かいひ》したとユーロキオンも思ったであろうその瞬間《しゅんかん》、輝線《きせん》があり得ないほど鋭角《えいかく》に曲がり、人狼《じんろう》の左肩《ひだりかた》を直撃《ちょくげき》した。

メタトロン・ウイングを光に変えて撃《う》ち出す《エクテニア》は、強化外装の固有技《こゆうわざ》であって心意技《しんいわざ》ではない。だからユーロキオンの心意防御《ぼうぎょ》を貫《つらぬ》けず、紙のように砕《くだ》かれてしまうのではないか……と一瞬《いっしゅん》危惧《きぐ》したが、ハルユキの右後背から伸びる光のリボンは、衝撃《しょうげき》でたわみはしたものの破壊《はかい》されずに持ちこたえた。

膨大《ぼうだい》な量の火花を撒《ま》き散《ち》らしながら、エクテニアとユーロキオンは宙の一点で静止し——。

バキィイン！　という空間そのものが割れるような音を響《ひび》かせて、双方《そうほう》ともが凄《すさ》まじい勢いで弾《はじ》き飛《と》ばされた。

ハルユキはリボンを伝わってきた反動を吸収できず、錐揉《きりも》み状態に陥《おちい》った。

五分のタイムリミットまではあと三十秒ほど残っているが、今度こそエネルギー切れだ。

——チユ、頼《たの》む。

もう一度念じた直後、ハルユキは地面に激突《げきとつ》し、ごろごろと転がってからようやく止まった。体力ゲージは残り一割。

いまにもブラックアウトしそうな意識を懸命《けんめい》に繋《つな》ぎ止《と》めながら、どうにか顔の向きを変える。四十メートルほど先にそびえ立つ石像は、全体が淡《あわ》い緑の燐光《りんこう》に包まれている。上面に陣取《じんど》る九人のドライブリンカーたちも異変に気付いているはずだが、ハルユキの位置からでは死角になって姿を見ることはできない。

チユリ——《時計の魔女《ウオッチ・ウイッチ》》ことライム・ベルの必殺技《ひっさつわざ》《シトロン・コール》は、対象の時間もしくは恒常的《こうじょうてき》変化を巻《ま》き戻《もど》すという恐《おそ》るべき力を持っている。いまチユリが発動しているのは、時間を巻《ま》き戻《もど》す《モードI》。いつもは仲間の体力ゲージや必殺技《ひっさつわざ》ゲージを回復したり、ダメージを修復するために使うことが多く、エネミーを対象にしたことはないはずだ。

しかしチユリは以前、四神セイリュウに奪《うば》われたブラッド・レパードのバーストポイントをこの技《わざ》で取《と》り戻《もど》したことがある。あの時は、間接的にではあるが超級《ちょうきゅう》エネミーのステータスを変動させたわけで、ならばカテゴリーでは同格のテスカトリポカにも効果があるのではないか

——とハルユキは考えたのだ。

もちろん、狙《ねら》いはテスカトリポカの復活ではない。仮に復活すればドライブリンカーたちも侵略《しんりゃく》どころではなくなるだろうが、脅威《きょうい》の度合いではどちらが上とも言えないし、そもそもあれほど巨大《きょだい》な代物《しろもの》を完全再生させるには、太陽神インティ攻略《こうりゃく》作戦の時と同じかそれ以上

のサポート態勢が必要になるだろう。

ハルユキが目論《もくろ》んだのは、復活ではなく修復……ほんの少しだけ、崩壊《ほうかい》の度合いを巻《ま》き戻《もど》すことだ。

石像の足許《あしもと》には、大小無数の岩塊《がんかい》が転がっている。その二割ほどが緑の光に包まれた――と思った次の瞬間《しゅんかん》、重力を無視した動きで空に舞《ま》い上がっていく。岩たちは石像上面の断端《だんたん》にゴツ、ゴツと鈍《にぶ》い音を響《ひび》かせてくっつき、隙間《すきま》のヒビも即座《そくざ》に消える。

「クッソ、何なんだよいったい！」

さすがに慌《あわ》てたような叫《さけ》び声《ごえ》に、しなやかな足音が重なった。交差点の東側を、青い人狼《じんろう》が獣《けもの》の如《ごと》く疾駆《しっく》する。目指しているのは緑の光線の発生源。チユリを妨害《ぼうがい》するつもりだろうが、それには及《およ》ぶまい。

ユーロキオンがまだ交差点の中にいるあいだに、シトロン・コールの光が明滅《めいめつ》し、消えた。チユリの必殺技《ひっさつわざ》ゲージが空になったのだ。問題は、ハルユキの目論見《もくろみ》が功を奏したかどうか。それを知るには石像の上を自分の目で見る必要があるが、空を飛ぶどころか立ち上がるための気力さえ回復していない。

震《ふる》える左腕《ひだりうで》で地面を押し、どうにか上体を起こした、その時。

キーン、キーン、コォ――ン……という澄《す》んだチャイムのような金属音がどこからともなく降り注ぎ、抑揚《よくよう》の薄《うす》い声がそれに続いた。

「五分経《た》ちましたよ、《牙《ファング》》」

途端《とたん》、四足走行していたユーロキオンが、ざざーっと両手足をスライドさせながら止まる。後ろ足で立ち上がった人狼《じんろう》の体から、オーラが真っ青な火柱となって立ち上り、たちまち空気に溶《と》けて消える。

小柄《こがら》なキツネマスクに戻《もど》ったドライブリンカーは、首をこきんこきんと左右に曲げてから、赤い空を仰《あお》ぎ見《み》た。

ハルユキも視線を上げる。すると、石像の上から音もなく舞《ま》い降《お》りてくる人影《ひとかげ》が見えた。

ユーロキオンが飛び降りた時と違《ちが》って、一定速度で悠然《ゆうぜん》と降下する様子はセントレア・セントリーの《低速落下《フェザー・フォール》》アビリティと似ているが、身にまとうマントの翻《ひるがえ》り方に違和感《いわかん》がある。落下速度が抑制《よくせい》されているのではなく、まるで人影《ひとかげ》の周囲だけ、流れている時間が遅《おそ》くなっているかのような……。

と、不意にマントが激しくたなびき、人影《ひとかげ》は最後の三メートルほどを普通《ふつう》の速度で落下して地面に降り立った。

奇妙《きみよう》な姿だった。身長は二メートル近いが異様に細身で、その体の首許《くびもと》から爪先《つまさき》までを黒いマントに隙間《すきま》なく包み込んでいる。露出《ろしゆつ》しているのは頭部だけだが、その頭も奇怪《きかい》……いや、機械そのものだ。銀のフレームにぎっしり組み込まれた真鍮《しんちゅういろ》色の歯車や弾《はず》み車《ぐるま》が、カチコチとかすかな音を響かせながら回転している。プロミネンス《鉄組》のエリンバー・ガバナーに似ているが、部品の数はこちらのほうが遥《はる》かに多い。

目も鼻も口もない顔で周囲を見回すと、歯車アバターは黒マントの裾《すそ》を揺《ゆ》らして歩き始めた。交差点の外縁部《がいえんぶ》に立ち並ぶエクセルキトゥスの生存者たちは、この五分の間にも蘇生《そせい》が進み、七十人ほどにまで増えている。その全員の視線をそよ風の如《ごと》く受け流しながら、広い交差点を横切ってユーロキオンの前まで移動すると、再び言葉を発する。

「まったく……あれだけ派手にサイオンを使っておいて、レベル6ひとり片付けられないとは驚《おどろ》きですね」

機械的な振動音《しんどうおん》を帯びた声を聞き、ハルユキはようやく思い出した。あの歯車アバターは、ユーロキオンが残り時間を知るために呼びかけた相手だ。名前は確か、《コンプリケーター》。complicateは「複雑にする」とか「悪化させる」という意味の動詞だったはずだが、とりあえず頭のデザインは、加速世界で目にした全てのアバターの中で最も複雑であることは間違《まちが》いない。

あからさまな皮肉にも、ユーロキオンは「ふん」と鼻を鳴らしただけだった。左手の親指を石像に向け、訊《たず》ねる。

「さっきの光線、修復系か遡行系《そこうけい》の能力だろ。上はどうなったんだ？」

「地面から舞《ま》い上がってきた岩が積み重なって、ポータルを埋《う》めちゃいました。破壊《はかい》しようとしたんですが、《鋼《スチール》》のパンチでも砕《くだ》けませんでしたよ」

「マジか……他の連中は？」

「《力《フォース》》の判断で、ポータルが完全に埋《う》まる前にＤＤへ戻《もど》りました。こっちに閉じ込められる可能性が少なからずありましたからね」

歯車アバター――コンプリケーターのその言葉が耳に届いた途端《とたん》、ハルユキは深々と息を吐《は》き出した。

チユリにシトロン・コールで石像の時間を巻《ま》き戻《もど》すよう頼《たの》んだのは、まさにそれを狙《ねら》ってのことだった。崩《くず》れ落《お》ちた岩塊《がんかい》を二メートル積み直すことができれば、ドライブリンカーたちが通ってきた赤いポータルを埋《う》められるのでないか……その場合、彼らはＤＤ世界に戻《もど》ることを選択《せんたく》するのではないか、とハルユキは推測したのだ。

目論見《もくろみ》はほぼ当たったようだが、だとするとコンプリケーターはなぜ一人だけ、自らの意思でこちらに残ったのか……という疑問とまったく同じ問いを、ユーロキオンがぶっきらぼうに投げかけた。

「じゃあ、オメーはなんで戻《もど》らなかったんだよ、《輪《ホイール》》？」

「貴方《あなた》のせいですよ《牙《ファング》》。ゼロ秒になる時も教えろ、と私に依頼《いらい》したでしょう。私はね、一度決めたスケジュールを変更《へんこう》するのが大嫌《だいきら》いなんです」

「あー、そっかそっか、そりゃ悪かった」

切断状態に戻《もど》った右腕《みぎうで》を振ると、ユーロキオンは再び石像を見やった。

「ま、積み上がった岩をオレらでブチ壊《こわ》せば、ポータルはまた出てくるだろ」

「どうですかね……試《ため》してみるしかない状況《じょうきょう》ではありますが」

コンプリケーターがやれやれとばかりに肩《かた》をすくめた、その時──。


「そんなこと、やらせないわよ!!」


毅然《きぜん》とした声がフィールドに響《ひび》き渡《わた》り、ドライブリンカーたちは弾《はじ》かれたように振り向いた。

ハルユキも「なんで出てくんだよ！」と小声で呻《うめ》いたが、時すでに遅《おそ》し。

交差点の東側から、ざっくざっくと威勢《いせい》よく地面を踏《ふ》みながら近づいてくるのは、左腕《ひだりうで》に大きなベル型強化外装を装着し、鍔《つば》の広い三角帽子《さんかくぼうし》を被《かぶ》った女性型《F》アバター──ライム・ベルだった。

ハルユキに背を向けるユーロキオンとコンプリケーターの、ほとんど目の前で立ち止まると、ライム・ベル／チユリは小柄《こがら》なアバターの背筋《せすじ》をいっぱいに反らせ、再び叫《さけ》んだ。

「だいたい、何なのよあんたたちは！　引導を渡《わた》すだの何だの、勝手なことばっか言って……対戦するなら、明るく、楽しく、礼儀《れいぎ》正しくがキホンでしょ！」

「………」

さしものドライブリンカーたちも、これには唖然《あぜん》とさせられたようだった。

絶句したのはハルユキも同じだ。バーストリンカー同士でさえ、礼儀《れいぎ》やマナーを求められるのは通常対戦までで、無制限中立フィールドで遭遇《そうぐう》すれば即座《そくざ》に問答無用の殺し合いが始まる。ましてや、ユーロキオンたちは異なる世界からの侵略者《しんりやくしゃ》なわけで、最初に名乗っただけマシと思うべきなのでは……。

というハルユキの思考を。

氷の如《ごと》く冷ややかな声が遮《さえぎ》った。

「楽しく対戦？　何をのんきなことを……。これはもうお遊びではなく生存闘争《とうそう》なんですよ、お嬢《じょう》さん」

発言したのはコンプリケーターだ。頭部の弾《はず》み車《ぐるま》をコチコチと鳴らしながら、チユリの顔を覗《のぞ》き込む。

「我々が勝てば、あなたたちの世界が消える。あなたたちが勝てば、我々の世界が消える……これは、二つのゲームを創り、動かしている何者かによって決められた不可変のルールです。我々はDD２０４７を失うなど御免蒙《ごめんこうむ》るし、あなたたちもBB２０３９を諦《あきら》めるつもりはないでしょう？　ならば、あとはもう戦争しかないじゃないですか？」

丁寧《ていねい》な口調は、グレイシャー・ビヒモスこと小清水理生《コシミズリオウ》に似ているが、メカニカルな倍音が人間味をかき消している。あいつは本当にリンカーなのか……という疑問がハルユキの脳裏《のうり》を過《よぎ》ったが、それはコンプリケーターの言葉を自分なりに解釈《かいしゃく》した途端《とたん》、どこかに飛んでいってしまった。

「…………！」

地面にへたり込んだまま、鋭《するど》く息を吸い込む。

あなたたちが勝てば、我々の世界が消える。つい聞き流しそうになったが、それはこの上なく重要な情報だ。ユーロキオンは、『トライアル・ナンバーツーは今日でサービス終了《しゅうりょう》だ』としか言っていなかったが、その可能性はドレッド・ドライブにも存在した……つまりハルユキたちバーストリンカーが何らかの勝利条件をクリアすれば、消え去るのはＤＤ２０４７のほうなのだ。

恐《おそ》らく、ユーロキオンが明かそうとしなかった《こっちの事情》というのもそのことだろう。底知れない実力を持ち、猛獣のように好戦的な彼も、ＤＤの消滅《しょうめつ》を口にすることを躊躇《ためら》った。ならば、ハルユキたちが勝利する可能性もゼロではない……どころか、二十か三十パーセントくらいはあると、ユーロキオンたちも見積もっているのではないか。

現状では彼らだけに知らされているらしい勝利条件を、どうにかして聞き出さなくては。

ハルユキは、鉛《なまり》のように重い両脚《りょうあし》に力を込め、ふらつきながらも立ち上がった。

前方では、一瞬《いっしゅん》気圧《けお》されたらしいチユリが、果敢《かかん》に言い返したところだった。

「……だとしても！　最初に話し合うことぐらいできるでしょ！　お互《たが》いが持ってる情報を、出《だ》し惜《お》しみなしでぜーんぶ交換《こうかん》すれば、どっちのゲームも消えなくて済む方法が見つかるかもしれないじゃない！」

「その方法とやらを、とっくに消えちまったアクセル・アサルトとコスモス・コラプトの連中も知りたかっただろうな」

　感情を殺したような声で、ユーロキオンがぼそりと言った。左手を腰《こし》の前にあてがってから、そこにポケットがないことに気付いたように再び垂らす。

「オマエ、名前は」

「……ライム・ベル」

「ふぅーん……BBのヤツらはみんな、名前に色がついてんのか。よく聞け、ライム・ベル、根拠《こんきょ》のねえ希望にすがるのはオマエの勝手だ。でもそれをオレらに押しつけんな。こっちは、うんざりするほど話し合ってからポータルをくぐってんだよ。戦争がイヤなら目と耳塞《ふさ》いで、どっかすみっこに座ってろ」

「根拠《こんきょ》がないって、どうしてあんたに解《わか》るのよ！」

なおも気丈《きじょう》に声を張り上げるチユリに、ユーロキオンは「解《わか》るんだよ」と吐《は》き捨《す》てるように言い返し、無造作に左手を持ち上げた。拳《こぶし》を包む薄《うす》いオーラの被膜《ひまく》が瞬時《しゅんじ》に厚みを増し、炎《ほのお》の如《ごと》く燃えさかる。

チユリはまだ、心意システムの使い方を習得していない。

正確にはたった一度だけ、無制限中立フィールドの港区《みなとく》第三エリアに存在する加速研究会の本拠地《ほんきょち》に潜入《せんにゅう》した時に、破壊《はかい》不能属性の壁《かべ》に心意技《しんいわざ》で穴を開けようとしたハルユキとタクムを、左腕《ひだりうで》のベルから発生させた過剰光《オーバーレイ》で援護《えんご》してくれたことがある。しかしあの時は、光が消えると同時に気を失ってしまったし、以降も特に心意の修業《しゅぎょう》は行っていないはずだ。

だから、心意で強化されたユーロキオンの拳《こぶし》に頭や胴体《どうたい》を小突かれようものなら、チユリはそれだけで即死《そくし》してしまう。

「……やめろ‼」

言うことを聞かない両足を懸命《けんめい》に動かしながら、ハルユキは掠《かす》れ声《ごえ》で叫《さけ》んだ。

接近に気付いていたのか、ユーロキオンは少しだけ顔を振り向かせて言った。

「勘違《かんちが》いすんな、シルバー・クロウ。さっき言っただろ、オマエが五分生き残れたらこの場は見逃《みのが》してやるってな。──《ロアー・リング》」

肩《かた》の高さに掲《かか》げた左手を少し開き、再び握《にぎ》る。渦巻《うずま》く炎《ほのお》が、拳《こぶし》の中へと吸い込まれる。

何気ない動作に見えたが、籠《こ》められた握力《あくりょく》の凄《すさ》まじさに、空気──いや空間そのものが歪《ゆが》むのをハルユキは見た。

直後。

限界を超《こ》えて圧縮されたオーラが、何百匹《びき》もの猛獣《もうじゅう》の咆哮《ほうこう》を思わせる轟音《ごうおん》とともに炸裂《さくれつ》し、青い光のリングとなって瞬時《しゅんじ》に広がった。

ユーロキオンの隣《となり》に立つコンプリケーターは、光輪に触《ふ》れても長身をわずかにぐらつかせただけだったが、目の前にいたチユリはあたかも紙人形の如《ごと》く高々と吹《ふ》き飛《と》ばされた。

「ベル！」

ハルユキは咄嗟《とっさ》にチユリのところへ走ろうとしたが、信じがたいスピードで拡散する光輪を回避《かいひ》できず――。

全身の金属装甲《そうこう》がひしゃげるほどの圧力をまともに喰《く》らい、またしても背中から地面に叩《たた》き付《つ》けられた。

一秒後、四方から数十人ぶんの悲鳴がいっせいに湧《わ》き起《お》こった。ユーロキオンが発生させた光輪――オーラの衝撃波《しょうげきは》は、半径六、七十メートルはあるだろう東池袋《ひがしいけぶくろ》交差点の外縁部《がいえんぶ》にまで到達《とうたつ》し、エクセルキトゥスの生存者たちをも薙《な》ぎ倒《たお》したのだ。

不思議なのは、これほどの衝撃《しょうげき》を受けても、体力ゲージがほとんど減少しなかったことだ。至近距離《きょり》でまともに浴びたライム・ベルも、地面にひっくり返ってはいるが大きなダメージを被《こうむ》った様子はない。恐《おそ》らくはイマジネーションによってそうなるよう調整された非殺傷型の技《わざ》なのだろうが、衝撃力《しょうげきりょく》を維持《いじ》しつつ攻撃力《こうげきりょく》をほぼゼロにまで抑制《よくせい》するのは、増幅《ぞうふく》するよりも遥《はる》かに難しいはずだ。

ダメ押しのように圧倒的《あっとうてき》な実力を見せつけたユーロキオンは、左手を下ろすと言った。

「シルバー・クロウ、あと周りのヤツらも、ライム・ベルに感謝しな。あのチビッコの度胸に免《めん》じて、ポータルは現実時間であと一日……七月二十八日の二十四時まで、埋《う》まったまんまにしといてやるよ」

「いいんですか、《牙《ファング》》？　勝手にそんな口約束をして、きっと《錐《ドリル》》あたりがブチキレますよ？」

「そんときゃそんときだ、《輪《ホイール》》。おめーだって、こっちの世界で確認《かくにん》したいことがあるとか言ってただろ」

「ま、そうですけどね……次に何かを決める時は、事前に相談して下さいよ」

やれやれとばかりに肩《かた》をすくめると、コンプリケーターは頭だけをぐるりと一回転させた。

倒《たお》れるハルユキとライム・ベルにはもう目もくれず、交差点から南東に延びる音羽《おとわ》通《どお》りの方向へと歩き始める。

「おめーも行き先勝手に決めてんじゃねーかよ」

毒づきながら、ユーロキオンも後を追う。

勝利条件のヒントとなり得る情報を、何か一つだけでも手に入れなくては……と思ったが、首をわずかに持ち上げるのが精一杯《せいいっぱい》だ。せめて、二人が向かう先を見届けるべく、ハルユキは焦点《しょうてん》が合わない両目を懸命《けんめい》に見開いた。

と、黒マントの裾《すそ》を揺《ゆ》らして歩くコンプリケーターが、どこか気だるそうな声を響《ひび》かせた。

「《ラトラパンテ》」

まったく聞き覚えのない言葉だったが、技名発声《わざめい》であることだけは解《わか》った。

コンプリケーターの頭の両側についている小型の歯車が、揃《そろ》って金色の光――恐《おそ》らく心意の過剰光《オーバーレイ》を放った。

その輝《かがや》きがアイレンズに届いた瞬間《しゅんかん》、ハルユキの目の前に、奇妙《きみょう》なものが浮《う》かび上がった。半ば透《す》き通《とお》った時計の文字盤《ダイアル》。だが針が一本しかない。いや、違《ちが》う。まったく同じ長さの針が、十二時の位置で二本重なっているのだ。

チッチッチッチ……と軽《かろ》やかな音を立てて、二本の針が同時に動き始める。しかしすぐに、一本だけ動きが遅《おそ》くなる。一秒に一回動いていたのが、二秒に一回になり、三秒に一回になり……チッ、とかすかな音を放って止まった。

一瞬《いっしゅん》、ふっと意識が薄《うす》れた気がして、ハルユキはアイレンズを何度も瞬《しばたた》かせた。

幻《まぼろし》の時計は、いつの間にか消滅《しょうめつ》している。

そして、十メートルと離《はな》れていない場所を歩いていたユーロキオンとコンプリケーターも、煙《けむり》の如《ごと》く消《き》え失《う》せていた。

3

ハルユキがどうにか立ち上がれるようになるまで、三十秒近くを要した。

デュエルアバターは、現実身体と同じ意味の疲労《ひろう》はしない。アバター素体が傷つけば痛いし、四肢《しし》が欠損すれば行動を制限されるが、筋肉に乳酸が蓄積《ちくせき》したり、グリコーゲンが枯渇《こかつ》したりといったことはないのだ。

だから、立とうと思えば立てるはずだ——とハルユキは何度も自分に言い聞かせたのだが、軽量級であるはずのシルバー・クロウの手足が鉛《なまり》のように重く、腹にもまるで力が入らなくて、結局体を起こすためにメタトロン・ウイングの力を借りなくてはならなかった。

地面にあぐらをかいた姿勢で深い呼吸を繰《く》り返《かえ》していると、半ば麻痺《まひ》していた手足の感覚がようやく戻《もど》ってきたので、えいやと立ち上がる。

まず向かったのは、石像の足許《あしもと》に横たわるチユリのところだった。見た目にはほぼ無傷だが、仰向《あおむ》けに倒《たお》れたままぴくりともしない。

意識を失っているのかと思ったが、ハルユキが近づいていくと、右手を少しだけ持ち上げ、か細い声で言った。

「ごめんハル、手ぇ引っ張って……」

「おう」

上体をかがめ、十センチばかり浮《う》いたチユリの右手を左手で掴《つか》む。ハルユキも完全回復にはほど遠いが、「っしょい！」と気合いを入れて引っ張り起こす。

立ち上がったチユリは、一瞬《いっしゅん》ふらついたもののハルユキの手を支えに踏《ふ》ん張《ば》り、何度か頭を振ってから言った。

「ありがと、もう大丈夫《だいじょうぶ》」

ハルユキが手を離《はな》すと、ふうーっと深く息を吐《は》く。

「……強かったね、あいつら」

「そうだな……。あれでも、まだ本気出してなかったっぽいし……」

「だいたい、どうやって消えたの？　あいつらがいなくなる少し前に、なんか時計みたいなの見えたよね？」

ハルユキは「うん」と首肯《しゅこう》した。

恐《おそ》らく、二《に》針《しん》の時計の幻視《げんし》とドライブリンカーたちの消滅《しょうめつ》は、コンプリケーターが使った《ラトラパンテ》なる心意技《しんいわざ》――サイオンアーツによるものだろう。しかし具体的にどういう効果だったのかは、喰《く》らってから数分が経《た》ったいまでも解《わか》らない。

「たぶん、感覚阻害《そがい》系の技《わざ》だろうな……」

二人の左側にそびえ立つ灰色の石像を見上げてから、ハルユキは言った。

「……とりあえず、コットン・マーテンを捜そう。動けるか？」

「うん、大丈夫《だいじょうぶ》。まだ手足の感覚が鈍《にぶ》いけど、歩くくらいなら……」

「オレも。もしかしたら、ユーロキオンが使った心意技《しんいわざ》には、吹き飛ばし効果《ノックバック》だけじゃなくて脱力《スタン》の効果もあったのかもな」

ドライブリンカーたちの底知れない強さを改めて噛《か》み締《し》めながら、ハルユキは視線を左右に走らせた。

広い交差点からは、三本の大渓谷《だいけいこく》が北、南東、そして北西へと延びている。北と南東の谷が現実世界の音羽通《おとわどお》り、そして北西の谷がグリーン大通りだ。ユーロキオンのサイオンアーツに薙《な》ぎ払《はら》われたエクセルキトゥスの生存者たちも、もう大半がスタン状態から回復したらしく、助け合いながらグリーン大通りの入り口に集まろうとしている。

ハルユキが躊躇《ちゅうちょ》していると、チユリが一歩前に出て「行こ」と言った。無言で頷《うなず》き、北西へ歩き始める。エクセルキトゥスにとっては《裏切り者《ビトレイヤー》》のハルユキではあるが、まさかこの状況《じょうきょう》で戦おうとはしないだろう。

それにしても、大変な人数だ。渓谷《けいこく》の入り口に三々五々身を寄せ合っている生存者たちは、ざっと数えても七十人は下らない。加えて、交差点の中にはまだ三十近い数の死亡マーカーが点在している。

しかし、恐《おそ》らくだがテスカトリポカ攻略《こうりゃく》作戦が開始された時点ではその二倍から三倍もの人数が集結していたはずだ。つまりこの場所でポイント全損《ぜんそん》したバーストリンカーは、少なく見積もっても百人……多ければ二百人。たぶん、生存者のほとんどが仲間や友達を……もしかしたら《親》や《子》を永遠に失ったのではないか。

コットン・マーテンが生き残っている可能性は決して高くないが、それでもチユリは気丈《きじょう》に歩き続けた。渓谷《けいこく》の入り口にさしかかった時、小さく「あ……」と声を上げ、小走りになる。

マーテンを見つけたのかと思ったが、チユリが向かった先にいたのは、男性型《M》ばかりの小集団だった。数は四……いや五人。

「あの、オーヴェストの人たちですよね」

チユリが話しかけると、五人は緩慢《かんまん》に振り向いた。いちばん手前の大柄《おおがら》な赤系アバターが、戦車の砲塔《ほうとう》めいた造形の顔を一瞬《いっしゅん》だけハルユキに向けてから答える。

「ああ……そうだよ」

「コトちゃん……コットン・マーテンは、どこに……？」

「…………」

赤系アバターは、無言で仲間たちのほうを見た。すると、こちらもがっちりとした体つきの緑系アバターが、肩《かた》を落として答えた。

「マーテンは、レベルアップしたばかりで余剰《よじょう》ポイントが少なかったんだ……。死んだ場所も悪かったしな……」

「えっ……そ、それって……」

「無限EKが始まってから五日目か六日目に、全損《ぜんそん》しちまったよ……」

その言葉を聞いた途端《とたん》、チユリがびくっと肩《かた》を震《ふる》わせた。再び麻痺《まひ》してしまったかのようによろめく幼馴染《おさななじみ》の体を、急いで支える。

二人が到着《とうちゃく》した時点で、テスカトリポカによる無限EKは二週間か三週間にも及《およ》んでいた。だから、コットン・マーテンを助けることは、二人にはどう足掻《あが》いてもできなかった道理だ。しかし、それで納得《なっとく》できるほど、ポイント全損《ぜんそん》という現象は軽くない。

なぜなら、コットン・マーテンはいまごろ、ブレイン・バースト・プログラムと加速世界に関する全ての記憶《きおく》を失ってしまっているはずだからだ。チユリは、加速世界でも現実世界でも、もう二度と彼女に会うことはできない。

そして、その責任の何割かは、間違《まちが》いなくハルユキにある。

チユリの背中を支えたまま、ハルユキも全身を強張《こわば》らせた。チユリではなくオーヴェストのメンバーたちに責められることを予想したからだが、しかし目の前の五人は、もう立ち続ける気力もないかのように次々と座り込み、項垂《うなだ》れてしまう。

代わりに、誰《だれ》かがすぐ後ろからハルユキの名を呼んだ。

「シルバー・クロウ」

接近にまるで気付いていなかったハルユキは、軽く飛び上がりつつ振り向いた。

立っていたのは、濃《こ》い青紫色《あおむらさきいろ》の装甲《そうこう》を持つデュエルアバターだった。声は男性だったが、女性型《F》と見紛《みまが》うほどスリムだ。とくに胸から腰《こし》にかけては、シルバー・クロウよりも明らかに細い。

地面に座り込む五人の誰《だれ》かが、掠《かす》れ声《ごえ》で呼びかけた。

「……リーダー……」

それを聞くよりも早く、ハルユキは相手の名前を思《おも》い浮《う》かべていた。《ジュニパー・ウィーゼル《Juniper Weasel》》。西東京市《にしとうきょうし》を拠点《きょてん》とするレギオン、オーヴェストのリーダーだ。面と向かって話すのは初めてだが、通常対戦だったら何度か経験がある。異様に銃身《じゅうしん》の長い実弾系《じつだんけい》ライフルから放つ高精度の射撃《しゃげき》と、イタチ《ウィーゼル》の名に恥《は》じない神出鬼没《しんしゅつきぼつ》の機動力を武器とする珍《めずら》しい《青系の狙撃手《そげきしゅ》》で、トップスピードで掻《か》っ飛んでいるところを撃《う》ち落《お》とされたこともある。レベルは確か、7だったはず。

ジュニパー・ウィーゼルは、薄《うす》い黄色に光るアイレンズで正面からハルユキを見つめ――。

長めの首に乗った小さな頭を、ぺこりと上下させてから言った。

「助かったよ、クロウ。お前とライム・ベルが来てくれなけりゃ、オレたちはあのキツネ野郎《やろう》に全滅《ぜんめつ》させせられてた」

「…………」

てっきり詰《なじ》られるものだと思っていたハルユキは、鏡面ゴーグルの下でぽかんと口を開けてしまった。

しかしウィーゼルは、ハルユキの沈黙《ちんもく》を気にする様子もなく、張りのない嗄《しわが》れ声《ごえ》で話し続ける。

「あんたらのお陰《かげ》で、レギメンの三割か四割はどうにか生きて戻《もど》れそうだが……正直、被害《ひがい》がデカすぎて、まだ頭が追いつかないぜ。《ヘリックス》のベリリウム・コイルが参加を断った時点で、厄介事《ヤクネタ》の匂《にお》いはしてたんだ……。自分の鼻を信じないで計画に乗ったことを、マジで一生悔《く》やむだろうな」

恐《おそ》らく、百戦錬磨《ひやくせんれんま》のジュニパー・ウィーゼルでさえ、レギオンメンバーの六割超が一気に全損《ぜんそん》したという事実を受け入れるのは簡単なことではないのだろう。

ハルユキは少し躊躇《ためら》ってから、小声で訊《たず》ねた。

「乗った、ってことは……最初に今回の計画を立てたのは、ジュニパーさんじゃない人なんですか？」

「ああ……ナイトアウルズの《ラセット・ストリックス《Russet Strix》》だよ。でも、あいつ一人の責任じゃない。今回の件は、あいつなりに加速世界をいいほうに変えようと思って始めたことだし……無限ＥＫ状態になっちまった後も、メンバーを一人でも多く逃がすために、テスカトリポカの真ん前でずっと頑張《がんば》ってたしな」

「……じゃあ、ストリックスさんは……？」

「テスカトリポカがぶっ壊《こわ》れるちょっと前に、オレの目の前で全損《ぜんそん》したよ。ついでに言うと、コールドブリューの《カフィー・バリスタ《Coffee Barista》》と、ゴウエンの《カプール・ドラム《Kapur Drum》》も全損《ぜんそん》したから、エクセルキトゥス計画を主導した四レギオンのリーダーの中で、オレだけがおめおめと生き残っちまった……」

イタチマスクの片頬《かたほお》に自嘲《じちょうてき》的な笑《え》みを浮《う》かべると、ジュニパー・ウィーゼルは赤い空を見上げた。そのまましばらく黙《だま》り込んでいたが、やがて笑《え》みの消えた顔をハルユキに向ける。

「正直、いま何が起きてるのか、オレにはまったく見当もつかねえ。テスカトリポカが唐突《とうとつ》に崩《くず》れたと思ったら、その中からおかしなやつらがぞろぞろ出てきて……あいつら、ブレイン・バーストは今日でサービス終了《しゅうりょう》だとか言ってたよな……？　どういう意味だか、お前には解《わか》るのか、クロウ？」

そう問われ、ハルユキは反射的にかぶりを振ったが、少し考えて付け加える。

「確定的なことは何も……でも、推測でいいなら……」

「いいよ、間違《まちが》ってても文句は言わない」

「……解《わか》りました。あのキツネマスク……ユーロキオンが言ってたことをつなぎ合わせると、たぶんこういうことだと思うんです。いま、僕たちのブレイン・バースト２０３９とあいつらのドレッド・ドライブ２０４７は、いわばオンラインゲームの《サーバー間バトル》みたいな状況《じょうきょう》になってて、どっちが先にクリア条件を満たすか競《きそ》わされてる……そして、負けたほうのサーバーは閉鎖《へいさ》される」

「……サーバー間バトル……」

呟《つぶや》くと、ジュニパー・ウィーゼルはぐるりと周りを見回した。

ハルユキもつられて視線を巡《めぐ》らせる。グリーン大通りの入り口には、蘇生《そせい》した生存者たちが続々と集まってきているが、生き残ったことを喜んでいる者は一人もいない。テスカトリポカ討伐《とうばつ》作戦の失敗と、数週間もの長きに及《およ》んだ無限ＥＫの辛酸《しんさん》が、皆《みな》の心を徹底的《てっていてき》にへし折ってしまったのだ。

「シルバー・クロウ」

名前を呼ばれ、ハルユキは再びウィーゼルを見た。

濃紺《のうこん》のイタチ型アバターは、再び深々と頭を下げてから言った。

「七大レギオンを追い落とそうとしたオレが、こんなこと頼《たの》めた立場じゃないのは解《わか》ってる。でも、サーバー間バトルの話がマジなら、いまのオレらには対処できない。エクセルキトゥスどころか各々《おのおの》のレギオンが存続できるかどうかの瀬戸際《せとぎわ》だし、実力もまるで足りてないしな。だから、クロウ、オレらのためとかＢＢのためとかじゃなく、お前自身のために、あいつらと……《ユニファイアーズ》と戦ってくれ」

ウィーゼルが口を閉じると、いつの間にか立ち上がっていた五人のレギオンメンバーたちも、リーダーの左右に並んで頭を下げた。

ユニファイアーズ。それは、ユーロキオンが口にしていた名称《めいしょう》だ。恐《おそ》らくは、ポータルから出てきた十人のドライブリンカーたちの総称《そうしょう》――つまりレギオン名というより、《六層装甲《シックス・アーマー》》や《七連矮星《セブン・ドワーフス》》のようなエリート集団の名前と考えるべきだろう。

ユーロキオン一人を本気にさせることすらできなかったのに、彼と同等以上の実力を秘めたスーパーヒーローが、あと九人もいるのだ。戦う以前に、そもそも相手にすらなれるのか……と考えてから、ハルユキはやっと気付いた。

チユリが《シトロン・コール》と持ち前の度胸と機転で勝ち取ってくれた猶予《ゆうよ》は、現実時間で約二十七時間――内部時間なら三年以上にも及《およ》ぶ。もちろん丸一日ダイブしっぱなしというわけにはいかないだろうが、信頼《しんらい》できるバーストリンカーたちと話し合い、対策を練る時間は充分《じゅうぶん》すぎるほどにある。そして加速世界にはまだ、ユーロキオンらと同じレベル9er《ナイナー》である七人の王と、歴戦の猛者《もさ》たちがいるのだ。

問題は、ハルユキ自身のマスターである白の王ホワイト・コスモスが、他の王たちと協力して事に当たる未来がまったく想像できないことだが、どうあれ話してみなくては始まらない。全てを見通しているかの如《ごと》き白の王も、テスカトリポカの中にポータルが埋《う》まっていることは知らなかったようなので、ならばドライブリンカーたちの侵攻《しんこう》も彼女にとっては想定外の事態であるはずだ。

「……僕一人じゃ、あいつらの遊び相手にもならないですけど……」

そう前置きしてから、ハルユキはジュニパー・ウィーゼルに告げた。

「仲間たちと一緒《いっしょ》に、できるだけのことをしてみます。それと……たとえ動機がなんであれ、テスカトリポカに立ち向かったエクセルキトゥスの皆《みな》さんは、胸を張っていいです。僕如《ごと》きに言われても、って感じでしょうけど……」

「んなこたねぇよ。《超速の翼《スピードスター》》にそう言ってもらえりゃ、全損《ぜんそん》した奴《やつ》らもいくらか救われるってもんさ……」

仄《ほの》かに微笑《ほほえ》むと、ウィーゼルはチユリを見た。

「それと、ライム・ベル。マーテンのこと、気に掛《か》けてくれてありがとな」

いままで無言で立《た》ち尽《つ》くしていたチユリは、ぴくりと体を震《ふる》わせてから、小声で答えた。

「……あたし、間に合いませんでしたから……コトちゃんから、連絡《れんらく》もらったのに……」

「あんたの責任じゃないよ。……マーテンのリアルを知ってるメンバーが一人だけいるから、もし良かったら連絡《れんらく》させるけど、どうする？」

「いえ……」

チユリはそう言いかけたが、思い直したように頷《うなず》いた。

「……あの、じゃあ、お願いします」

ストレージを開き、薄《うす》いブルーのカードを取り出す。短い文字列を記録できるメッセージ・カードだが、凍《こお》ったようなテクスチャはパスワードで保護されていることを示している。

「これ、あたしの連絡用《れんらくよう》アドレスです。解凍《かいとう》パスは《BELL《ビーイーエルエル》》」

「解《わか》った」

青いカードを受け取ったウィーゼルは、それを自分のストレージに入れた。パスワードとも呼べないようなパスワードだが、解凍済《かいとうず》みの保護カードは見た目でそうと解《わか》るし再びの凍結《とうけつ》もできないため、預かった者がこっそり中を覗《のぞ》くのは難しい。

加速世界で誰《だれ》かにメッセージを託《たく》す時の標準的手続きなので、ウィーゼルは気にした様子もなくストレージを消すと、ふうっと息を吐《は》いた。

「……オレらは、死亡マーカーになってるやつらが全員蘇生《そせい》するまで待って、サンシャインのポータルから離脱《りだつ》する。お前たちは先に引き上げてくれ」

「いえ……付き合います、あと三十分くらいだし」

ハルユキが言うと、ウィーゼルは「そうか」と短く答えた。


ポイント全損《ぜんそん》に至らなかったエクセルキトゥスのメンバーの、最後の一人が蘇生《そせい》したのは、正確には二十七分後のことだった。

峡谷《きょうこく》の入り口に集まった生存者たちの中には、見知った顔も少なからず含《ふく》まれていたが、とても声を掛《か》けられる雰囲気《ふんいき》ではなかった。ハルユキとチユリは、南西の崖下《がけした》で身を寄せ合い、ジュニパー・ウィーゼルが平らな岩の上で声を張り上げる様子を見詰《みつ》めた。

「──偵察部隊《ていさつぶたい》の報告によれば、ここからサンシャインシティまでの道中にエネミーはいない。けどいきなり湧《わ》く可能性はあるから、しっかり隊列を組んで移動するぞ。索敵《さくてき》能力持ちが前と後ろ、近接系がその護衛、遠隔系《えんかくけい》と支援系《しえんけい》は隊列の真ん中だ」

その指示を受け、生存者たちが動き始める。人数は、チユリとハルユキを抜いて百十三人。六大レギオンが合同で組織した《太陽神インティ攻略《こうりゃく》部隊》ですら九十六人だったのだから、ハルユキの目にはとんでもない大軍勢に映るが、作戦開始時には三百人を超《こ》えていたらしい。つまり、全損者《ぜんそんしゃ》が二百人にも達するのではないかという推測は、残念ながら当たってしまったわけだ。

二分もかからずに完成した長大な隊列は、ウィーゼルの「移動開始！」という指示を受け、ゆっくり動き始めた。戦闘《せんとう》の痕跡《こんせき》が残る交差点を斜《なな》めに横切り、そびえ立つ石像を迂回《うかい》して、北東の空にほの見えるサンシャイン60を目指す。いくつものレギオンからなる混成部隊だとは思えない、統制の取れた動きだ。恐《おそ》らく、テスカトリポカに挑《いど》む前に、しっかり時間をかけて連携《れんけい》訓練をしたのだろう。

ふと、耳の奥に、颯々《さつさつ》とした声が蘇《よみがえ》った。

──七大レギオンを打倒《だとう》するために、中小のレギオンが大連合を組んだなら、ここからまた加速世界は大きく動き出すだろう。それこそ、苑珠《エンジュ》の奴《やつ》にもコントロールできないほどの激流が、我々を押し流そうと襲《おそ》いかかってくるはずだ。

――私はそれが、少し楽しみでもあるんだよ……。

ハルユキにそう言ったのは、黒の王ブラック・ロータスこと黒雪姫《クロユキヒメ》――本名、黒羽早雪《クロバサユキ》だ。加速世界の停滞《ていたい》を打ち破るべく戦い続けてきた黒雪姫が、エクセルキトゥスにある種の期待を懸《か》けていたのは本当だろう。しかし、終焉神《しゅうえんしん》テスカトリポカの暴虐《ぼうぎゃく》は、三百人の大軍勢さえも呑《の》み込んでしまった。

エクセルキトゥスには、無制限中立フィールドにダイブできないレベル3以下のメンバーが、まだ二百人前後残っているはずだ。しかしほとんどのレギオンが、リーダーや主力メンバーを失ってしまっただろうから、ジュニパー・ウィーゼルが言っていたとおり、存続することさえ簡単ではあるまい。

もっとも、いまはこの加速世界そのものが、消え去るかどうかの瀬戸際《せとぎわ》に立たされている。無残な敗北と生《い》き地獄《じごく》を経験してなお、背筋を伸ばして歩いていくバーストリンカーたちが、いつかまたこの場所に戻《もど》ってこられるように、今度はハルユキたち七大レギオンのメンバーが死力を尽《つ》くさねばならない。

最後まで峡谷《きょうこく》に残っていたジュニパー・ウィーゼルは、取り残された仲間がいないことを確かめると、ハルユキたちに軽く頷《うなず》きかけてから疾風《しっぷう》のように走り去った。一分後、隊列は交差点の北東に林立する岩山のあいだに吸い込まれ、見えなくなった。

渺々《びょうびょう》たる荒野《こうや》を吹《ふ》き抜ける寂《さび》しげな風の音にしばらく耳を傾《かたむ》けてから、ハルユキはぽつりと言った。

「……大丈夫《だいじょうぶ》か、チユ？」

少しして、呟《つぶや》くような声が返る。

「ん……、だいじょぶ」

続けて、かしゃんという硬質《こうしつ》な音。チユリが、地面に座り込んだのだ。

ハルユキも、隣《となり》に腰《こし》を下ろした。しなくてはならないことは山ほどあるが、精神的な疲労《ひろう》が急激にぶり返してきて、気を抜くと眠《ねむ》ってしまいそうだ。

考えてみると、今日も本当に色々あった。

朝は梅郷中学校《うめさとちゅうがっこう》への通学路でレギオン《ギャラント・ホークス》のゼルコバ・バージャーを皮切りに四連戦し、学校では飼育委員会の超《ちょう》委員長たる四埜宮謡《シノミヤウタイ》、部員の井関玲那《イゼキレイナ》と一緒《いっしょ》に唯一《ゆいいつ》の飼育動物であるアフリカオオコノハズクのホウの世話をした。

その後、赤の王スカーレット・レイン／上月由仁子《コウヅキユニコ》、《三獣士《トリプレックス》》のシスル・ポーキュパイン／深谷佳央《フカヤカオ》と合流し、自宅で猛禽類《もうきんるい》を飼っているという佳央《カオ》にホウを預けた。仕事を終えて、帰ろうかと思った瞬間《しゅんかん》にオシラトリ・ユニヴァースのスノー・フェアリーからメールが届き、迎《むか》えのタクシーに乗っていたローズ・ミレディー／越賀蕾《コシカツボミ》、オーキッド・オラクル／若宮恵《ワカミヤメグミ》と一緒《いっしょ》に港区白金《みなとくしろかね》にあるオシラトリの本拠地《ほんきょち》、私立エテルナ女子学院へと向かった。

ルナ女の生徒会室には《七連矮星《セブン・ドワーフス》》の一位、二位、六位、七位が揃《そろ》っていて、ハルユキは

プラチナム・キャバリアーの指示で戦闘訓練《せんとう》を受けることになった。巨獣級《ビーストきゅう》エネミーを単独で倒《たお》すという訓練課題は、しかしキャバリアーの罠《わな》で、ハルユキは彼が操《あやつ》る《フェムト流剣術《けんじゅつ》》に追《お》い詰《つ》められたが大天使メタトロンの介入《かいにゅう》もあり、かろうじて生還《せいかん》できた。

帰りのタクシーでは、恵《メグミ》の策略で黒雪姫《クロユキヒメ》と同乗することになり、ハルユキは自分がレギオンを移籍《いせき》してしまったことをちゃんと謝りたいと思って、彼女を自宅に誘《さそ》った。夕方のリビングルームで、ずっと押し殺してきた気持ちを告白し……そして黒雪姫と、唇《くちびる》を………。

そこまで思い出した途端《とたん》、彼女のきっぱりとした声が脳裏《のうり》に蘇《よみがえ》る。

——ハルユキ君。私が見たところ、綸《リン》、ニコ、チユリ君の三人は自覚的にキミのことが好きだぞ。そして本人は自覚していないだろうが、フーコ、謡《ウタイ》、ショコあたりも非常に怪《あや》しい。

——皆《みな》の気持ちにしっかり向き合い、それぞれに答えを伝えなくてはいけないぞ。

思わず、隣《となり》のライム・ベルを横目で見てしまう。

チユリ——倉嶋千百合《クラシマチユリ》は、同じ年に同じマンションで生まれ、同じ小学校と中学校に通った、絶対的幼馴染《おさななじみ》だ。

ハルユキがいじめの標的にされ、人間不信と自己嫌悪《けんお》の分厚い殻《から》に閉じこもっていた頃《ころ》も、チユリだけは辛抱強《しんぼうづよ》く手を差《さ》し伸《の》べ続けてくれた。タクムの《子》としてバーストリンカーになってからも、ダスク・テイカーを嚆矢《こうし》とする加速研究会との戦いで、何度助けて貰《もら》ったのか見当もつかない。頼《たの》もしい戦力としてだけではなく、持ち前の明るさと芯《しん》の強さに、どれほど励《はげ》まされてきたことか。

しかし――いやだからこそ、チユリが自分に恋愛《れんあい》感情を抱《いだ》いていると言われても、途惑《とまど》いが先に立ってしまう。ハルユキはずっと、チユリの望みはタクムも含《ふく》めた幼馴染《おさななじみ》三人が、いつまでも仲良く一緒《いっしょ》にいられることだと思っていたのだが……。

「ねえ、ハル」

不意に名前を呼ばれ、ハルユキはびくっと肩《かた》を縮めた。

恐《おそ》る恐《おそ》る隣《となり》を見たが、投げかけられたのは想像もしていなかった問いだった。

「ポイント全損《ぜんそん》しちゃったバーストリンカーが、正規の方法で復活することはできないんだよね……？」

すがるようなその声に、仮想の心臓が鋭《するど》く痛む。決して忘れていたわけではないが、チユリは友達を失ったばかりなのだ。恋愛《れんあい》感情がどうのと考えている場合では――いや、大事なことだが、少なくともいまではない。

乾《かわ》いた空気を深々と吸い込みながら、ハルユキは懸命《けんめい》に思考を巡《めぐ》らせた。

全損者《ぜんそんしゃ》の復活――。前例が、まったくないわけではない。

ハルユキが直接目撃《もくげき》しただけでも、ウルフラム・サーベラスに憑依《ひょうい》する形で蘇《よみがえ》ったダスク・テイカー。領土戦の最中《さなか》に復活したオーキッド・オラクル。そして、ハルユキ自身が深く関与《かんよ》した、セントレア・セントリー。

三つの先例のうち、テイカーとオラクルの復活は、白の王ホワイト・コスモスが持つ謎多《なぞおお》き《反魂《はんごん》》能力によるものだ。それはチユリも知っているはずなので、だから「正規の方法で」と付け加えたのだろう。

しかし、三つ目の例は……。

ハルユキは少し迷ってから、いまこの状況《じょうきょう》でなら師範《しはん》も怒《おこ》るまいと考え、言った。

「……オレがこないだの壮行会《そうこうかい》に連れてきた、セントレア・セントリーさんのこと、覚えてるだろ？」

「うん、鈴川瀬利《スズカワセリ》さんでしょ？　よく考えたら、新宿《しんじゅく》エリアの高校生で、しかもサッカー部のヒトと、どうやって知り合ったわけ？」

「え、えっと……」

棗型《なつめがた》のアイレンズでじとっと凝視《ぎょうし》され、ハルユキは思わず背中を伸ばしかけたが、すぐに肩《かた》の力を抜いて答えた。

「いや、リアルで知り合ったわけないだろ！　ファーストコンタクトは加速世界側《こっちがわ》だよ」

「あー、そりゃそっか。……それで、セントリーさんがどうしたの……？」

「……あの人が、三代目のクロム・ディザスターだったことも知ってるよな」

「…………うん」

頷《うなず》くと、チユリは小声で続けた。

「ずっと昔に青の王に討伐《とうばつ》されて、ポイント全損《ぜんそん》したって黒雪先輩《クロユキせんぱい》たちは思ってたんでしょ。でも、実は生きてて、フーコ姉さんみたく加速世界のどこかに身を潜《ひそ》めてた……」

「青の王に討伐《とうばつ》されたのは本当だ」

そこで少し言葉を切ってから、ハルユキは意を決して打ち明けた。

「でも、セントリー師範《しはん》は、実際にそこで全損《ぜんそん》したんだ。BBプログラムを強制アンインストールされて、加速世界に関する記憶《きおく》も失った……」

「えっ……⁉」

チユリは両目を大きく見開いたが、さすがの洞察力《どうさつりょく》を発揮し、掠《かす》れ声《ごえ》で続けた。

「あ……もしかして、一度全損《ぜんそん》したのに、バーストリンカーとして復活した……ってこと？　ダスク・テイカーとは、違《ちが》う方法で……」

こくりと確かな動作で頷《うなず》き、ハルユキは言った。

「うん。しかも、オレの目の前でね……。――具体的な方法は教えて貰《もら》ってないけど、たぶん、ブレイン・バースト中央サーバーの中にある思考用量子回路がカギなんだと思う」

「思考用、量子回路……」

鸚鵡《おうむ》返《がえ》しに呟《つぶや》いたチユリが、まるでその回路を探すかのように赤い空を見上げる。しかし、そこには六角形のタイルに刻まれた、【WARNING】及《およ》び【FINAL STAGE】のシステム・メッセージが整然と並んでいるだけだ。

もしかして、無制限中立フィールドの空は今後もずっとあのままなのかな……などと考えてしまってから、ハルユキは瞬《まばた》きして顔の向きを戻《もど》した。

「……いまのオレたちは、生身のアタマを使って考えたり喋《しゃべ》ったりしてるわけじゃないんだ。オレたちの意識……魂《たましい》をコピーした、光量子回路で思考してる。白の王は《ライトキューブ》って呼んでたけど、その回路には、脳の中の記憶《きおく》も全部、複製保存されてるから……」

「もしポイント全損《ぜんそん》して、バーストリンカーとしての記憶《きおく》を全部消されちゃっても、量子回路……ライトキューブが無事なら、そこから記憶《きおく》を復元できる……？」

掠《かす》れ声《ごえ》でまくし立てるチユリを落ち着かせようと、ハルユキは華奢《きやしゃ》な肩《かた》に左手をそっと触《ふ》れさせながら言った。

「ライトキューブが無事なら……な。普通《ふつう》は、バーストリンカーが全損《ぜんそん》した時に、キューブも初期化されちゃうらしいんだ。セントリー師範《しはん》は、青の王と戦う前に、何らかの方法で自分のキューブを保護してたのか……もしくは《災禍《さいか》の鎧《よろい》》の影響《えいきょう》でたまたま初期化を免《まぬが》れたのか、そのどっちかだと思う……」

「…………」

チユリは何かを言いかけるように顔を上げたが、そのまま五秒以上も沈黙《ちんもく》を続けた。

やがて、フェイスマスクに隠《かく》された口から、密《ひそ》やかな声が零《こぼ》れる。

「……じゃあ、コトちゃんのライトキューブは、いまごろもう……」

はっきりと肯定《こうてい》するのが忍《しの》びなくて、ハルユキは「たぶん」とだけ呟《つぶや》いた。

チユリの友達のコットン・マーテンは、セントレア・セントリーのような古参リンカーでもなければ、いわくつきの強化外装を持っていたわけでもないだろう。全損時《ぜんそんじ》に、専用量子回路の初期化を防ぐ手段があったとは思えない――というより、回路の存在すらも知らなかったのではないか。

ハルユキも加速世界の全てを知っているわけではないので、絶対に無理だとは言わないが、コットン・マーテンが復活できる可能性は限りなくゼロに近い……と考えた、その時。

「ねえ、ハル」

いっそうかすかな声で、チユリが囁《ささや》いた。

「白の王なら……《反魂《はんごん》》の力で、コトちゃんを蘇《よみがえ》らせられるの……？」

「…………！」

思わず、小ぶりなフェイスマスクをまじまじと見詰《みつ》めてしまう。

もしかして、ジュニパー・ウィーゼルに連絡用《れんらくよう》アドレスを託《たく》したのは、最初からそのつもりで……という推測をハルユキは振《ふ》り払《はら》った。いまの質問は、友達を助けられなかったことへの罪悪感から、衝動的《しょうどうてき》に口にしてしまったのだろう。

チユリの顔から視線を外し、懸命《けんめい》に考える。

ホワイト・コスモスの《反魂《はんごん》》――蘇生《そせい》能力は、バーストリンカーの尊厳を弄《もてあそ》ぶかのような恐《おそ》るべき力だが、必ずしも悲惨《ひさん》な結果を招くとは限らない。《災禍《さいか》の鎧《よろい》マークⅡ》の苗床《なえどこ》として蘇生《そせい》させられたダスク・テイカーは、能美征二《ノウミセイジ》の心の闇《やみ》だけを再現した、悪意に満ちた模倣品《もほうひん》のような有様《ありさま》だった。しかしそのいっぽうで、若宮恵《ワカミヤメグミ》／オーキッド・オラクルは、セントレア・セントリーと同じく完全な形で復活したように思える。どちらもコスモスの力で加速世界に蘇《よみがえ》ったはずなのに、両者の違《ちが》いはどこから来たのか。白の王の気紛《きまぐ》れさは最側近のスノー・フェアリーも認めるところだが、それだけが原因というわけでは恐《おそ》らくあるまい。

「……若宮先輩《せんぱい》……オーキッド・オラクルさんが言ってた。ホワイト・コスモスの反魂《はんごん》能力は、言《い》い換《か》えればメイン・ビジュアライザーへのアクセス権限だ、って」

両脚《りょうあし》のあいだの地面を見たままハルユキが呟《つぶや》くと、隣《となり》でチユリが身じろぎする気配がした。しかし何も言おうとしないので、説明を続ける。

「どうすればそんな力が身につくのか、そもそも通常技《つうじょうわざ》なのか心意技《しんいわざ》なのかも解《わか》らないけど、メイン・ビジュアライザー、つまりブレイン・バースト中央サーバーを自由に操作できるなら、白の王は初期化されたライトキューブのデータですら復元できる……のかもしれない。だから、あるかないかで言えば、コットン・マーテンを蘇生《そせい》させられる可能性はある、と思う」

今度こそ、チユリが息を吸い込む音がした。

ハルユキは急いで幼馴染《おさななじみ》の右手首を摑《つか》むと、言わなければならないことを言った。

「でも、白の王が、何の見返りもなしにただ力を貸してくれるなんてことは絶対あり得ない。あの人には、オレなんかには想像もできない、もしかしたら《七連矮星《セブン・ドワーフス》》も全部は知らない目的があって、ありとあらゆる行動はそれを成就《じょうじゅ》するためだし、目的と関係ないことのためには指一本動かそうとしない。だから、もしも白の王がコットン・マーテンを蘇生《そせい》してくれるとしたら……あの人は見返りとして、お前にもレギオン移籍《いせき》を要求すると思う」

「あ……あたし⁉」

素《す》っ頓狂《とんきょう》な声を上げると、チユリはハルユキに摑《つか》まれたままの右手を持ち上げ、自分の顔を指さした。

「どうして？　あたしなんて、まだレベル5だし心意技《しんいわざ》も使えないし……」

ハルユキはチユリの右手を動かし、交差点の真ん中にそびえ立つ石像に向けさせた。

「あの石像の時間を巻《ま》き戻《もど》してポータル埋《う》めたの、もう忘れたのか？　加速世界中探しても、あんなことできるのはお前だけなんだよ。パドさんも、メタトロンの《トリスアギオン》と、オラクルさんの《パラダイム・ブレイクダウン》と、お前の《シトロン・コール》が加速世界トップスリーの技《わざ》だって言ってたし」

「え……い、いやー、それほどでも……」

照れたように瞬《まばた》きするチユリの右手を離《はな》すと、ハルユキは深々とため息をついた。

「は――っ……。あのなあ、考えてみろよ。白の王はもう、トップスリーのうちの二つを手に入れてるんだぞ。なら、最後の一つを欲《ほ》しがっても何の不思議もないだろ」

「うーん、そんなもんかな……」

チユリはまだ実感できないようだったが、不意に口をつぐみ、左腕《ひだりうで》に装備された強化外装《クワイアー・チャイム》をじっと見詰《みつ》めた。

コットン・マーテンを蘇生《そせい》できるなら、ネガ・ネビュラスからオシラトリ・ユニヴァースに移籍《いせき》してもいいとか言い出したらどうしよう……とハルユキは遅《おそ》まきながら慌《あわ》てた。しかし。

「………コトちゃんのためでも……移籍《いせき》はできない」

ぽつりと呟《つぶや》くと、チユリはハルユキを見た。

「あたしにも、それくらいの分別《ふんべつ》はつくよ。ハルの時とは、状況《じょうきょう》が違《ちが》うもんね……」

「……そっか」

ハルユキは、どうにかそう答えた。

いまチユリは、友達との別れを受け入れたのだ。コットン・マーテンとの誼《よし》みがどのようなものだったのかはもはや察するべくもないが、《親子以外はみんな敵》が基本の加速世界で、他のレギオンのメンバーと顔見知りを超《こ》えた関係になれるのは希有《けう》な出来事だ。ハルユキも、ネガ・ネビュラスとの合併《がっぺい》を果たしたプロミネンスを除けば、他レギオンの友達と言えるのは緑《グレート・ウォール》のレギオンのアッシュ・ローラーくらいのものだろう。

いや、もう一人。喋《しゃべ》った回数も片手で数えられるほどだが、加速研究会所属のウルフラム・

サーベラス――彼もまごうことなき友達だ。赤の王スカーレット・レインから奪《うば》った強化外装《インビンシブル》のスラスターと、ＩＳＳキットによって収集された超《ちょう》高密度の負の心意が融合《ゆうごう》した史上最強のデュエルアバター、《ウルフラム・ディザスター》と化してしまった彼を、ハルユキは何としても救わなくてはならない。

一ヶ月前、高円寺《こうえんじ》の商店街で一瞬《いっしゅん》だけ見た生身のサーベラスは、前髪《まえがみ》を目許《めもと》まで垂らした、まだ幼さが残る男の子だった。名前を訊《き》くことさえできなかったが、通っている学校はすでに見当がついている。

彼が穿《は》いていた黒いスラックスは、光が当たると濃《こ》いグレーのチェック模様が浮《う》き上がる、お洒落《しゃれ》な生地《きじ》を使っていた。そしてまったく同じ制服を、ハルユキはほんの七時間前に見た。着ていたのは、《七連矮星《セブン・ドワーフス》》の京武智周《キヨウブトモチカ》と小清水理生《コシミズリオウ》。つまりウルフラム・サーベラスは、彼らと同じ白樺《しらかば》の森《もり》学園中等部の生徒なのだ。

夏休み中だし、かつてニコが梅郷中《うめさとちゅう》でしたように、校門を見張っても会えはしないだろう。しかしどうにかして学校のローカルネットに接続できれば、本名と住所を突き止められるかもしれない……。

そこまで考えを巡《めぐ》らせてから、ハルユキはそっと息を吐《は》いた。いまは自分のことではなく、友達を失ったチユリを気遣《きづか》わなくては。

俯《うつむ》いたままのチユリに、ハルユキは精一杯《せいいっぱい》の言葉を掛《か》けようとした。しかし、一瞬《いっしゅん》早く。

「レギオンの移籍《いせき》は無理だけどさ」

そう言うと、チユリはハルユキを見て続けた。

「白の王が、それ以外の交換《こうかん》条件で反魂《はんごん》してくれる可能性が、百パーセントないってわけじゃないよね」

「……言い回しがややこしいよ。ゼロパーセントじゃない、でいいじゃん」

いちおう指摘《してき》したものの、あっさり無視されてしまう。

「可能性、あるの、ないの？」

「……そりゃ、あの人の考えは誰《だれ》にも読めないから、絶対ないとは言えないけど……」

「だったら、ハルから頼《たの》んでみてよ」

「え……ええ!?」

大きく仰《の》け反《ぞ》りつつ、ハルユキは小刻みにかぶりを振った。

「それ、チユじゃなくてオレが交換《こうかん》条件出されるんじゃ……」

「その時は、あたしも手伝ってあげるからさ」

「あのなあ……」

情けない声を出しつつも、ハルユキは内心で少しばかりほっとしていた。チユリの口調に、いつもの元気と利《き》かん気が、わずかながら戻《もど》ってきたように思えたからだ。

たとえそれが、仮初《かりそ》めの希望に基《もと》づく空元気だとしても、可能性がゼロではないのは事実だ。

いまや白の王はハルユキのレギオンマスターでもあるわけだし、たとえ無謀《むぼう》な頼《たの》み事《ごと》をしてもその場で首を刎《は》ねられたりはしない……だろう、たぶん。

腹をくくり、解《わか》ったよと答えようとした、その時――。


（……だれか……）


という声がかすかに聞こえた気がして、ハルユキは全身を強張《こわば》らせた。

怪訝《けげん》そうに首を傾《かし》げるチユリを人差し指のジェスチャーで沈黙《ちんもく》させて、左右の耳に全神経を集中させる。

アバターの聴覚《ちょうかく》に捕捉《ほそく》されるのは、岩山の群れを吹《ふ》き抜ける乾《かわ》いた風音だけ。人の話し声も、エネミーの鳴き声も聞こえない。錯覚《さっかく》だったのかと肩《かた》の力を抜いた途端《とたん》、

（誰《だれ》か、助けて……！）


先刻よりもわずかに音量を増した声が、ハルユキの耳に届いた。チユリにも聞こえたらしく、

「いまの声……！」と息を呑《の》む。

二人は同時に立ち上がり、素早《すばや》く周囲を見回した。背後には、現実世界の商業ビルが変じた、高さ二十メートル以上の岩山がそびえる。左側にはグリーン大通りがまっすぐ北西方向に延び、右側には東池袋《ひがしいけぶくろ》の交差点が広がり、その正面には二本脚《にほんあし》の石像。あらゆる場所を凝視《ぎょうし》するが、

人の姿は見当たらない。

《荒野《こうや》》ステージは建物の内部が再現されないので、岩山の中ということは考えにくいが、地面と違《ちが》って破壊《はかい》不能ではないので、たとえば激突《げきとつ》した勢いで岩肌《いわはだ》に何メートルも突き刺さり、直後に穴が崩《くず》れて埋《う》まってしまった……ということも可能性としてはあり得る。もしそうなら、声の主を見つけるには近くの岩山を片《かた》っ端《ぱし》から破壊《はかい》するしかないが、素手《すで》で崩《くず》していたら何日かかるか解《わか》らないし、恐《おそ》らくその前に次の《変遷《へんせん》》が来てしまう。

せめて方向だけでも割り出せないかと、ハルユキは再び耳を澄《す》ませた。しかし何秒待っても、もう声は聞こえてこない。

不意に、チユリが左手の大型ベルを持ち上げた。

肘《ひじ》を可動域の限界まで曲げてベルの開口部を真下に向け、そのまま地面めがけてまっすぐに突き下ろす。

ベルが岩盤《がんばん》を抉《えぐ》る鈍《にぶ》い打撃音《だげきおん》――ではなく、中空の金属球を水晶《すいしょう》の小槌《こづち》で優《やさ》しく叩《たた》いたかのような、コォ――ン……という澄《す》んだ音が響《ひび》き渡《わた》った。ハルユキは、音の波が地面に浸透《しんとう》し、広がっていく様子をまざまざと感じた。

チユリは、ベルを地面に押し当てたまましばらく静止していたが、いきなり顔を上げて叫《さけ》んだ。

「あっち!」

猛然《もうぜん》と走り出した幼馴染《おさななじみ》を、ハルユキも慌《あわ》てて追いかける。

岩山に沿って南東にダッシュしたチユリは、三十メートルほど先で右にターンし、細い峡《きょう》谷《こく》に飛び込んだ。また同じくらいの距離《きょり》を走り、ざざーっと急ブレーキを掛《か》ける。

「このへん……なんだけど……」

そう言いながら視線を巡《めぐ》らせるチユリに、さっきの音は何なんだよと訊《き》きたいのを我慢《がまん》し、ハルユキも周りを見回した。

峡谷《きょうこく》の幅《はば》はグリーン大通りには遠く及《およ》ばず、十メートルあるかどうかというところだろう。左右は垂直に切り立つ崖《がけ》が延々連なっているだけで、隠《かく》れられそうな場所は見当たらないし、助けを求める者が隠《かく》れる必然性もない。

——罠《わな》だったのか？　だとしても、いったい誰《だれ》が……？

そう考えたハルユキは、チユリにいったん戻《もど》ろうと声を掛《か》けようとした。しかし一瞬《いっしゅん》早く。

叫《さけ》んだチユリが、右手で地面の一点を指差した。

「ハル、あそこ！」

そこにあったのは、単なる丸いくぼみだ。直径は六十センチほど、深さはせいぜい十センチ。似たような穴は他にもあるが、底の形状がいささか奇妙《きみょう》だ。U字形に凹《へこ》んでいるのではなく、中心がわずかに盛り上がっている。まるで、もっと深い穴に、ジャストサイズの岩で蓋《ふた》をしたような——。

「いや……マジでそれだ！」

自分の思考を自分で肯定《こうてい》すると、ハルユキは穴の真上にかがみ込んだ。

「おーい、中に誰《だれ》かいるのか⁉」

隣《となり》で同じ格好をしたチユリと一緒《いっしょ》に、耳をそばだてる。数秒後——。

（……そこに、誰《だれ》かいるの……？）

風がたまたま止《や》まなければ聞こえなかったであろう音量で、弱々しい声が返ってきた。

思わずチユリと顔を見合わせてから、小声で訊《たず》ねる。

「いまの声……もしかして、コットン・マーテン……？」

するとチユリは、一拍《いっぱく》置いてから首を横に振った。

「女の子の声みたいだったけど、たぶん違《ちが》う」

「……そっか」

残念ながら奇跡《きせき》は起きなかったようだが、だからといって放置するという選択肢《せんたくし》はもちろんない。

再びくぼみに顔を近づけ、ハルユキは穴の中の誰《だれ》かに呼びかけた。

「僕は、ネガ……じゃない、オシラトリ・ユニヴァースのシルバー・クロウ！　すぐに出してあげるから、もうちょっと頑張《がんば》れ！」

と言ってはみたものの、穴を塞《ふさ》ぐ大きな岩は一ミリの隙間《すきま》もなく嵌《は》まっている、というより穴の側面にがっちり食い込んでいて、指が入りそうな箇所《かしょ》は見当たらない。偶然《ぐうぜん》の出来事とは到底《とうてい》思えないので、きっと悪意ある何者かが、地面に空いていた深い穴に声の主《ぬし》を突《つ》き落《お》とし、その上から力任せに岩を押し込んだ……いや、違《ちが》う。目と鼻の先で、ほんの一時間前まで終わりの神テスカトリポカが暴れ回っていたのだ。密閉されたこの穴は、声の主を守るためのシェルターに違《ちが》いない。

岩を押し込んだバーストリンカーが全損《ぜんそん》を免《まぬが》れていたら、とっくに声の主を救い出していたはずだ。そうなっていないということは、つまり……。

ハルユキはそこで思考を断《た》ち切《き》り、目の前の岩を凝視《ぎょうし》した。

「……二人で殴《なぐ》ってみる？」

チユリの言葉に、急いでかぶりを振る。

「それで割れればいいけど、もっと押し込んじゃう可能性もあるからな……。ていうか、変遷《へんせん》が起きても壊《こわ》れなかったなら、この穴も岩も地面扱《あつか》いになってる気がする」

「破壊《はかい》不能属性ってこと!?　どうするの!?」

「……心意技《しんいわざ》……光線剣《レーザー・ソード》なら貫通《かんつう》できるかもだけど……」

その先は、言わずとも伝わったようだった。もしこの岩が球形で、奥行《おくゆ》きも六十センチ前後だったら、貫通《かんつう》した心意の刃《やいば》が声の主をも串刺《くしざ》しにしてしまう――そしてそこでポイント全損《ぜんそん》してしまう可能性もゼロではない。

摑《つか》んだものを何でも抉り取《えぐと》る、たとえばダスク・テイカーの《虚無《きょむ》の波動》のような心意技《しんいわざ》なら安全にこの岩を除去できるだろうが、彼はもういないし似た技《わざ》を使えるバーストリンカーもすぐには思い浮《おもう》かばない。だいたい、いったんポータルから離脱《りだつ》して誰《だれ》かに連絡《れんらく》して、また無制限中立フィールドにダイブして……などという手順を踏《ふ》んでいるあいだに、この場所では何日も過ぎ去ってしまう。

「ねえハル、例の、オメガ流剣術《けんじゅつ》で岩を斬《き》れないの？」

チユリにそう問われ、ハルユキは再び首を横に振った。

「斬《き》れるかもだけど、あれもオレの腕《うで》じゃ正確に岩だけ斬《き》るみたいな芸当は無理だよ。直径が何センチあるかも解《わか》らないし……。──チユのシトロン・コールはどうなんだ？」

「見た感じ、たぶんこの岩、穴に嵌《は》まってから何日も経《た》ってるよ。そんな長時間の巻《ま》き戻《もど》しはさすがにムリ……」

「そっか……うーん、この隙間《すきま》に押し込めそうな、めちゃくちゃ薄《うす》くて丈夫《じょうぶ》で自由に動かせる道具があればなあ……」

「そんなもんあったら最初っから使ってるっての！」

呆《あき》れ声《ごえ》で叫《さけ》んだチユリに背中をバシッと叩《たた》かれた、その衝撃《しょうげき》がスイッチになったかのように。ハルユキの脳裏《のうり》に、一つのアイデアが浮《う》かんだ。

「ちょ……ちょっと離《はな》れててくれ」

チユリをぐいっと押しやり、さっき叩《たた》かれた場所――強化外装《メタトロン・ウイング》の接合部に意識を集中する。

この装備の固有技《こゆうわざ》《エクテニア》は、心意技《しんいわざ》ではないので破壊《はかい》不能属性の岩は貫通《かんつう》できないだろうし、できたところで声の主を傷つけてしまう危険は残る。攻撃《こうげき》するのではなく、翼《つばさ》そのものを《薄《うす》くて丈夫《じょうぶ》で自由に動かせる道具》として使えれば、岩を傷つけずに穴から引っ張り出すことができるのではないか――とハルユキは考えたのだ。

しかしいまのハルユキに、そこまで精密なコントロールは難しい。メタトロン・ウイングはあくまで借り物で、本来の所有者は大天使メタトロンであるという認識《にんしき》が、ハルユキの中には拭《ぬぐ》いがたく存在する。自前の翼《つばさ》である十枚の金属フィンほど細かく操作できないのは、きっとそのせいだ。

ウイングのシステム的な所有権がメタトロンにある以上、借り物の認識《にんしき》をいますぐ打ち消すのは難しい。だがメタトロンは、かつてウイングを返却《へんきゃく》しようとしたハルユキに、こう答えた。あれはもうリンクに組み込まれているので解除できません、と。

リンクに組み込まれているとはすなわち、メタトロン・ウイングはハルユキとメタトロンを繋《つな》ぐ回線であり、アンテナであり、増幅器《ぞうふくき》でもあるということなのだろう。なら、リンクそのものを強化すれば、メタトロン・ウイングとの接続も強化されるのではないか。

数十分前、人狼化《じんろうか》したユーロキオンとの激闘《げきとう》の最中《さなか》に、ハルユキは大天使メタトロンの声を聞いた。クロウ、私の翼《つばさ》を使いなさい、というあの声——いや命令が空耳だったはずはない。恐《おそ》らくメタトロンはいま、ハルユキの状況《じょうきょう》を感知はできても、プラチナム・キャバリアー戦の時のように駆《か》けつけることは難しい場所にいるのだろう。

——メタトロン。

リンクを通して、ハルユキは思念で呼びかけた。

——ぼくはずっと、きみの翼《つばさ》……メタトロン・ウイングはいっとき借りてるもので、いつか返さなきゃいけないんだって思ってた。でも、これが僕ときみのリンク……絆《きずな》の証《あかし》なんだとしたら、僕はそれをもう二度と失いたくない。

——この翼《つばさ》を、永久に僕のものにしていい？

チユリのもどかしそうな視線を浴びながら、待つこと五秒。

——この大変な時に、何かと思えば。

——それでいいと、以前から言っているでしょう。融合《ゆうごう》を拒《こば》んできたのはお前のほうですよ、しもべ。

呆《あき》れたような声がかすかに聞こえ、背中の翼《つばさ》が仄《ほの》かな熱を帯びて、とくん……と脈打つのを感じた。

とくん、とくん。その脈動を、自分の心拍《しんぱく》と同期させていく。翼《つばさ》の熱が金属装甲《そうこう》に伝わり、アバター素体にまで浸透《しんとう》してくる。まるで、植物が根を張るように。

「ハル、いちばん上の羽根が……」

チユリの囁《ささや》き声《ごえ》に、ハルユキは首を可動域の限界まで捻《ひね》った。さすがに背中は見えないが、メタトロン・ウイングの基部から折りたたまれた翼《つばさ》の先端《せんたん》へと、乳白色に輝《かがや》く波動が繰《く》り返《かえ》し流れていく。

顔の向きを戻《もど》し、ハルユキはアイレンズを閉じた。

ウイングから伸びる無数の根が、胸《むね》の奥にある仮想の心臓を包み込むさまをイメージする。極細《ごくぼそ》の根は幾重《いくえ》にも絡《から》み合《あ》い、溶《と》け合《あ》い、心臓と一体化する。

どくん！

ひときわ強く、熱い鼓動《こどう》がアバターの中心で弾《はじ》けた。

同時に、十枚の金属フィンと、その上の二対四枚のメタトロン・ウイングが、ばしゃっ！と音を立てて勝手に全展開した。

いままで、メタトロン・ウイングを装備している時は常に感じていた《強化外装の重さ》が、徐々《じょじょ》に消失していく。自分では目視できないが、四枚のウイングが二枚に融合《ゆうごう》し、さらにシルバー・クロウ本来の翼《つばさ》と統合されていくのが感覚で解《わか》る。

背中で脈動していた白い波動が、一瞬《いっしゅん》だけ強烈《きょうれつ》な輝《かがや》きを放った。

その光が収まると同時に全身の灼熱感《しゃくねつかん》も去り、ハルユキは深く息を吐《は》いた。

「……オレの羽根、どうなった？」

顔を上げて訊《き》くと、チユリはぱちぱち瞬《まばた》きしながら答えた。

「何ていうか……最初は上に四枚、下に十枚で別々に生えてたんだけど、上の四枚がぴったり重なって二枚になって、下の十枚とくっついて……。いまは、同じところから片方六枚ずつ、全部で十二枚生えてる。いちばん上の羽根だけ、形がちょっと違《ちが》うけど」

「そっか……」

頷《うなず》き、ストレージを開く。現在所持している強化外装は、ルシード・ブレードひとつだけ。急いでアビリティ・ウインドウへと移動すると、＋4だったはずの《飛行《アビエーション》》アビリティの強化数値が、＋6に上昇《じょうしょう》している。強化外装としてのメタトロン・ウイングは完全に消滅《しょうめつ》し、アビリティに統合されたようだ。これでもう、ウイングの着け外しは二度とできない。

《飛行》がレベルアップ・ボーナス二回ぶんも強化されたと思うと、嬉《うれ》しさよりも恐《おそ》ろしさが先に立ってしまうが、ドライブリンカーたちと戦うのなら、どれほど強くなってもなりすぎということはない。ハルユキがいままで通常対戦でメタトロン・ウイングを使わなかったのは、ビーイングである大天使メタトロンからの貸与《たいよ》というイレギュラー極《きわ》まりない入手方法だったからだが、果たして今後、乱入したりされたりの真っ当な対戦に明け暮れる日々が戻《もど》ってくるのかどうか——。

「ねえハル、ぼーっとしてないで、早くこの岩なんとかしてよ」

チユリに右腕《みぎうで》を引っ張られ、ハルユキは我に返った。確かに、物思いに耽《ふけ》っている場合ではない。


——メタトロン、ありがとう。

心の中でそう念じると、言葉ではなくふわりと頭を撫《な》でられる感覚が返ってきた。

ハルユキは、一対《いっつい》増えて六対十二枚《ろくついじゅうにまい》となった翼《つばさ》の、いちばん上の二枚に意識を集中させた。以前と違《ちが》って、あたかも翼《つばさ》の先まで神経系が張《は》り巡《めぐ》らされているかのような、明瞭《めいりょう》な接続感がある。

新たな翼《つばさ》を肩《かた》の上で曲げ、眼前へと持ってくる。二対四枚《につついよんまい》だったものが一対二枚《いっついにまい》に融合《ゆうごう》したようだが、ロングソードの切っ先に似た形状とフィルムのような薄《うす》さは、以前のメタトロン・ウイングのままだ。本来の長さの数倍にもなる伸縮性《しんしゅくせい》と、ポリイミドフィルムの如《ごと》き強靱《きょうじん》さもどうやら維持《いじ》されているらしい。

翼《つばさ》をそのまま地面まで伸ばし、穴をぴったり塞《ふさ》ぐ大岩の左右に差し込む。白銀に輝《かがや》く薄膜《はくまく》は、〇・一ミリもない隙間《すきま》を押し広げる、というより切《き》り裂《さ》きながら、少しずつ潜《もぐ》り込んでいく。翼《つばさ》そのものに触覚《しょっかく》はないが、触《ふ》れているものの形や硬《かた》さは背中に伝わってくる。

ハルユキの予想どおり、岩はほぼ完全な球形だった。直径は六十センチほど、仮に光線剣《レーザー・ソード》で破壊《はかい》しようとしたら心意の刃《やいば》は岩を貫通《かんつう》し、その奥の誰《だれ》かを傷つけていただろう。

メタトロン・ウイング——ではもうない新たな翼《つばさ》を、丸い岩の下側にぴったり密着させつつ慎重《しんちょう》に伸ばし、二枚の先端《せんたん》が重なったところで止める。両足を踏《ふ》ん張《ば》り、深く息を吸い込んで

──。

「……っしょ！」

ハルユキは掛《か》け声《ごえ》とともに翼《つばさ》を縮め、岩を真上に持ち上げようとした。

最初はびくともしなかったが、引っ張る力を強くしていくと、意外なほど早く岩が動いた。見た目ほどきつく嵌《は》まっていなかった、というわけではなく新しい翼《つばさ》の出力が規格外なのだ。フルパワーを出したら空高く放り投げてしまいそうなので、力の入れ具合を慎重《しんちょう》に調整しつつ岩をスライドさせる。

ず、ずず……と数センチずつせり上がってきた岩は、最後にほんの少しだけ抵抗《ていこう》したものの、呆気《あっけ》なく穴から抜けた。

ビーチボール大の丸い岩は、よく見ると上部に小さな凹《へこ》みが十個、左右対称《たいしょう》に並んでいる。恐《おそ》らく、誰《だれ》かが岩を穴に押し込んだ時についた、両手の指の痕《あと》だろう。

ハルユキは岩を穴の横に置くと、新たな翼《つばさ》を背中に戻《もど》した。他の十枚と一緒《いっしょ》に折りたたんで装甲《そうこう》の中に収納し、もう一度だけメタトロンに「ありがとう」とテレパシーを送信してから、ハルユキは恐《おそ》る恐《おそ》る穴の中を覗《のぞ》き込んだ。

ほぼ真円の穴はかなり深く、奥までは太陽の光が届かない。それでも、地面から一メートルほど奥まったところに、何か丸っこい影《かげ》が見える。二つ目の岩──ではなく、あれはデュエルアバターの頭ではないだろうか。

同時に気付いたらしいチユリが、隣《となり》で「ハル！」と小さく叫《さけ》んだ。

ハルユキは無言で頷《うなず》き返し、右手に心意の過剰光《オーバーレイ》をまとわせると、穴の中を照らした。

予想どおり、穴の側面に体を預ける、小柄《こがら》なアバターが見えた。存在しているということは体力ゲージは残っているはずだが、精神的な消耗《しょうもう》はまた別の問題だ。白い光に照らされても、項垂《うなだ》れたままぴくりとも動かない。

このアバターが、「助けて」という声の主であることは確実だ。となると、ハルユキたちが駆《か》けつけ、岩をどかしている間に眠《ねむ》ってしまった――または気絶してしまったのか。いったい何時間、あるいは何十時間この小さな穴の中にいたのだろう……。

「ハル、早く出してあげようよ」

そう囁《ささや》くチユリの顔をちらりと見る。

閉じ込められていたのはやはりコットン・マーテンではなかったようだが、チユリは失望を見せずに勢いよくしゃがみ込み、穴の中へ呼びかけた。

「ねえ、あなた、大丈夫《だいじょうぶ》!?　そこから出してあげるから、手を伸ばして！」

左手のベルと同じくらい響《ひび》く高音が、気付け薬の代わりになったのか、アバターがかすかに身じろぎした。ぎこちなく顔を上げ、薄紫《うすむらさきいろ》色のアイレンズを瞬《しばた》かせる。

「……あなた、たちは……？」

掠《かす》れきった、弱々しい誰何《すいか》に、チユリが音量を落とした声で答えた。

「大丈夫《だいじょうぶ》、敵じゃないよ。あたしはネガ・ネビュラスのライム・ベル。こっちは同じレギオン……じゃなくて、オシラトリ・ユニヴァースのシルバー・クロウ」

「ライム・ベル……シルバー・クロウ……」

二人の名前を繰《く》り返《かえ》してから、穴の中のアバターも名乗った。

「私は……ギャラント・ホークスのトープ・ケープ」

「あ……知ってる。ギャラントのリーダーさんだよね」

そう応じたチユリは、穴の中に右手を差し入れた。

「ほら、クロウも」

促《うなが》され、ハルユキも遅《おく》れてしゃがみ込む。

少しばかり気後《きおく》れしたのは、ギャラント・ホークスが、今日の午前中に通学路で乱入されたゼルコバ・バージャーのレギオンだからだ。気分がささくれ立っていたせいか、対戦相手へのリスペクトに欠ける戦い方をしてしまったという自覚があり、もしあの戦いを見られていたら……と一瞬《いっしゅん》思ったのだがどう考えてもそんなことを気にしている場合ではない。

幸いトープ・ケープのほうはハルユキに含《ふく》むところはなかったようで、二人が伸ばした手を躊躇《ちゅうちょ》なく握《にぎ》った。

チユリと息を合わせて、少しずつ引っ張り上げる。華奢《きゃしゃ》なアバターは驚《おどろ》くほど軽く、装甲《そうこう》に出っ張ったところもないので、力を入れずともするすると持ち上がってくる。腰《こし》まで外に出たところで横に動かし、穴の縁《ふち》に座らせる。

ハルユキたちが手を離《はな》すと、トープ・ケープは灰紫色《かいししょく》の装甲《そうこう》に包まれた胸郭《きょうかく》をいっぱいに膨《ふく》らませ、新鮮《しんせん》な空気をむさぼるように吸い込んだ。

デュエルアバターは酸素を必要としないが、肺で呼吸する感覚はちゃんとあるので、きっとトープは狭《せま》い密閉空間でずっと酸欠の恐怖《きょうふ》と戦っていたのだろう。何度も深呼吸を繰《く》り返《かえ》し、最後に長々と息を吐《は》いてから、ハルユキとチユリを見上げてぺこりと頭を下げる。

「ベルさん、クロウさん、本当にありがとう。永久にこの穴から出られないかと思った……」

「トープさん、どれくらいこの中にいたの？」

チユリに訊《き》かれたトープは、小さく首を傾《かし》げながら答えた。

「もう正確には解《わか》らないけど……たぶん、十日か、二週間か……」

「…………」

絶句するチユリの隣《となり》で、ハルユキも唖然《あぜん》と口を開けてしまった。横たわることもできない、狭《せま》くて真っ暗な縦穴の中に、たった一人で二週間――。ブラック・バイスのような減速能力か、アボカド・アボイダのような孤独耐性《こどくたいせい》がなければ、精神がどうにかなってしまっても不思議はない。

「……よく、そんなに頑張《がんば》れたね……」

ハルユキが呟《つぶや》くと、トープは小さくかぶりを振った。

「もしこれが罠《わな》とかだったら、絶対に耐《た》えられなかった。でも、私をここに入れてくれたのは……」

そこまで呟《つぶや》いてから、はっとしたようにアイレンズを見開く。

「そうだ……テスカトリポカは⁉　エクセルキトゥスの人たちは、ゼルくんやジムくんたちはどうなったの⁉」

素早《すばや》く周囲を見回し、次いで空を振《ふ》り仰《あお》いだトープ・ケープの動きが止まった。

深紅《しんく》の六角形が並ぶ異形の空をちらりと見てから、ハルユキは答えた。

「詳《くわ》しく説明すると長くなっちゃうけど……テスカトリポカは崩壊《ほうかい》した。エクセルキトゥスのメンバーは、きみを除いて百十三人が生き残って、さっきサンシャインシティのポータルから離《り》脱《だつ》したよ」

「崩壊《ほうかい》……？」

トープは訝《いぶか》しげに呟《つぶや》いたが、すぐに視線を戻《もど》し、訊《き》いてくる。

「ゼルくん……ゼルコバ・バージャーを見た……？」

ハルユキは、すぐには答えられなかった。

生存者を一人一人確かめたわけではないが、大柄《おおがら》で特徴的《とくちょうてき》な装甲形状のゼルコバがいたら記《き》憶《おく》に残ったはずだ。それに、生き残ったゼルコバが、穴に閉じ込められたトープ・ケープを放置して現実世界に戻《もど》るとは思えない。ということは、つまり――。

「……ごめん、見てない」

たぶん全損《ぜんそん》したとは言えず、ハルユキは短く答えた。

しかし、トープ・ケープはそれだけで全てを察したようだった。痛みに耐《た》えるように背中を丸め、深く、深く俯《うつむ》く。

同じく友達を失ったばかりのチユリも、掛《か》ける言葉がないらしい。ハルユキは、ゼルコバ・バージャーと対戦したのは今朝の一回だけだし、トープ・ケープは名前しか知らなかったが、確か二人は親子――トープがゼルコバの《親》だったと記憶《きおく》している。《子》を失う悲しみがどれほどのものなのか、ハルユキにはとても想像できない。

しかし、トープ・ケープの精神的消耗《しょうもう》はもう限界を超《こ》えているはずだ。消耗《しょうもう》しているのは生身の脳ではなく量子回路上の複製意識なのだろうが、バーストアウト後に《記憶《きおく》の同期》が行われた時、脳に過大な負荷《ふか》がかかるのは間違《まちが》いない。一刻も早く、トープ・ケープを最寄《もよ》りのポータルから現実世界に戻《もど》さなくては。

そう考えたハルユキは、うずくまるトープに一歩近づいた。

しかし口を開く前に、絞《しぼ》り出すような声が聞こえた。

「…………戻《もど》りたくない」

「……で、でも……早く離脱《りだつ》して、ちゃんと休まないと……」

どうにかそんな言葉を口にしたが、トープはいっそう体を縮め、言った。

「私……ゼルくんと、ビデオコールを繋《つな》いだままなの」

それを聞き、ハルユキは再びチユリと顔を見合わせた。

ビデオコールというのは、音声で話すボイスコールとアバターで話すダイブコールの中間の、仮想デスクトップに表示させた映像窓で会話する機能だ。ニューロリンカーの内蔵カメラでは自分の顔は撮影《さつえい》できないので外部カメラが必要になるが、離《はな》れた場所にいる誰《だれ》かの、生の顔を見ながら加速するにはビデオコールが最も手っ取り早い。

その状態で無制限中立フィールドに入ったのなら、現実世界に戻《もど》りたくないという気持ちは理解できる。バーストアウトしたトープが最初に見るのは、加速世界にまつわる全ての記憶《きおく》を失ってしまったゼルコバ・バージャーの顔なのだ。

「…………」

どうしていいのか解《わか》らず、ハルユキはゴーグルの下で奥歯《おくば》を噛《か》み締《し》めた。

と、チユリがフェイスマスクを近づけ、囁《ささや》いた。

「ねえハル、どこか、こっち側の安全な場所で休ませてあげたら？」

「え？　えーと……」

思いつきもしなかった提案に、両目をぱちぱちさせながら考える。

無制限中立フィールドでの休息でも、精神の消耗《しょうもう》は回復する……はずだ。太陽神インティ攻略《こうりゃく》作戦の前、ハルユキはアーダー・メイデンの膝枕《ひざまくら》で五十分ほど仮眠《かみん》させて貰《もら》ったのだが、起きたら五ヶ月近くにも及《およ》んだ修業《しゅぎょう》の疲《つか》れが嘘《うそ》のように解消されていた。恐《おそ》らく、ハルユキが知らないメイデンの能力が働いていたのだろうが、加速世界でしっかり休息を取れば、生身の脳に消耗《しょうもう》を持《も》ち越《こ》さずに済むのは間違《まちが》いない気がする。

「……いい考え、かもしれないけど……安全な場所ってどこだよ？」

「んー、レイカー姉さんのお家《うち》とか……」

「ああ……」

なるほど、と思ってから、スカイ・レイカーのプレイヤー・ホームである《楓風庵《ふうふうあん》》の鍵《かぎ》を持っていないことに気付く。楓子《フウコ》から合鍵《あいかぎ》を貰《もら》っているメタトロンなら出入りできるはずだが、いまは何やら取り込み中らしい。

――合鍵《あいかぎ》。

「……あ」

小さく声を上げて、ハルユキは再びストレージを開いた。強化外装ではなくアイテム一覧をスクロールし、目的のものを見つけてからすぐに閉じる。

「楓風庵じゃないけど、安全な場所がある」

ハルユキがそう囁《ささや》き返すと、チユリはどこなのか訊《き》こうともせずに頷《うなず》き、しゃがみ込んだ。俯《うつむ》いたままのトープ・ケープに顔を近づけ、小声で語りかける。

しばらくしてから、チユリはトープに肩《かた》を貸して立ち上がらせ、ハルユキを見た。どうやら提案は受け入れられたらしい。

となると、この場所から移動する必要がある。目的地は文京区目白台《ぶんきょうくめじろだい》、直線距離《きょり》で二キロもないはずだが、消耗《しょうもう》しきったトープ・ケープと一緒に徒歩で移動するのは危険が大きい。かといって、初対面のF型アバター……というか女子を抱《だ》きかかえて空を飛ぶのは、精神的な負荷《ふか》が高すぎる。

——とか言ってる場合じゃない。

と自分を叱《しか》りつけ、ハルユキは「失礼します」と声を掛《か》けてから、寄《よ》り添《そ》って立つチユリとトープを背後から同時に抱《かか》え込んだ。両腕《りょううで》をしっかりホールドし、背中の翼《つばさ》を展開。

飛行アビリティが二段階も強化されたので、いくらか控《ひか》えめに振動《しんどう》させたのだが、それでも遊園地の上下動系アトラクションなみの重力加速度が生じ、ハルユキは慌《あわ》てて出力を落とした。運んでいるのがチユリ一人だけなら、予告なしに最高速チャレンジを敢行《かんこう》したかもしれないが、いまはそんな悪戯心《いたずらごころ》を出している場合ではない。

峡谷《きょうこく》の左右に連なる岩山より少しだけ高いところまで上昇《じょうしょう》してから、いったんホバリング。エネミー回避《かいひ》を優先するのならもっと高度を取るべきだが、姿を消したままのユーロキオンとコンプリケーターが気になる。ユーロキオンが約束したのは《ハルユキが五分間生き延びたらこの場は見逃《みのが》す》と《七月二十八日の二十四時までポータルを埋《う》まったままにする》の二つで、他の場所で出くわしても攻撃《こうげき》しないと言われたわけではないのだ。

ゆえに、地上から見つかりにくい高度三十メートルあたりで滞空《たいくう》しつつ、エネミーの気配を探《さぐ》っていると。

「……これが、飛行アビリティ……」

ハルユキに抱《かか》えられたトープ・ケープが、感嘆《かんたん》を隠《かく》さずに呟《つぶや》いた。しかしすぐに、予想外の質問が続いた。

「今朝のゼルくんとの対戦で、使わなかったのはどうして……？」

「えっと……」

もう遥《はる》かな過去のようにも思える対戦の記憶《きおく》を呼び覚ましながら、ハルユキは答えた。

「ゼルコバは、こっちが空を飛んでくると予想してるはずだから、敢《あ》えて地上から近づいて、上への警戒《けいかい》を薄《うす》くさせたんだ」

「そっか、なるほど……」

トープは頷《うなず》き、再び沈黙《ちんもく》した。

決してゼルコバ・バージャーを舐《な》めてたわけじゃない――と付け加えるかどうかハルユキは迷ったが、何も言わずに索敵《さくてき》へと戻《もど》った。周囲にエネミーもアバターもいないことを確かめ、翼《つばさ》を軽く震《ふる》わせる。

空中を滑《すべ》るような横移動で、南西へと向かう。高々とそびえるエコミューゼタウンの真横を抜け、音羽通《おとわどお》りの峡谷《きょうこく》を左に見ながらゆっくり飛ぶと、前方に小さな岩が数え切れないほど並んだ窪地《くぼち》が見えてくる。現実世界の雑司ヶ谷霊園《ぞうしがやれいえん》だ。

ああいう場所には、死霊系《しりょうけい》の厄介《やっかい》なエネミーが潜《ひそ》んでいることがあるので、真上を横切るのはやめて南に迂回《うかい》する。そこからは一直線に飛び、幅《はば》二百メートルを超《こ》えるであろう巨大《きょだい》な一枚岩の手前で地上に降下する。

トープ・ケープとライム・ベルの足が地面に届く直前にブレーキを掛《か》け、いったん静止してから両腕《りょううで》を離《はな》す。二人は硬い岩をしっかり踏《ふ》むと、軽く息を吐《は》いて前方を見た。

立ちはだかる一枚岩は、現実世界では百年近い歴史のある五つ星ホテルだ。その手前には、《荒野《こうや》》ステージでは珍《めずら》しい、清らかな水を湛《たた》えた湖が広がっている。

「……ほんとにここなの？」

怪訝《けげん》な顔をするチユリに「うん」と答え、ハルユキはもう一度ストレージを開いた。先ほど見つけておいたアイテムを取り出し、右手にぶら下げる。

「付いてきて」

二人にそう言い、湖の波打《なみう》ち際《ぎわ》に近づく。水深は非常に浅く、五センチあるかないかなので、そのまま歩みを進める。

静謐《せいひつ》な湖面に三人分の波紋《はもん》を広げながら十メートルほども進むと、前触《まえぶ》れもなく周囲に霧《きり》がたなびき始める。それはみるみる濃《こ》くなり、やがて視界が白一色に塗《ぬ》り潰《つぶ》されてしまう。

「クロウ……」

不安そうな声を出すチユリと、その隣《となり》に立つトープ・ケープに頷《うなず》きかけてから、ハルユキは右手にぶら下げていたもの――青い飾《かざ》り紐《ひも》が結ばれた大型の鍵《かぎ》を持ち上げた。軽く揺《ゆ》らすと、鈴《すず》がついているわけでもないのに、ちりん……と涼《すず》しげな音が響《ひび》く。

途端《とたん》、白い霧《きり》がすうっと左右に分かれ、その奥に瓦屋根《かわらやね》つきの堂々たる数寄屋門《すきやもん》が現れた。

ハルユキは再び振り向き、二人に言った。

「ここが《桜夢亭《おうむてい》》……セントレア・セントリーさんのお家《うち》だよ」

ハルユキがセントレア・セントリーから桜夢亭《おうむてい》の合鍵《あいかぎ》を与《あた》えられたのは、現実時間で四日前――太陽神インティ攻略《こうりゃく》作戦の直前のことだ。剣の修業《しゅぎょう》を延長したいと申し出たハルユキに、セントリーはわずか三秒考えただけで合鍵《あいかぎ》を差し出し、同時に《台所にあるものは好きに飲み食いしていい》と言ってくれたのだ。

本当なら、インティ攻略《こうりゃく》作戦が終わった時点で速《すみ》やかに合鍵《あいかぎ》も返すべきだったのだろうが、テスカトリポカの出現やハルユキのレギオン移籍《いせき》など予測不能の展開が続いたせいですっかり忘れてしまっていた。

師範《しはん》であるセントリーとは、無念の失敗に終わったシルバー・クロウ救出作戦のあとから、もう三日もコンタクトできていない。もしかしたら桜夢亭《おうむてい》に滞在中《たいざいちゅう》なのかも……と思いながらハルユキは数寄屋門《すきやもん》をくぐったが、広大な武家屋敷《やしき》はしんと静まり返り、人の気配はまったくない。

自分ががっかりしたのか、ほっとしたのか解《わか》らないまま、玄関《げんかん》の引き戸を開ける。

「お邪魔《じゃま》します」

といちおう声を掛《か》け、二人をまず台所に案内する。戸棚《とだな》に偽装《ぎそう》された大型冷蔵庫を開けると、中はほとんど酒瓶《さかびん》で埋《う》まっているが、唯一《ゆいいつ》ノンアルコールの瓶入《びんい》り炭酸水——これも酒の割材らしい——を三つ取り出し、部屋の中央にあるテーブルに置く。

「普通《ふつう》の水が良ければ、庭に井戸もあるけど……」

ハルユキがそう訊《たず》ねると、椅子《いす》に腰掛《こしか》けたトープ・ケープは「これでいい、ありがとう」と早口に答え、スクリューキャップを捻《ひね》った。よほど喉《のど》が渇《かわ》いていたのか、瓶《びん》を口につけるや、五百ミリリットルはありそうな炭酸水をひと息に飲み干してしまう。

その様子を目の端《はし》で捉《とら》えながら、もう一つの冷蔵庫を開ける。こちらには酒肴《しゅこう》のたぐいと、お茶請《ちゃう》けの和菓子《わがし》がぎっしり詰《つ》まっているが、肴《さかな》はセントリーでなければ正体が解《わか》らない。炭酸水には合わないかも……と思いつつ、奥のほうから竹皮に包まれた高級そうな羊羹《ようかん》を一棹《ひとさお》取り出す。

包みを開け、長さ二十五センチほどもある煉《ね》り羊羹《ようかん》を、調理場の包丁で四つに切り分ける。自分とチユリの皿に一切れずつ、トープ・ケープの皿には二切れ載《の》せると、調理場で見つけた竹の楊枝《ようじ》も添《そ》えてテーブルに戻《もど》る。

トープは両手を合わせて「いただきます」と言い、楊枝《ようじ》で一切れをさらに四等分してから、今度はじっくり味わうように食べ始めた。

ハルユキも空腹を覚え、楊枝《ようじ》を手に取った、その時。

正面に座るトープ・ケープの前の皿に、ぽたっと音を立てて水滴《すいてき》が一粒《ひとつぶ》落ちてきた。一瞬《いっしゅん》、雨漏《あまも》りでもしているのかと思ってしまったが、桜夢亭《おうむてい》はそこまで安普請《やすぶしん》ではないし、そもそも《荒野《こうや》》ステージに雨は降らない。

水滴《すいてき》の源《みなもと》は、トープ・ケープのアイレンズだった。

左の目尻《めじり》から零《こぼ》れた新たな滴《しずく》が、深く俯《うつむ》けられたフェイスマスクを伝い、再び皿に落下する。しかしトープは目許《めもと》を拭《ぬぐ》おうともせずに、一口、また一口と食べ続ける。

ハルユキも、自分の羊羹《ようかん》を切って口に運んだ。濃密《のうみつ》なのにすっきりとした甘さが口に広がり、小豆《あずき》の素朴《そぼく》な風味が追いかけてくる。ショップで買ったらさぞ高いのだろうが、セントレア・セントリーもきっと怒《おこ》りはするまい。

三人は、そのまま無言で羊羹《ようかん》を食べ続けた。

トープ・ケープの涙《なみだ》も、いつまでも涸《か》れることはなかった。

4

二十分後。

一人で桜夢亭《おうむてい》を後にしたハルユキは、濃霧《のうむ》地帯を抜けるまで一直線に歩いてから、くるりと体を反転させた。

もちろん屋敷《やしき》は霧《きり》に阻《はば》まれて見えなかったが、主のセントレア・セントリーに向けて一礼し、翼《つばさ》を鋭角《えいかく》に広げる。ユーロキオン戦で溜《た》まった必殺技《ひっさつわざ》ゲージはまだほとんど残っているので、五割の出力で十二枚の金属フィンを振動《しんどう》させる。

ドンッ！　という衝撃波《しょうげきは》とともに、足許《あしもと》の湖水が半径十メートルにも亘《わた》って押しのけられ、シルバー・クロウは全身の関節が悲鳴を上げるほどの加速度で上昇《じょうしょう》した。ハーフスロットルのはずなのに以前の全力加速と同じくらいのパワーが出てしまい、反射的に急制動をかけそうになったが、その衝動《しょうどう》を必死に抑《おさ》えて上昇《じょうしょう》を続ける。このパワーでフルブレーキを掛《か》けたら、爆発《ばくはつ》じみた衝撃音《しょうげきおん》が四方八方に轟《とどろ》いてしまう。地上にいるエネミーまたはアバターに対して、見つけてくれと言っているようなものだ。

両手をぴったりと体側に押しつけ、限界まで空気抵抗《ていこう》を抑《おさ》えつつ十秒ほど飛翔《ひしょう》すると、再び視界が白く染まった。これは霧《きり》ではなく雲だ。巨大《きょだい》な綿雲を瞬時《しゅんじ》に突き抜けたハルユキは、ここでようやく左右の翼《つばさ》をいっぱいに開いた。衝撃波《しょうげきは》を生まない程度の力でブレーキを掛《か》け、徐々《じょじょ》に減速する。

ようやくホバリング状態へ移行した時、ハルユキの周りには真っ青な空だけが広がっていた。視線を下げると、東京都心の高層ビル群が、まるでミニチュアのように小さく見える。高度は二千メートル程度だろうか。

十秒で二千メートルということは、平均速度は時速七百二十キロメートルにもなる計算だ。融合《ゆうごう》する前のメタトロン・ウイングも、フルパワーを出せば音速、すなわち時速約千二百キロメートルに到達《とうたつ》するほどの加速力を誇《ほこ》ったが、五割の出力で時速七百キロ超《ご》え、しかも重力の影響《えいきょう》を最も強く受ける垂直上昇《じょうしょう》でその数字は尋常《じんじょう》ではない。全力で加速したら、本当に手足の一本くらい捥《も》げてしまいかねない……。

「ビビんな」

ハルユキは、自分に向けてぼそっと呟《つぶや》いた。

ユーロキオンたち《ユニファイアーズ》との実力差は絶望的なほどだ。手にした力に怯《おび》えているようでは、その差を縮めるなど夢のまた夢。

手足どころか首が捥《も》げようとも、絶対にこの力を自分のものにする。そう心に誓《ちか》ってから、自分の真下に目を凝《こ》らす。桜夢亭《おうむてい》が隠《かく》れている湖も、この高度からは青い水滴《すいてき》のようだ。

そう思った途端《とたん》、白い皿に滴《したた》るトープ・ケープの涙《なみだ》が脳裏《のうり》に蘇《よみがえ》る。

二切れの羊羹《ようかん》を食べ終えたトープは、「ごちそうさま」と言って立ち上がろうとしたのだが、腰《こし》を三十センチばかり浮《う》かせたところで再び座り込んだ。仮想の空腹感が癒《い》やされたせいで、眠気《ねむけ》が限界に達したのだろうと考えたハルユキとチユリは、トープに肩《かた》を貸して台所の向かいの和室まで移動させた。

ホームストレージから布団《ふとん》を一組出し、畳《たたみ》の上に敷《し》いてトープを横たわらせたら、気絶するようにことんと寝入ってしまった。疲労《ひろう》の度合いからして、丸一日眠《ねむ》り続けても不思議はない。ハルユキは起きるまで屋敷《やしき》に留《とど》まるつもりでいたが、チユリが「あたしが見てるから大丈夫《だいじょうぶ》」と言ってくれたので、言葉に甘えることにしたのだ。

桜夢亭《おうむてい》から出てきたのは、もちろん物見遊山《ものみゆさん》や気分転換《てんかん》のためではない。この時間を使って、課せられた任務《ミッション》に取り組もうと思ったからだ。

今日の夕方、白の王ホワイト・コスモスは、ハルユキに一つの……いや、考えようによっては四つの指示を与《あた》えた。

ハルユキがすでに契約《リンク》している大天使《だいてんし》メタトロン、大日霊《おおひるめ》アマテラス、巫祖公主《ふそこうしゅ》バリ以外の四体の最上位ビーイングとコンタクトし、可能なら契約《リンク》すること。

その四体とは、暁光姫《ぎょうこうき》ウシャス、太霊后《たいれいこう》シーワンムー、暴風王《ぼうふうおう》ルドラ、夜の女神《よるのめがみ》ニュクス。

白の王がいかなる意図でそんな指示を出したのかはさっぱり解《わか》らないし、テスカトリポカが崩壊《ほうかい》し、ドライブリンカーたちが侵攻《しんこう》してきたいまでもまだ指示が有効なのかどうかも不明だ。

しかし、白の王はハルユキのマスターなのだから、明確に撤回《てっかい》されるまでは与《あた》えられた任務を遂行《すいこう》しなくてはならない。

問題は、四体の最上位ビーイングが、メタトロンの居城である芝公園地下大迷宮《しばこうえんちかだいめいきゅう》と同規模の高難度ダンジョンの最深部に存在していることだ。ハルユキと一緒《いっしょ》にコスモスの指示を聞いた黒雪姫《クロユキヒメ》は、ダンジョンを突破《とっぱ》するには最低でも三パーティー十八人規模の攻略《こうりゃく》部隊が必要だと言っていた。

まさか、白の王の指示を遂行《すいこう》するための人員を、ネガ・ネビュラスや他の王のレギオンから募《つの》るわけにもいかないので、部隊はオシラトリ・ユニヴァースのメンバーだけで編制する必要がある。

オシラトリは、《裏部隊》である加速研究会のメンバーを除いても、総勢三十人にも及《およ》ぶと言われる大レギオンだ。しかしハルユキがレギオン加入後に対面できたのは、脱退《だったい》を目論《もくろ》んでいるローズ・ミレディーとオーキッド・オラクル、そして《七連矮星《セブン・ドワーフス》》の四人だけ。残りのメンバーとは、七日前の領土戦で敵として戦ったきり挨拶《あいさつ》もしていない。そんなハルユキに、いきなり高難度ダンジョンの攻略《こうりゃく》を手伝ってくれと要請《ようせい》されて、快く応じてくれるメンバーが果たして何人いるか――。

「……とりあえず、ダンジョンを見に行ってみるか……」

ため息交じりに呟《つぶや》き、体を南東に向ける。コンタクトすべき最上位ビーイングたちは、確かウシャスが新宿都庁地下《しんじゆくとちょうちか》、シーワンムーが東京《とうきょう》ドーム地下《ちか》、ルドラが東京《とうきょう》ビッグサイト地下《ちか》、そしてニュクスが代々木公園地下《よよぎこうえんちか》に居城を構えているらしいので、現在位置から最も近いのは東京ドームということになる。

シーワンムーってどんな神様だったかな、響《ひび》きは中国語っぽいけどな……などと考えながら、二千メートル下に広がる荒野《こうや》から、ドーム形状の岩山を見つけようとした、その瞬間《しゅんかん》。

——しもべ。

頭の中心で、かすかな声が響《ひび》いた。

「め……メタトロン？　どうしたの？」

つい思念ではなく肉声で問いかけてしまったが、問題なく届いたらしい。

——それを訊《き》きたいのはこちらですよ。いますぐハイエスト・レベルにシフトしなさい。

「えっ、い、いま⁉」

——そう言いました。

素っ気ない台詞《せりふ》とともに、頭の中からメタトロンの気配が消失する。どうやら、ハルユキをハイエスト・レベルまで引っ張り上げてくれるつもりはないらしい。

今日の昼過ぎ、エテルナ女子学院中等科の生徒会室で、スノー・フェアリーことユーホルト七々子《ナナコ》は言った。クロウはレベル2の《契約者《けいやくしゃ》》で、おまけしてだけどレベル3の《到達者《とうたつしゃ》》だよ、と。

契約者《けいやくしゃ》とは、その名のとおりビーイングと契約《リンク》した者のことだろうが、レベル分けの指標は不明だ。そして到達者《とうたつしゃ》とは、ハイエスト・レベルに到達《とうたつ》した者のこと。こちらのレベル指標は見当がついていて、レベル1はビーイングと直接接触《せっしょく》してシフトさせて貰《もら》った者、レベル2はビーイングとの遠隔感応《えんかく》によってシフトした者、レベル3は自力でシフトできる者。

ハルユキはいままで、メタトロンの力を借りずにハイエスト・レベルへシフトしたことが、ほんの数回だけだがある。しかしその全てが、膨大《ぼうだい》な時間をかけて精神を研《と》ぎ澄《す》ませた上での漸進的《ぜんしんてき》シフトか、あるいは命が懸《か》かった極限状況《じょうきょう》での偶発的《ぐうはってき》シフトだ。自力と言って言えないこともないが、意のままというレベルにはほど遠い。

いまはどう考えても後者の偶発的《ぐうはってき》シフトが発生する状況《じょうきょう》ではないので、可能性があるとすれば前者の方法だけ――。

……いや、ほんの数時間前、ハルユキは思いがけない形でのシフトを体験した。現実世界の有田家《アリタけ》のリビングルームで、黒雪姫《クロユキヒメ》と生まれて初めてのキスをしている時、いきなり加速音が聞こえたと思ったら二人揃《そろ》ってハイエスト・レベルに飛ばされたのだ。黒雪姫の唇《くちびる》の温かさと柔《やわ》らかさを思い起こした途端《とたん》、ゴーグルの下の顔がかーっと熱くなるが、どうにか抑《おさ》え込んで考えを巡《めぐ》らせ続ける。

ハルユキはいままで、ハイエスト・レベルにシフトするために必要なのは、《極限の集中》だと考えてきた。長い時間をかけて徐々《じょじょ》に高めるか、生死の際での闘争本能《とうそう》によって集中力がある閾値《いきち》を超《こ》えた時、光量子回路《ライトキューブ》に過大な負荷《ふか》がかかり、意識が高次空間へと導かれる——というか弾《はじ》き出される。

だがその仮説では、現実世界からいきなりシフトした、あの現象に説明がつかない。黒雪姫《クロユキヒメ》とキスしている時、ハルユキの意識は間違《まちが》いなく生身の脳の中にあって、ライトキューブとは接続していなかったはずだ。

「…………実はそうじゃない、のか……？」

声にならない声で、ハルユキは呟《つぶや》いた。

まだ幽霊《ゆうれい》状態だったセントレア・セントリーとハイエスト・レベルで初めて遭遇《そうぐう》した時に、彼女は言った。BBプログラムを受け入れた者が、その日の夜——とは限らないが——に見る悪夢は、魂《たましい》が数時間かけてライトキューブへ複製されるプロセスの副産物なのではないか、と。

それが本当なら、悪夢を見ていた時のハルユキの意識は、ニューロリンカーを経由してライトキューブに繋《つな》がっていたわけだ。そして、もしかするとその接続は一回きりのことではなく、ニューロリンカーを装着している時は、あるいは装着していなくとも近くにありさえすれば、常に維持《いじ》されているのではないか。

生身のハルユキの頭に入っている脳と、ブレイン・バースト中央サーバー《メイン・ビジュアライザー》の中の光量子回路……物理的にも観念的にも遠く離《はな》れた二つの容《い》れ物《もの》に存在する、同一の魂《たましい》。

そのイメージが脳裏《のうり》に浮《う》かんだ瞬間《しゅんかん》、いくつものキーワードが閃光《せんこう》となって瞬《また》いた。

極限の集中。過大な負荷《ふか》。精神の発火。心意の光。

光……。

——光だよ。

またしても、誰《だれ》かの声が聞こえた気がした。

メタトロンでも、他の高位ビーイングでもない。その声は、ハルユキの内側……記憶《きおく》という広くて深い湖の、真っ暗な水底《みなそこ》から響《ひび》いてくる。

——きみの中に存在する、光を感じるんだ。

——ライトキューブやメイン・ビジュアライザーの中では、封《ふう》じ込められた光子たちが永遠の揺動《ようどう》を繰《く》り返《かえ》している。その光を感じ、一体化できれば、きみは新たなステージに行ける。

——心意の力の、さらに先へ。

それがいつ、どこで聞いた声だったのか、すぐには思い出せなかった。しかしハルユキは、自分が加速世界の深奥《しんおう》に、かつてないほど近づきつつあるのを感じていた。

メタトロンたち高位ビーイングと、下位のエネミーとの決定的な違《ちが》いは、ライトキューブの有無《うむ》だ。彼女たちは、ハルユキたちバーストリンカーに与《あた》えられている光量子回路とまったく同じ《魂《たましい》の媒体《ばいたい》》を持っている。つまり加速世界では、高位ビーイングとバーストリンカーはほぼ同一の存在と言っていい。

なのになぜ、メタトロンたちはハイエスト・レベルに自由にシフトできて、ハルユキたちはできないのか。

それは恐《おそ》らく、メタトロンたちのほうがメイン・ビジュアライザーに近しい存在だからだ。距離《きょり》も、そして魂《たましい》のかたちも。ライトキューブに保存されたハルユキの魂《たましい》は、何というか……《最適化》が足りないのだ。だから、容易にはメイン・ビジュアライザーと一体化できない。メタトロンたちに引っ張って貰《もら》うか、自分で助走をつけて壁《かべ》を飛《と》び越《こ》える必要がある。

なら、どうすれば最適化できるのか。

心意の修業《しゅぎょう》と同じだ。シフトを繰《く》り返《かえ》すのだ……何度も、何度も。いや、多分、その二つは本質的に同じものだ。心意システムとはつまり、メイン・ビジュアライザーに近づくための力なのだから。

バーストリンカーは、心意を学ぶ過程で少しずつ自分の魂《たましい》を最適化させていく。ある段階に達した者が高位ビーイングと契約《リンク》することで、レベル1到達者《とうたつしゃ》となる資格を得る。そこからは、心意の修業《しゅぎょう》とハイエスト・レベルへの跳躍《ちょうやく》を同時並行《へいこう》し、さらに最適化を進めてレベル2、レベル3へと至る――。

　こんな段階的、言葉を変えれば選抜的《せんばつてき》な仕組みが、偶然《ぐうぜん》できあがるはずがない。間違《まちが》いなく、何者かがブレイン・バースト2039というゲームをそのように設計《デザイン》したか、改変《モディファイ》したのだ。心意システムという、ほとんどチートめいた力の使用が許されているのは、この世界を動かす存在がそう望んだからだ。

　自由自在にハイエスト・レベルへシフトするためには、膨大《ぼうだい》な時間を費《つい》やしてビーイングと同じ領域まで魂《たましい》を最適化しなければならないのだとしたら、いまのハルユキが即座《そくざ》にその段階まで至れるはずがない。しかし、かつて何度かしたように、一発勝負で極限の集中状態に入ることができれば。

　セントレア・セントリー秘蔵の高級羊羹《ようかん》で空腹感はほぼ解消されたが、朝から続いた対戦の疲《つか》れが頭の芯《しん》にずっしりとこびりついている。午前中にゼルコバ・バージャーとの通常対戦、午後は巨獣級《ビーストきゅう》エネミーのクロコシータス、《破壊者《バッシャー》》プラチナム・キャバリアーとの二連戦、そしてたった一時間前の、底知れない実力を持つドライブリンカー・ユーロキオンとの決闘《けっとう》。ここまで高密度な一日は、バーストリンカーになってからの九ヶ月で二、三回あったかどうかだろう。

　この消耗《しょうもう》度合いでは、きっと失敗したら二度目の挑戦《ちょうせん》はできない。

ハルユキは、二千メートルの高空でホバリングしたまま、足を前後に広げて重心を落とし、右手を腰撓《こしだ》めに構えた。

恐《おそ》らく、《極限の集中》は鍵《かぎ》であって扉《とびら》ではない。精神の集中があるラインを超《こ》えた瞬間《しゅんかん》、ライトキューブとメイン・ビジュアライザーを隔《へだ》てる壁《かべ》に小さな穴が穿《うが》たれ、そこから意識が高次空間へと弾《はじ》き出される。

ハルユキはようやく、さっき記《き》憶《おく》の底から響《ひび》いた声が誰《だれ》のものだったのかを悟《さと》った。

あれは、ミラー・マスカー……謡《ウタイ》の亡《な》き兄である四埜宮竟也《シノミヤキョウヤ》の声だ。

四埜宮《シノミヤケ》家の《鏡の間》でハイエスト・レベルにシフトしようとした時、ハルユキは極限まで精神を集中させた拳打《けんだ》で世界の壁《かべ》を破ろうとした。しかしその刹那《せつな》、竟也の声が聞こえたのだ。きみの中に存在する光を感じるんだ、という言葉に従い、ハルユキは壁《かべ》を叩《たた》き壊《こわ》すのではなく通り抜けた。そんなことができたのは、恐《おそ》らく竟也が——メイン・ビジュアライザーに留《とど》まるミラー・マスカーの複製意識が、ハルユキを導いてくれたからだ。

でもいまは、竟也の声は聞こえない。自分の力で、もういちど世界の壁《かべ》を通り抜けるための扉《とびら》を作らなくてはならない。

深く息を吸い、時間を掛《か》けて吐《は》く。腰《こし》に構えた右拳《みぎこぶし》を開き、まっすぐに指を伸ばす。

《外》と《内》、《世界》と《自分》、すなわちメイン・ビジュアライザーとライトキューブ。目をつぶると、脳裏《のうり》に不思議なイメージが現れた。暗闇《くらやみ》の中、わずかな隙間《すきま》を空けて整然と積み重なる、無数の小さな立方体《キューブ》。それらの中央に鎮座《ちんざ》する、一つの巨大《きょだい》な立方体《キューブ》。どちらも虹色《にじいろ》に揺蕩《たゆた》う光で満たされている。

無数の小立方体《キューブ》の中のたった一つが、ハルユキのライトキューブだ。そして巨大《きょだい》な立方体《キューブ》は、メイン・ビジュアライザー。遥《はる》か遠《とお》く離《はな》れているように思えても、本当は距離《きより》など存在しない。両者を隔《へだ》てるのは、システムが生み出した形而上《けいじじょう》の壁《かべ》一枚だけ。

ハルユキは目を開け、右手の中指の先端《せんたん》に全精神力を集中させた。

指先に銀色の輝《かがや》き——過剰光《オーバーレイ》が生まれる。それを、小さく小さく凝集《ぎょうしゅう》させていく。

ユーロキオンとの戦いの最中《さなか》、ハルユキは心意技《しんいわざ》《光線剣《レーザー・ソード》》をさらに収束させた新たな技《わざ》、《光刃剣《ライト・ソード》》を編み出した。あの時の、イメージを硬《かた》く研《と》ぎ澄《す》ませていく感覚を蘇《よみがえ》らせながら、心意の光を限界まで圧縮する。指先に宿る極小の光点が、キイィィィン……という甲高《かんだか》い音を放って振動《しんどう》し始める。

これはハルユキの内なる光だ。この超《ちょう》高密度の光を一気に解き放つと、第二段階の心意技《しんいわざ》《光殻防壁《ライト・シエル》》となる。しかしハルユキはそうせず、光点を維持《いじ》したまま、世界そのものを知覚しようとした。これも以前なら長時間の精神集中を必要としたが、その時間を短縮するすべをハルユキは学んでいる。オメガ流合切剣《がっさいけん》の奥義《おうぎ》その一、《合《ごう》》。

自我《じが》が拡散し、世界——メイン・ビジュアライザーに限りなく近づいたその瞬間《しゅんかん》、ハルユキは光点を解き放った。

空中に透明《とうめい》な波紋《はもん》が広がり、その中心から虹色《にじいろ》の光が溢《あふ》れた。

バシイイイイイイッ！　という再加速音が響《ひび》き渡《わた》り、ハルユキの意識は放射光の深奥《しんおう》へと吸い込まれた。

5

「――遅《おそ》い！　どれだけ待たせるのです、しもべ!!」

目を開ける前にそんな声が降ってきて、ハルユキはびくっと首を縮めた。

恐《おそ》る恐《おそ》る顔を上げると、無限の暗闇《くらやみ》を背景に、仄白《ほのじろ》く光る人影《ひとかげ》が浮《う》かんで――いや、空中に腰掛《こしか》けている。

長い髪《かみ》と長い法衣《ほうい》、そして長い翼《つばさ》。最上位ビーイング、大天使メタトロンだ。色彩《しきさい》を失っていても、超越的《ちょうえつてき》な美貌《びぼう》はまったく損《そこ》なわれていない。

「こ、これでも最短時間で……」

同じく白い粒子《りゅうし》で描写《びょうしゃ》されたデュエルアバターの背筋《せすじ》をまっすぐに伸ばしつつ、ハルユキは抗弁《こうべん》しようとした。しかし。

「クロウよ、この大天使はいくら待たせてもよいが、妾《わらわ》を待たせるのは懲罰《ちょうばつ》ものじゃぞ」

「わたしも待ちくたびれてねむくなっちゃった。何かたべないと目がさめないかも」

右側と左側からも、新たな声が降り注いだ。直立不動状態のまま、素早《すばや》く左右を確認《かくにん》する。

斜《なな》め右前方に座しているのは、巫女《みこ》を思わせる和風の装束《しょうぞく》を身につけ、日輪を模した宝冠《ほうかん》を被《かぶ》った、妙齢《みょうれい》のお姉さん。

斜《なな》め左前方には、ゆったりした韓服《かんふく》ふうの着物とスカートをまとい、小さな鈴《すず》がぶら下がる宝冠《ほうかん》を被《かぶ》った、十六、七歳くらいの少女……とはいえこちらも、十四歳のハルユキから見ればお姉さんだ。

一見、メタトロンを真ん中にした三姉妹《さんしまい》という感じだが、そんな可愛《かわい》らしい存在ではない。右のお姉さんは大日霊《おおひるめ》アマテラス、左のお姉さんは巫祖公主《ふそこうしゅ》バリ、どちらも大天使メタトロンと同格の最上位ビーイングである。

蛇《へび》に見込まれた蛙《かえる》とはこのこと……いや猫《ねこ》の前の鼠《ねずみ》、いやいや鷹《たか》の前の雀《すずめ》か、などと逃避《とうひ》的思考を巡《めぐ》らせてから、ハルユキは覚悟《かくご》を決めて言った。

「お、お待たせしちゃったことはお詫《わ》びします。でも……皆《みな》さんなら、主観時間をいくらでも減速できるんじゃ……」

「たとえ己《おのれ》のクロックを低下させたとて、世界のクロックは変えられんのじゃぞ」

呆《あき》れ声《ごえ》でアマテラスがそう指摘《してき》すると、メタトロンも張り合うような声を出した。

「いまは一秒たりとも浪費《ろうひ》できない状況《じょうきょう》ですからね。お前を待ちながら、観測と分析《ぶんせき》を続けていたのですよ」

「観測……何を、ですか？」

「もちろん、あれ」

そう答えたバリが、ハルユキの足許《あしもと》を指差した。

視線を真下に向ける。そこには膨大《ぼうだい》な数の星々《ノード》が、音もなく瞬《またた》いている。あの一つ一つが、現実世界のソーシャルカメラだ。繁華街《はんかがい》や幹線道路沿いは設置密度が高く、住宅街は低いので、東京都心の地形が詳細《しょうさい》に描《えが》き出される。

中央部の暗闇《くらやみ》は帝城《ていじょう》、すなわち皇居。その西側で煌々《こうこう》と輝《かがや》く星団は新宿《しんじゅく》エリア。そこから山《やま》手線《のてせん》を北に辿《たど》っていくと、同じくらい眩《まばゆ》い池袋《いけぶくろ》エリアがある。

バリがほっそりした指で示すのは、池袋駅の東側で禍々《まがまが》しく光る、血のように赤い巨大《きょだい》な星だった。

目を凝《こ》らすと、赤い星の周囲を濃密《のうみつ》な虚無《きょむ》が取り巻いている。あれが何なのかは明らかだ。崩壊《ほうかい》したテスカトリポカと、その中から現れた赤いポータル――。

顔を上げたハルユキは、バリに向けて言った。

「バリさん、いえ、バリ様が教えてくれたとおりでした。テスカトリポカが崩《くず》れたら、中からポータルがでてきて……でもそれは、この加速世界とは別の世界に繋《つな》がってて……」

「そうみたいね」

あっさりと頷《うなず》いたバリは、今度は指を真上に向けた。

「あれ、見える？」

「え…………」

首を可動域の限界まで反らせて、漆黒《しっこく》の空――いや宇宙を見上げる。

足下《そっか》とは対照的に星一つたりとも存在しない、全《まった》き暗闇《くらやみ》。当然だ、治安監視《かんし》システムであるソーシャルカメラ・ネットワークが、誰《だれ》もいない虚空《こくう》に設置されているはずがない。

何も見えません、と答えようとした、その時。

闇《やみ》の彼方《かなた》に、光とも言えないようなかすかな揺《ゆ》らぎを、ハルユキは知覚した。

鏡面ゴーグルの下でアイレンズを細め、懸命《けんめい》に凝視《ぎょうし》する。ゴーグルが邪魔《じゃま》だと思ってから、この空間ではそんなもの関係ないと気付く。たとえ目をつぶっていても、真に見ようとすれば見えるはずだ。

実体なきアバターから、自我《じが》を解き放つ。視覚ではなく、意識そのもので世界を捉《とら》える。

——《合《ごう》》。

遥《はる》か彼方《かなた》の闇《やみ》に、一つ、また一つと星が生まれていく。その数は凄《すさ》まじいスピードで増加し、下方にあるものとまったく同じ、二つ目の東京都心を描《えが》き出す。

違《ちが》う……二つ目ではない。眼下に広がるハルユキたちの世界、すなわちBB2039には、すでに閉じられてしまったAA2038とCC2040の世界が、残影《ざんえい》となって重なっている。だから、上空で煌《きら》めく世界は四つ目だ。

あの光を見るのは初めてではない。ミラー・マスカーの導きでハイエスト・レベルにシフトしたハルユキは、当時はまだ敵だったスノー・フェアリーに襲《おそ》われ、呼吸する感覚を奪《うば》われた。想像を絶する苦しさから逃《のが》れようと、《無の心意》——オメガ流の《合《ごう》》を使ったその瞬間《しゅんかん》、ハルユキは遥《はる》か頭上で息づく新たな世界を知覚した。

当時は、自分が見たものが何なのか解《わか》らなかった。しかしいまなら解《わか》る。

あれこそが、第四の加速世界。ユーロキオンたちのホームである、ドレッド・ドライブ2047なのだ。

ハルユキはそうと気付かぬうちに、かつてないほど知覚力を研《と》ぎ澄《す》ませていた。

そして、見た。BB世界と同じく白い星が無数に集まっているDD世界に、たった一つだけ赤い星が煌《きら》めいている。偶然《ぐうぜん》なのかそうでないのか、やはり東池袋《ひがしいけぶくろ》に存在するその星からは、蜘蛛《くも》の糸よりも細い深紅《しんく》のラインがまっすぐ下に延び、ハルユキのすぐ目の前を通り過ぎて、眼下のBB世界で輝《かがや》く同じ色の星に繋《つな》がる。

ハルユキは吸い寄せられるように右手を上げ、そのラインに触《ふ》れようとした。だがラインは、何の感覚もなく手をすり抜けてしまう。

「……これが、二つの世界を繋《つな》ぐ通路……」

掠《かす》れ声《ごえ》で呟《つぶや》くと、メタトロンが頷《うなず》いた。

「そのようですね」

「じゃあ、これを切断できれば……！」

「試《ため》さなかったと思いますか？　口惜《くちお》しいですが、私たちにも存在していることが解《わか》るだけで、干渉《かんしょう》はおろか解析《かいせき》すらもできませんでした」

「……そんな……」

思わずがくりと肩《かた》を落としてしまう。

現在、BB側のポータルはチユリのシトロン・コールによって一時的に封鎖《ふうさ》されているが、明日の深夜二十四時には復活し、《ユニファイアーズ》の残り八人が再びこのラインを通って侵攻《しんこう》してくる。

彼らの圧倒的《あっとうてき》な戦闘力《せんとうりょく》も脅威《きょうい》だが、問題はこの《世界間戦争》の勝利条件がDD側にしか開示されていないということだ。姿を消したユーロキオンとコンプリケーターは、すでにその条件をクリアするべく動き始めているはずなのに。

「しもべ……シルバー・クロウ」

俯《うつむ》き、両拳《りょうこぶし》を握《にぎ》り締《し》めるハルユキを、メタトロンが呼んだ。

顔を上げると、いつの間にか空中の椅子《いす》から降りた大天使が、目の前に立っていた。両手を持ち上げ、ハルユキの両肩《りょうかた》にバシッと勢いよく乗せる。

「しっかりしなさい。私はここから動くことができませんでしたが、お前と侵略者《しんりゃくしゃ》の戦いは、リンクを通して感知していました。なかなかの戦いぶりでしたよ……あくまで小戦士としては、ですが」

「そ、そう……」

叱咤《しった》が基本のメタトロンにしては珍《めずら》しいお褒《ほ》めの言葉が、疲《つか》れ果《は》てた頭に染《し》み込んできて、ハルユキは思わずじーんとしてしまった。抱《だ》きついて目の前の法衣《ほうい》に顔を埋《うず》めたくなったが、そんなことをしたらデコピン程度では済まないし、よく考えたらメタトロンも黒雪姫《クロユキヒメ》が名前を挙げた、《答えを伝えなくてはいけない相手》なのだ。

さすがにその話を持ち出すタイミングではないので、ハルユキは「ありがとう」とだけ答え、気になったことを問い返した。

「動くことができなかった……っていうのは、どうして？」

するとメタトロンはハルユキの両肩《りょうかた》から手を離《はな》し、閉じたままの両目をアマテラスとバリに向けてから言った。

「まずは、お前の話を……ことに、侵略者《しんりゃくしゃ》たちと交《か》わした会話の内容を聞かせなさい。状況《じょうきょう》は感知できても、声までは聞こえなかったのです」

「う……うん」

ハルユキが頷《うなず》くと、メタトロンは再びふわりと上昇《じょうしょう》し、不可視の椅子《いす》に腰掛《こしか》けた。

会話の中身まで思い出せるかな……と思ったが、ユーロキオンが発した全ての言葉は記憶《きおく》の表層に深々と刻み込まれている。

しばし考えをまとめてから、ハルユキは一歩下がり、三人、いや三柱《みはしら》のビーイングに向けて語った。

中小レギオンのメンバー約五百人が、《エクセルキトゥス》という大連合を結成したこと。

そのうち三百人が、無制限中立フィールドの東池袋《ひがしいけぶくろ》エリアでテスカトリポカの討伐《とうばつ》に挑《いど》んだこと。

しかし作戦は失敗し、三百人全員が無限ＥＫ状態に陥《おちい》って、実にその七割——二百人以上がポイント全損《ぜんそん》してしまったこと。

史上最大の殺戮劇《さつりくげき》に満足したかのように、テスカトリポカがいきなり自壊《じかい》し、巨体《きょたい》の中から深紅《しんく》のポータルが出現した。そこを通ってきた十人の侵略者《しんりゃくしゃ》は自らを《ドレッド・ドライブ２０４７》のプレイヤーだと名乗り、その中の一人だけが地上に降りて、エクセルキトゥスの生存者たちを攻撃《こうげき》し始めた。ハルユキはその一人——《原初の牙《プライマル・ファング》》ことユーロキオンと戦い、信じられないほどのスピードとパワーに圧倒《あっとう》されたものの、かろうじて五分間生き残ることに成功した……のだが。

「……メタトロンはさっき、なかなかの戦いぶりだったって言ってくれたけど……あいつは、ぜんぜん本気を出してなかった。もし最初から全開で来られてたら、僕は五分どころか五秒も保《も》たなかったよ……」

弱々しい声でハルユキがそう言うと、右側に浮《う》かぶアマテラスがあっさり肯定《こうてい》した。

「ま、そうじゃろうな」

「…………ハイ」

「濡《ぬ》れた子犬のような顔をするでない。戦いは結果が全てじゃ。相手が本気を出していようがいまいが、生き残ったならお主は負けておらん」

「…………ハイ」

再び頷《うなず》いたハルユキは、濡《ぬ》れた子犬を見たことがあるのかとアマテラスに訊《き》いていいものかどうか迷った。しかし口を開く前に、左側に座るバリが言った。

「つづき」

「わ、解《わか》りました。えっと……僕とユーロキオンが戦ってるあいだに、仲間のライム・ベルがドライブリンカーたちの死角まで移動して、必殺技《ひっさつわざ》でテスカトリポカの残骸《ざんがい》をほんのちょっと修復してポータルを埋《う》めたんです。完全に埋《う》まる前に、残骸《ざんがい》の上にいた九人のうち八人は元の世界に戻《もど》ったんですけど、コンプリケーターっていうヤツだけがこっちに残って……そいつが言ってました」

そこでひと息入れると、ハルユキは記憶《きおく》の表層に焼き付いているコンプリケーターの言葉を、息継《いきつ》ぎの長さまで正確に再現した。

「我々が勝てば、あなたたちの世界が消える。あなたたちが勝てば、我々の世界が消える……これは、二つのゲームを創り、動かしている何者かによって決められた不可変のルールです」

ハルユキが口を閉じても、高位ビーイングたちは沈黙《ちんもく》を続けた。

ローズ・ミレディー／越賀《コシカ》莟《ツボミ》が《スーパーＡＩ》と評した三人にとっては、膨大《ぼうだい》なまでの時間であろう五秒ほどが経過した時、不意にメタトロンが言った。

「二つのゲームを創り、動かしている何者か……ですか。つまり侵略者《しんりやくしや》、お前の言うドライブリンカーも、それがどのような存在なのか知らないということですね」

「あ……ああ、確かに……」

「業腹《ごうはら》じゃのう」

と言ったのはアマテラスだ。どういう意味だっけ……と記憶《きおく》を探《さぐ》り、「しゃくに障《さわ》る」とかだったかなと見当をつける。

「ヒトなのかビーイングなのかプログラムなのかも解《わか》らんような手合いに、生殺与奪の権利《イウス・ウイタエ・ネキスクエ》を握《にぎ》られておるとはな……」

「い、いうす……？」

きょとんとするハルユキに、バリが注釈《ちゆうしやく》してくれた。

「いかすもころすもそいつの気分ひとつ、ということ」

「な……なるほど。確かに腹は立ちますけど……いまは、その何者かが決めたルールの上で、ユーロキオンたちと戦うしか……」

「解《わか》っています」

頷《うなず》いたメタトロンは、滑《なめ》らかな眉間《みけん》にかすかな谷を刻みつつ続けた。

「しかし問題は、そのルールがドライブリンカー側にしか開示されていないということです。どうすれば勝利できるのか解《わか》らずに戦うなど、愚《ぐ》の骨頂というものでしょう」

「………うん」

メタトロンの指摘《してき》は全面的に正しい。可能性を論じるなら、バーストリンカーの勝利条件は、《ドライブリンカーを全員殺さずに捕獲《ほかく》すること、一人でも殺したら負け》に設定されているかもしれないのだ。

これはもう、ゲーム管理者が設定をミスって、全ドライブリンカーと全バーストリンカーに同時に送信されるべきシステム・メッセージが、ドライブリンカーにしか送られなかったとかそういうことなのでは……とハルユキが考えた、その時。


ぴぃん……。


という、薄《うす》いクリスタルの板を弾《はじ》くような音が、かすかに響《ひび》いた。

ぴぃん、ぴぃん。規則的に奏《かな》でられるその音を、ハルユキは知っていた。これは、音楽でも信号でもない。足音だ。

メタトロンが顔を右に向け、アマテラス、バリと同時にハルユキもそちらを見た。

無限の暗闇《くらやみ》の彼方《かなた》に、二つの白い光が揺《ゆ》れている。近づくにつれ、それらはアバターの形を取り始める。

どちらも優美な形状のドレス装甲《アーマー》をまとった女性型《F》で、ウエストや手足は人形並みに細い。

しかし左側のアバターは子供のように背が低く、右側はハルユキと同じくらいの身長がある。ぴぃん、ぴぃん、という足音を響《ひび》かせているのは左側の一人だけで、右のアバターは歩いてもまったく音がしない。

二人は、ハルユキたちから三メートルほど——ハイエスト・レベルに距離《きょり》は存在しないのであくまで見かけ上だが——離《はな》れた場所で立ち止まった。

ハルユキは、ひざまずくべきかどうか迷った。なぜなら、小柄《こがら》な少女は所属するレギオンの大先輩《だいせんぱい》で、長身の女性は剣を捧《ささ》げたマスターだからだ。しかし、そんな場面でもないと考え、ぺこりと一礼するに留《とど》めておく。

メタトロンも立場としてはハルユキと同じヒラ団員のはずだが、ひざまずくどころか会釈《えしゃく》もせずに二人を眺《なが》めた。

「やっと来ましたか、コスモス」

名前を呼ばれた長身の女性——レギオン《オシラトリ・ユニヴァース》の頭首たる白の王、《儚《トランジエント》き永遠《エタニティ》》ホワイト・コスモスは、優美にカールする金髪《きんぱつ》を揺《ゆ》らして応じた。

「だいぶ待たせちゃったわね、メタ子ちゃん」

長身といってもそれは隣《となり》の少女、《眠り屋《スリーピー》》ことスノー・フェアリーと比較《ひかく》してのことで、立って並べばメタトロンのほうが五センチ以上も高いだろう。しかしハイエスト・レベルでもまるで減ぜられることのないオーラが、最上位ビーイングに勝《まさ》るとも劣《おと》らない存在感を白の王

に与《あた》えている。

偶然《ぐうぜん》だろうが、スカイ・レイカーが使ったのと同じ愛称《あいしょう》でメタトロンを呼んだコスモスは、ちらりと隣《となり》のフェアリーを見てから続けた。

「この子が、来たくないって駄々《だだ》を捏《こ》ねるものだから」

「だだなんかこねてない」

フェアリーはむっつりとした口調で反駁《はんばく》すると、ほんの一瞬《いっしゅん》だけハルユキに視線を向け……いや、違《ちが》う。見たのはハルユキの左側に浮《う》かんでいるバリのようだ。しかしすぐに顔を戻《もど》し、ぴんと足音を立てて一歩下がる。

「あたしはここできいてるから、話をすすめて」

「はいはい」

二人のそんなやり取りを聞きながら、ハルユキは何気なくメタトロンを見やった。すると、大天使の口許《くちもと》がほんの少しだけ不機嫌《ふきげん》そうに引《ひ》き締《し》められているのに気付く。どうして今頃《いまごろ》、と瞬《まばた》きしてからようやく思い出す。

オシラトリとの領土戦の最中、ハルユキはメタトロンとともにハイエスト・レベルにシフトした。そこにスノー・フェアリーが現れ、言ったのだ。

――あなたたちは、どうしてそんなにきまぐれなのかな……。エネミーならエネミーらしく、バーストリンカーをいじめて満足していればいいのに。

直後、フェアリーはメタトロンとハルユキを繋《つな》ぐリンクを切断しようとし、それはからくも回避《かいひ》したのだが、怒《いか》り心頭のメタトロンは「あのスノー・フェアリーとやら、ただでは済ませません」と宣言した。まさかいまここで実行するつもりなのかとハルユキは慌《あわ》てたが、幸いなことに大天使はふんと顔を逸《そ》らせただけだった。

それを待っていたかのように、コスモスが口を開く。

「まず、この戦争の勝利条件についてだけど……」

自分の登場前に交《か》わされた言葉を、一から十まで把握《はあく》しているかの如《ごと》く、そう前置きすると——。

白の王は、ハルユキのみならずビーイングたちまでをも驚愕《きょうがく》させる言葉を口にした。

「ついさっき、判明したわ」

「えっ…………ど、どうやって調べたんですか⁉　まさか、運営者の連絡先《れんらくさき》を知ってる、とか……⁉」

身を乗り出すハルユキに向けてひらっと右手を振り、素っ気なく答える。

「知ってるわけないでしょ、そんなもの。いきなり送りつけられてきたのよ。たぶん、テスカトリポカが崩壊《ほうかい》して、空の色が変わった、その瞬間《しゅんかん》にね」

「送られてきた……って、システム・メッセージが、ですか？　どうしてコスモスさんだけに……」

そう呟《つぶや》いた途端《とたん》、ハルユキはユーロキオンの言葉を思い出し、さっとかぶりを振った。

「いえ、受け取ったのはコスモスさんだけじゃなくて、七人の王全員……ですよね」

「どうしてそう思うの？」

「ユーロキオン……僕と戦ったドライブリンカーが言ってたんです。レベル９に上がった時のシステム・メッセージで、この《世界間戦争》のことが予告されてたって。だから、ＢＢ側のメッセージも、レベル９ｅｒ《ナイナー》全員に送られたのかな……って」

「世界間戦争……ね。それはあなたが考えた言葉？」

思わぬことを訊《き》かれ、瞬《まばた》きしてから頷《うなず》く。

「え……ええ、まあ……。見当違《けんとうちが》いでしたか……？」

「インターワールド・ウォーか、いいんじゃない？　私も使わせてもらうわ」

「は、はい、どうぞ」

ハルユキが頷《うなず》くと、しびれを切らせたようにメタトロンが割り込んだ。

「それで、メッセージとはどのようなものだったのですか、コスモス？」

「その前に……この会話を聞いている他の三人にも、出てくるよう言ってくれないかしら？　あなたたちにも大いに関係があることだから」

——他の三人？

ハルユキはぐるりと周囲を見回した。

眼下で煌々《こうこう》と輝《かがや》くBB世界と、遥《はる》か上方のDD世界に挟《はさ》まれた無窮《むきゅう》の常闇《とこやみ》に存在するのは、ホワイト・コスモス、スノー・フェアリー、シルバー・クロウの三人と、大天使メタトロン、大日霊《おおひるめ》アマテラス、巫祖《ふそ》公主《こうしゅ》バリの三柱《みはしら》。それ以外には猫《ねこ》の子一匹《いっぴき》たりとも存在しない。

と、思ったその刹那《せつな》。ハルユキは、それに気付いた。

宙に座すメタトロンの反対側、ハルユキの頭より少し高い場所に、極小の光点……ドットが浮《う》かび、音もなく明滅《めいめつ》している。その数、一つ、二つ……三つ。

ハルユキは瞬《まばた》きしてから手を伸ばし、いちばん近くに浮《う》かんでいるドットに触《ふ》れようとした。

途端《とたん》――。

「いだっ!!」

バチッ！　と静電気が弾《はじ》けるような痛みに襲《おそ》われ、悲鳴を上げてしまう。ほぼ同時に、頭の中に甲高《かんだか》い声が響《ひび》く。

(気安く触《さわ》んないで、エッチ！)

「……え、えっち？」

――チユにも言われたことないのに。

動転のあまり、そんなことを考えてしまうハルユキの眼前で、極小のドットが糸よりも細い光芒《こうぼう》を放った。

幾筋《いくすじ》もの光は、レーザーホログラムの如《ごと》く躍《おど》りながら暗闇《くらやみ》を切《き》り裂《さ》き、人の姿を作り出す。

バリよりも少しだけ小柄《こがら》な女性——たぶん同格の最上位ビーイングなのだろうが、出で立《いた》ちにそれらしさは全く存在しない。

ショートの髪《かみ》は派手目な外ハネ、服はどこかの学校の制服を思わせる半袖《はんそで》シャツと膝上丈《ひざうえたけ》のプリーツスカート、足には厚底スニーカー。メタトロンたちとの共通点は、一点の瑕疵《かし》もない美貌《びぼう》と、瞼《まぶた》を閉じていることだけだ。

女性は宙に浮《う》かんだまま、閉じた両目でハルユキを一瞥《いちべつ》し、今度は口を動かして言った。

「あんたがシルバー・クロウか。馴《な》れ馴《な》れしいヤツだとは思ってたけど、想像以上だね。ほら、下がって下がって！」

右手でシッシッと追《お》い払《はら》われ、ハルユキは「は、はいっ」と叫《さけ》びつつ二歩下がった。途端《とたん》、後ろでメタトロンが深々とため息をつく。

「はあ…………、相変わらずですね、ウシャス。言葉遣《ことばづか》いについてはもう何も言いませんが、その格好はどうにかならないのですか？」

ウシャス……暁光姫《ぎようこうき》ウシャス。四大ダンジョンの一つ、新宿都庁《しんじゆくとちよう》地下《か》迷宮《めいきゆう》に住まう最上位ビーイングだ。つまり、メタトロン、アマテラスと同じく《四聖》の一柱《ひとはしら》ということになる、のだが。

カールした長い睫毛《まつげ》を少しだけ持ち上げると、ウシャスは不満そうに言い返した。

「あんたはいいわよ、メタトロン。まあまあ可愛《かわい》い服だもん……アマテラスもバリもだけどさ。

でもうちの初期服は、鎧《よろい》がごってごてにくっついてるんだよ。戦う時ならともかく、いっつもあんなの着てられないっての」

「だとしても、そんな威厳《いげん》のかけらもない服をどこで手に入れたのですか」

「ふふん、なーいーしょ！」

　そんなやりとりを、ハルユキは直立不動で聞いた。会話の内容は中学生バーストリンカーと大差ないが、どちらも加速世界で最大級の戦闘力《せんとうりょく》を持つ《四聖》なのだ。すでにウシャスには「馴《な》れ馴《な》れしいヤツ」だと言われてしまっているし、おいそれと割り込んでこれ以上の不興を買ったらどんなお仕置きをされるか解《わか》らない……。

　そこまで考えてから、ハルユキは小さく首を傾《かし》げた。

　ウシャスの名前はフェアリーやコスモスから聞いていたが、コンタクトしたことはなかったはずだ。なのに、なぜハルユキを以前から知っているような口ぶりなのか。

「言っておきますが、我々の世界が存続できるかどうかという状況《じょうきょう》なのですよ？　情報を秘匿《ひとく》している場合ではないでしょう？」

「あのねえ、可愛《かわい》い服をゲットする方法と世界の存続にどういう関係があるわけ？　解《わか》った、あんたもこのセーフクが欲《ほ》しいんでしょ？」

　メタトロンとウシャスは、まだ言い合いを繰《く》り広《ひろ》げている。とても口を挟《はさ》む勇気はないので、一段落するのを待っていると。

「ねえ、お二人さん。いくらハイエスト・レベルでも、時間が止まってるわけじゃないのよ？そろそろ本題に戻《もど》って貰《もら》えないかしら」

白の王が、うんざりしたような語調で割り込んだ。途端《とたん》、ウシャスが少しだけ瞼《まぶた》を持ち上げ、色のない瞳《ひとみ》でじろりと睨《ね》めつける。

「……あんたがホワイト・コスモスね。《天権《てんけん》》をメタトロンの城からパチったっていう」

途端《とたん》、またしてもメタトロンが声を上げた。

「あなたもとっくの昔に《天枢《てんすう》》を奪《うば》われたでしょうが！」

「どうでもいいのよあんな剣、ぜんぜん可愛《かわい》くないし」

そのやり取りで、ハルユキはやっと二人が何に言及《げんきゅう》しているのかを悟《さと》った。《天枢《てんすう》》とは、新宿都庁《しんじゅくとちょう》地下迷宮《かめいきゅう》に安置されていた《七の神器》の一つで、現在は青の王ブルー・ナイトが持つ大剣《たいけん》《ジ・インパルス》のことだ。そして《天権《てんけん》》は、芝公園《しばこうえんち》地下迷宮《かめいきゅう》に安置されていた宝冠《ほうかん》《ザ・ルミナリー》。いま、白の王の頭を飾《かざ》っている華麗《かれい》な冠《かんむり》こそがそれである。

同じく、緑の王グリーン・グランデの十字盾《たて》《ザ・ストライフ》は東京《とうきょう》ドーム地下《ちか》迷宮《めいきゅう》に、そして紫《むらさき》の王パープル・ソーンの錫杖《しゃくじょう》《ザ・テンペスト》は東京駅《とうきょうえき》地下《か》迷宮《めいきゅう》に安置されていたと聞いた。つまり四人の王たちは《四聖》を一度は撃破《げきは》しているということになるのだが、倒《たお》したのは神獣級《レジエンドきゅう》エネミーの姿を取る第一形態であり、いまハルユキの目の前で言い合いを続けているのは第一形態を遥《はる》かに超《こ》える力を持つ第二形態、すなわち本体だ。

いまだかつて、《四聖》を頂点とする最上位ビーイングの本体を倒《たお》したバーストリンカーは存在しないはずで、なのに白の王がこうも平然と構えていられるのは、中の人たる黒羽苑珠《クロバエンジュ》が《矛盾存在《アノマリー》》グラファイト・エッジなみに豪胆《ごうたん》なのか、それとも本体とすら戦える自信があるのか——。

「はい、やめやめ！」

再び、今度は手振《てぶ》りを交えて言い合いを制止すると、白の王はマーキスカットの宝石に似たアイレンズでウシャスの右側と左側を見た。

「挨拶《あいさつ》したいから、そちらのお二方も出てきて頂けないかしら？」

そういえば、ドットは三つあったんだ……とハルユキが思った、その瞬間《しゅんかん》。

残り二つのドットが同時に輝《かがや》き、先刻と同じように極細《ごくぼそ》の光線を幾筋《いくすじ》も迸《ほとばし》らせた。

ウシャスの左に出現したのは、高貴という言葉を具現化したかのような長身の女性だった。複雑な形に結《ゆ》い上げた髪《かみ》を、豪奢《ごうしゃ》なかんざしで飾《かざ》っている。身にまとうのはバリの韓服《かんふく》とも、アマテラスの巫女服《みこふく》とも似ているようで違《ちが》う、古代中国風のゆったりとした漢服《かんふく》で、左の腰《こし》に細身の直剣《ちょっけん》を吊《つ》っている。恐《おそ》らく、この女性が《太霊后《たいれいこう》シーワンムー》だろう。

顔立ちはなよやかなのに、この場の誰《だれ》より強烈《きょうれつ》な威圧感《いあっかん》を放っていて、ハルユキは三秒と直視していられなかった。さっと顔を右に動かすと、最後のドットがちょうど立体化を終えたところだった。

現れたものを見た途端《とたん》——。

「でっっっか!!」

とハルユキは声を上げてしまった。

これまでに邂逅《かいこう》した最上位ビーイング、すなわちメタトロン、アマテラス、バリ、ウシャス、そしてシーワンムーの五柱《いつはしら》は全て女性だったし、未見の二柱《ふたはしら》のうち《夜《よる》の女神《めがみ》ニュクス》も女神《がみ》と言うからには女性なのだろうから、最後の一柱《ひとはしら》もそうに違《ちが》いないと思い込んでいたのだが。

ふてくされたように脚《あし》を組んで座るウシャスの右側に、新たに出現した光の立体像は、性別以前にそもそも人間の形をしていなかった。

いや、人間ではあるのだ。しかし存在するのは頭だけ——しかも顔が三つもある。

頭頂部から顎先《あごさき》までが二メートルはありそうな、三つの巨大《きょだい》な生首が、二時、六時、十時の方向を見る形で融合《ゆうごう》している。額にはインド風の宝冠《ほうかん》を乗せ、長い耳たぶには涙滴形《るいてきがた》の宝石。

凛々《りり》しくも猛々《たけだけ》しい顔立ちは、明らかに男性のものだ。なぜ生首状態なのかは不明だが、この三面像が、《暴風王《ぼうふうおう》ルドラ》に違《ちが》いない。

三面像の正面にある顔が、くっきりとした眉毛《まゆげ》の下の、やはり閉じられた双眸《そうぼう》でハルユキを見下ろした。

「……過日、余《よ》に不躾《ぶしつけ》な接触《せっしょく》をしてきたのはお前だな」

朗々とした低音が響《ひび》き渡《わた》り、ハルユキは気をつけの姿勢で硬直《こうちょく》した。

「せ……接触《せっしょく》⁉　ぼぼぼ、僕がですか⁉」

いえそんな滅相《めっそう》もない、これが初対面です……と続けようとしたのだが、一瞬《いっしゅん》早く、背後で小さな声が響《ひび》いた。

「あたしの感覚遮断《しゃだん》から脱出《だっしゅつ》したときだよ、クロウ」

振り向かずとも、声の主はスノー・フェアリーだと解《わか》る。感覚遮断《しゃだん》とは、前にハイエスト・レベルでハルユキを苦しめた窒息攻撃《ちっそくこうげき》のことだろう。あの時は無我夢中《むがむちゅう》で自分が何をしたのか覚えていないが、少なくともルドラや他の最上位ビーイングに接触《せっしょく》した自覚は、ハルユキにはない。

という思考を読み取ったかのように、今度はアマテラスが言った。

「そこのちんまいのが言うたことは正しいぞよ、クロウ。ほんの一度きりではあるが、膨《ふく》らみきったシャボン玉が弾《はじ》けるかの如《ごと》く、お主の意識がハイエスト・レベルの隅々《すみずみ》にまで拡散したことがあったのじゃ。シーワンムーは軽くムカついた程度だったようじゃが、ルドラがだいぶオコでな」

「……お、オコって……」

「お主らは癇《かん》に障《さわ》ることをそう言うのじゃろ？　ミレディーが使っておったぞ」

――何を教えてるんですか。

心の中で越賀《コシカ》莟《ツボミ》／ローズ・ミレディーに突っ込みつつも、ハルユキはやっと得心していた。

最初にＤＤ世界の存在を知覚したのも、フェアリーの窒息攻撃《ちっそくこうげき》から逃《のが》れるために、無の心意を発動させた時だった。きっとあの時、ハイエスト・レベル全体に拡散したハルユキの意識が、図《はか》らずも最上位ビーイングたちにまで触《ふ》れてしまったのだ。

「えと……す、すみませんでした！」

ハルユキはまず、オコだったというルドラに向けて深々とお辞儀《じぎ》し、続けて左のウシャスとシーワンムーにも頭を下げた。

「皆《みな》さんに接触《せっしょく》したのは決してわざとじゃなくて、ちょっと勢い余ったというか、心意は急に止まれないっていうか、そもそも……」

──僕が無の心意を使ったのは、フェアリーさんに窒息《ちっそく》させられたからで。

という言い訳を持ち出すのはやめておいて、ハルユキはもう一度謝った。

「と、ともかく、ごめんなさいです！」

「許さぬ」

虚無《きょむ》空間すら震《ふる》わせるような低い雷声《らいせい》。ハルユキは軽く飛び上がり、その勢いのまま土下座しかけたが、ルドラはやや語気を収めて続けた。

「余《よ》の宥恕《ゆうじょ》を得んと欲《ほっ》するなら、そこの高慢《こうまん》ちきな大天使めに食わせたというケーキとやらを、戎車《じゅうしゃ》一台ぶん納めるのだ」

「…………」

唖然《あぜん》と立《た》ち尽《つ》くすハルユキの眼前で、ウシャスが「うちにも！」と言い、シーワンムーまでもが「朕《ちん》にもじゃ」と初めて発言した。

――メタトロン、どんだけケーキの自慢《じまん》をしたのさ。

という質問も心の中だけに留《とど》めておいて、ハルユキはぺこりと一礼した。

「わ、解《わか》りました……必ず」

アマテラスとバリにも長櫃《ながびつ》一つぶんのケーキを奉納《ほうのう》するよう命令されているので、配達先が五箇所《かしょ》になってしまったが、それで最上位ビーイングたちの協力が得られるなら安いものだ。戎車《じゅうしゃ》というのが何かは知らねど、きっと車輪つきのキャリーバッグのようなものだろう……等々と考えながら、ハルユキが頭を下げ続けていると。

「これでやっと、本題に入れそうね」

背後で、再びホワイト・コスモスの声が響《ひび》いた。

配下に入ってからまだ三日しか経《た》っていないが、白の王が彼女基準で最高レベルの忍耐心《にんたいしん》を発揮していることをハルユキは直感した。もしここで、またしても話を遮《さえぎ》られたら、バーストリンカーVSビーイングの頂上決戦が始まりかねないぞ……という危惧《きぐ》は、幸い現実にはならなかった。

六柱《むつはしら》の最上位ビーイングたちは、空中に座ったまま――生首だけのルドラを除いてだが――すうっと音もなく移動し、大きな円弧《えんこ》を作ってコスモスと向かい合った。自分が双方《そうほう》の視線を遮《さえぎ》っていると気付いたハルユキは、上体を屈《かが》めながら小走りに移動し、スノー・フェアリーの隣《となり》にぴったりくっついた。フェアリーが鬱陶《うっとう》しそうな視線を向けてくるが、ビーイングたちに睨《にら》まれるよりはいくらかマシだ。

いっぽう白の王は、六柱の眼光を一身に浴びてもまったく臆《おく》する様子もなく、宝冠《ほうかん》を被《かぶ》った頭をほんの少しだけ傾《かたむ》けてから名乗った。

「メタトロン以外には初めてお目通りするわね。私はホワイト・コスモス」

ビーイングたちは無言のままだが、それを予期していたのか、コスモスは鼻白む様子もなく話し続ける。

「テスカトリポカが自壊《じかい》した直後に、私はBBシステムから一つのメッセージを受領したわ。内容をそのまま読み上げるわね」

一呼吸置き、わずかに音程を低めて——。

「ファイナル・ステージ勝利条件。以下にリストアップされたビーイング・ユニット七体を、JST2047—07—31、24：00：00まで防衛すること。MN2—01メタトロン。SJ2—01バリ。SJ3—01ウシャス。BK1—01シーワンムー。KT2—01ルドラ。CY1—01アマテラス。SY1—01ニュクス。七体のうち四体以上が破壊《はかい》されればブレイン・バースト2039の敗北となり、トライアルは終了《しゅうりょう》する」

6

現実世界に戻《もど》っても、ハルユキはすぐには瞼《まぶた》を開けられなかった。

ソファーに体を預けたまま、肺に溜《た》まっていた空気を深く、深く吐《は》き出す。

このまま寝入ってしまいたいくらい疲《つか》れているのに、氷よりも冷たい焦燥《しょうそう》が、交感神経をぴりぴりと刺激《しげき》してくる。メタトロンにも白の王にも、とにかく朝までぐっすり眠《ねむ》りなさいと命令されてしまったが、本音ではすぐさま無制限中立フィールドに再ダイブして、姿を消した二人のドライブリンカーを捜し回りたいくらいだ。

いまこの瞬間《しゅんかん》にも、ユーロキオンとコンプリケーターの二人が芝公園《しばこうえん》地下《か》大迷宮《だいめいきゅう》に侵入し、メタトロンの第一形態が座する最下層目指して進撃《しんげき》しているかもしれない。現在、メタトロンの本体は迷宮《めいきゅう》の外に出ているが、恐《おそ》らく第一形態がステージギミックを使わずに倒《たお》されれば、その瞬間《しゅんかん》にボス部屋へと強制転送される可能性が高い。

もちろん、弱化ギミックなしで第一形態を倒《たお》すのは至難の業《わざ》だ。しかし、サイオンアーツと称《しょう》する超《ちょう》高性能な心意《しんい》技《わざ》を駆使《くし》するドライブリンカーたちなら、たった二人でそれを仕遂《しと》げる可能性もゼロとは言えない。

ハルユキは雷《かみなり》を落とされる覚悟《かくご》で一時避難《ひなん》を具申《ぐしん》したのだが、最上位ビーイングたちは皆《みな》、それぞれの城から出ることを是《ぜ》とはしなかった。地上に出たところを狙《ねら》われる危険もあるので避難《ひなん》するのが絶対に正解とまでは言えないが、するなら十人のドライブリンカーのうち八人が不在のいまがチャンスだ。無制限中立フィールドは事実上日本全土を内包しているのだから、ターゲットに指定された七体のビーイングが、たとえば北海道や沖縄にまで移動してしまえば発見するのはほぼ不可能なのではないか。

「……でも、この戦争のルールを作ったヤツは、きっとそれくらい想定してるよな……」

掠《かす》れ声《ごえ》でそう呟《つぶや》くと、ハルユキは閉じていた瞼《まぶた》を少しだけ持ち上げた。

加速していたのはせいぜい十数秒のはずなのに、ダウンライトの白い光が目に突き刺さり、涙《なみだ》が滲《にじ》んでしまう。何度も瞬《まばた》きを繰《く》り返《かえ》して、明るさに目を慣らす。

見慣れた我《わ》が家《や》のリビングルームだが、普段《ふだん》と違《ちが》う匂《にお》いがする。美味《おい》しそうな料理の香りと、爽《さわ》やかな石鹸《せっけん》とシャンプーの香り。

鼻をくんくんさせながら左を見たハルユキは、びくっと全身を強張《こわば》らせた。ソファーに深く沈《しず》み込むような格好で目を閉じる、幼馴染《おさななじみ》の姿があったからだ。

──そういえば、チユとダイブしたんだった……。

思い出すと同時に、お腹《なか》がぐうと鳴る。向こう側で食べた羊羹《ようかん》は、残念ながら現実世界には持《も》ち越《こ》せない。すぐ目の前のローテーブルにはチユリが持参したトートバッグが置いてあり、そこからえも言われぬ蠱惑的《こわくてき》な香りが漂《ただよ》ってくるが、所有者に断りなく手を出すのはさすがに憚《はばか》られる。

そのチユリは、トープ・ケープが目を覚ますまで付《つ》き添《そ》うと言っていたので、まだ桜夢亭《おうむてい》に滞在中《たいざいちゅう》なのだろう。しかし、ハルユキが覚醒《かくせい》してからすでに三十秒も経《た》っている。無制限中立フィールドでは八時間二十分。いくらなんでもそろそろ戻《もど》ってきてもいい頃《ころ》だ……と思った、その途端《とたん》。

「ん…………」

チユリの、数ミリほど開いたままだった口からかすかな吐息《といき》が漏《も》れた。睫毛《まつげ》が小刻みに震《ふる》え、顔全体がぎゅっとしかめられ……ゆっくり瞼《まぶた》が持ち上がる。

ハルユキと同じく、何度か眩《まぶ》しそうに瞬《まばた》きしてから、チユリは言った。

「あ……ハル、もう戻《もど》ってたんだね」

「お疲《つか》れ、チユ。トープ・ケープさんは……？」

「その前に、お水ちょうだい……」

その言葉で、自分も喉《のど》が渇《かわ》いていることに気付いてハルユキは立ち上がった。

リビングルームを足早に横切り、キッチンの冷蔵庫からウーロン茶のボトルを出して二つのグラスに注《そそ》ぐ。両手に持ってリビングへと引き返し、片方を差し出すと、チユリは受け取ったグラスをたちまち空にしてしまった。

ハルユキもよく冷えたウーロン茶を立ったままごくごくと飲み、大きく息をついた。渇《かわ》きが癒《い》えると再び空腹感に襲《おそ》われるが、我慢《がまん》してチユリの言葉を待つ。

数秒後、グラスを両手で包んだチユリが、ぽつりと言った。

「トープさんは、あたしと一緒《いっしょ》に早稲田駅《わせだえき》のポータルからバーストアウトしたよ」

「……そっか。付《つ》き添《そ》ってくれてありがとな」

ハルユキが謝意を伝えると、チユリは小さくかぶりを振る。

「あたしは何もしてないから」

「そんなことないだろ。お前が一緒《いっしょ》にいたから、トープさんも安心してゆっくり眠《ねむ》れたんだと思うし……」

突然《とつぜん》チユリが、今度は激しく首を左右に振り動かしたので、ハルユキはびっくりして言葉を呑《の》み込んだ。

「何もしてないの」

乱れた髪《かみ》を直そうともせず、チユリが絞《しぼ》り出すように言う。

「あたし……トープさんに、ゼルコバくんが生き返れるかもしれないってこと、言わなかった。言えば、コトちゃんより先にゼルコバくんが蘇生《そせい》できるように協力しなきゃいけなくなるって思ったから……」

「…………」

ハルユキは、強く下唇《したくちびる》を噛《か》んだ。

確かに、言葉で希望を与《あた》えるのなら、手も差し出すべきだと思う。だが、実際に蘇生《そせい》できる可能性が限りなく低いことはチユリも知っていたはずで、それを言わなかったとしても自分を責めることはあるまい。

しばし迷ってから、ハルユキは言った。

「オレ……桜夢亭《おうむてい》を出てすぐに、ハイエスト・レベルで白の王に会ったんだ」

「えっ⁉」

目を丸くするチユリの隣《となり》に、そっと腰掛《こしか》ける。

「そこで、色々重要なことが解《わか》ったんだけど、その話は後でな。……ハイエスト・レベルから出る前に、オレ、白の王に反魂能力《はんごんのうりょく》のことを質問したんだ……」

チユリに説明しながら、ハルユキはホワイト・コスモスとのやり取りを思い出していた。世界間戦争《ファイナル・ステージ》の勝利条件とその対応策に関してメタトロンたちとあれこれ話し合い、ひとまず解散となった直後、ハルユキは飛び去ろうとする白の王を呼び止めて訊《たず》ねたのだ。

――あなたの《反魂《はんごん》》は、全損《ぜんそん》したバーストリンカーを、誰《だれ》でも無条件に復活させられるんですか。

すると白の王は、軽く首を傾《かし》げてから答えた。

――誰《だれ》でも、というわけじゃないわ。いくつか、必要な条件がある。

どんな条件ですかとハルユキがさらに訊《き》くと、淡《あわ》い苦笑《くしょう》を浮《う》かべ――。

──あなたの忠誠を疑うわけじゃないけど、レギオンメンバーになって三日しか経《た》ってない人に、能力の全てを明かすわけにはいかないわ。でも、必要条件を一つだけ教えてあげる。

──他のバーストリンカーの記憶《きおく》に、広く、あるいは深く残っていることよ。


「広く……あるいは深く……？」

ハルユキが伝えた白の王の言葉を、チユリはそのまま繰《く》り返《かえ》した。

「どういう意味なんだろ……」

「これはオレの想像だけど……たぶん、広くっていうのは大勢のバーストリンカーに少しずつ記憶《きおく》されてることで、深くっていうのは少人数のバーストリンカーに詳《くわ》しく記憶《きおく》されてるってことだと思う。もちろん、大勢が詳《くわ》しく記憶《きおく》しているのが一番いいんだろうけど……」

「……少人数って、何人くらいなのかな」

呟《つぶや》くチユリに、同じく小声で答える。

「そこまでは解《わか》らないよ……。二、三人でいいのか、それとも二、三十人なのか……」

「……」

再び黙《だま》り込んだチユリが、何を考えているのかはハルユキにも想像できた。

コットン・マーテンは、中堅《ちゅうけん》レギオン《オーヴェスト》に所属していた。メンバーの数は二十人を超《こ》えていたはずだが、それはテスカトリポカ討伐《とうばつ》作戦前の話だ。レギオンマスターのジュニパー・ウィーゼルは、メンバーの約六割が全損《ぜんそん》したと言っていたから、生き残れたのは恐《おそ》らく十人前後。しかも、その全員がコットン・マーテンを深く記憶《きおく》しているほど親しかったというわけではあるまい。

これ以上は、ホワイト・コスモスに蘇生《そせい》の必要条件をもっと詳《くわ》しく教えて貰《もら》わないと何とも言えないし、チユリには申し訳ないが、いまはコットン・マーテンの蘇生《そせい》よりも優先しなくてはならないことがある

もしもBB側が世界間戦争に敗れたら、ブレイン・バースト2039はその瞬間《しゅんかん》に消滅《しょうめつ》し、ハルユキもチユリもタクムも黒雪姫《クロユキヒメ》も——そしてホワイト・コスモスさえもバーストリンカーではなくなってしまうのだ。

——いや、たとえ加速世界がなくなったとしても、あの人だけはどうにかして生き延びるのかもな……。

そんなことを思ってから、ハルユキは深呼吸して頭を切《き》り替《か》えた。まずはチユリに——いや、ネガ・ネビュラスのメンバーに、世界間戦争の開始とその勝利条件について伝えねばならない。ハルユキはいまやオシラトリ・ユニヴァースの一員だが、そうしなさいと白の王に命じられたのだ。

とはいえ、プロミネンスと合併《がっぺい》した第三期ネガ・ネビュラスのメンバーは総勢四十九人——いや、ハルユキとメタトロンが抜けたので四十七人になり、そこにセントレア・セントリーが

加入して四十八人。この時間に通常対戦方式で全員を集めるのは難しいし、ダイブコールでも今夜中に集合できるかどうか。

まずは黒雪姫《クロユキヒメ》と楓子《フウコ》、ニコ、パドさんの四人に状況《じょうきょう》を説明し、判断を仰《あお》ぐべきだろう。そう考えたハルユキは、脳内でメールの下書きをしようとした。しかし、その寸前。

「ハル、ご飯たべよ」

とチユリが言い、ハルユキの胃が「ぐー」と勝手に答えた。くすくす笑いながら立ち上がり、トートバッグに手を伸ばすチユリに、ふと思いついたことを提案する。

「なあ……タクも呼んでいいか？」

「えっ、タッくん？　そりゃもちろんいいけど……」

チユリは頷《うなず》いたが、すぐに首を傾《かし》げる。

「でもタッくん、七時半まで剣道部《けんどうぶ》の練習って言ってたから、まだ帰ってないかもよ」

「とりあえず連絡《れんらく》してみる」

仮想デスクトップにメーラーを立ち上げ、短いメッセージを送信。するとわずか十秒後に、簡潔な返事が届いた。

「お……ちょうど家に着いたとこだから、着替《きが》えてすぐ来るってさ」

「ナイスタイミング！　じゃあ、お皿三枚出して。ワンプレート皿のおっきいほう」

「ラジャー」

有田家《アリタけ》のキッチン事情をハルユキより把握《はあく》しているチユリの指示に従い、仕切りつきの皿をダイニングテーブルに並べる。

トートバッグから出てきたのは、チユママ特製のオリヴィエサラダ、鰯《いわし》とナスのトマト煮《に》、エビとマッシュルームのピラフという豪華《ごうか》メニューだった。チユリがそれらを三枚の皿に取り分けているあいだにチャイムが鳴ったので、玄関《げんかん》の映像を確認《かくにん》してから解錠《かいじょう》ボタンを押す。

数秒後、リビングに入ってきたタクム――黛《マユズミ》 拓武《タクム》を見た途端《とたん》、ハルユキは「あれ」と声を漏《も》らした。

「タク……お前、ちょっと背ぇ伸びた？」

「え？　いや、変わってないと思うけど……」

首を傾《かし》げる幼馴染《おさななじみ》は、浅葱色《あさぎいろ》のかりゆしウェアにアイボリーホワイトの七分丈《しちぶたけ》パンツという涼《すず》しげな格好だ。もとより同学年男子の平均値を十センチ以上も上回る長身だが、記憶《きおく》よりも少しだけ大きく見える。

「よく考えたら、ハルとはインティ攻略《こうりゃく》作戦の壮行会《そうこうかい》で会ったばっかりじゃないか。あれ、たった五日前だよ」

苦笑《くしょう》するタクムを、チユリもしげしげと眺《なが》めてから言った。

「うーん、あたしもそんな気、するかも。この調子で伸び続けたら、二メートル超《ご》え狙《ねら》えるんじゃない？」

「そ、そこまではちょっと……」

「だったら、タッくんのお皿は小盛《こも》りにしとく？」

「い、いや、それもちょっと」

あははと笑うと、チユリはピラフをきっちり三等分してプレートに盛り付けた。

タクムが洗面所で手を洗っているあいだにウーロン茶を新しく注ぎ、三人でテーブルを囲む。

「いただきます！」と声を揃《そろ》え、同時にフォークを手に取る。

オリヴィエサラダは鶏肉《とりにく》やジャガイモの他にズッキーニやブロッコリーも入っていて食感が楽しいし、ニンニクたっぷりのトマト煮《に》は鰯《いわし》の脂《あぶら》を吸ったナスがとろけるようで、チユママ自《じ》慢《まん》の鉄フライパンで香《こう》ばしく炊《た》き上げられたエビピラフは絶妙《ぜつみょう》のパラパラ加減。しばし夢中で味わってから、ウーロン茶を飲んでひと息つく。

チユリとタクムも、健全な食欲を発揮して盛《さか》んに手を動かしている。この三人だけで食卓《しょくたく》を囲むのは、ＩＳＳキット事件の最中に突発的《とっぱってき》お泊《と》まり会を開催《かいさい》した時以来だ。あの日は確か、チユママが夏野菜のスープカレーを作ってくれて、ハルユキがナスの美味《おい》しい食べ方第一位は揚《あ》げナスであると主張したら、チユリが焼きナスの美味《おい》しさが解《わか》らないのはお子様だと反論し、そこにタクムがぬか漬《づ》け最強説をぶち込んできたのだった。

あのお泊《と》まり会は六月の二十日頃《ごろ》だったから、まだ一ヶ月と少ししか経《た》っていない。しかし、ずっと昔のことのように思えるのは、今日まで激動の日々が続いたからだろう。そして、そのクライマックスと言うべき世界間戦争に突入《とつにゅう》してしまったいま、次に三人だけで集まれるのはいつになるか解《わか》らない。

そう考えた途端《とたん》、ハルユキの口から、ずっと胸に抱《かか》え込んでいた言葉が零《こぼ》れ落《お》ちた。

「……二人とも、ごめん」

すると、チユリとタクムは揃《そろ》ってぱちくりと瞬《まばた》きした。チユリは口をもぐもぐしている最《さい》中《ちゅう》だったので、タクムが訊《き》いてくる。

「ごめんって何のことだい、ハル？」

「いや……オレ、勝手にネガビュから脱退《だったい》して、オシラトリに入っちゃったから……」

途端《とたん》、向かいに座るチユリがフォークをハルユキに向けて「ん――！」と怒《いか》りの声を上げ、左のタクムもハルユキの背中を強めに叩《たた》いた。

「やめてくれ、ハル。きみが白のレギオンへ移籍《いせき》したのは、テスカトリポカの攻撃圏《こうげきけん》から離脱《りだつ》できなかった攻略《こうりゃく》チームを……とくに、レベルドレイン攻撃《こうげき》を喰《く》らってしまったぼくを助けるためだろ？」

「けど……そもそも、タクたちがテスカトリポカに挑《いど》んだのは、オレを助けるためだし……」

「だったら、その件はおあいこだ。それに……本当なら、謝らなきゃいけないのはぼくのほうだよ」

呟《つぶや》くようにそう言うと、タクムは不意に背中を伸ばし、さらさらしたミディアムレイヤーのならない」

髪《かみ》を揺《ゆ》らして低頭した。

「ごめん、ハル。お互《たが》いレベル7になったら本気で戦うって約束、しばらく待って貰《もら》わなきゃならない」

「…………」

咄嗟《とっさ》に掛《か》ける言葉が見つからず、ハルユキは口だけを不格好に動かした。

東京湾岸《とうきょうわんがん》の令和島《れいわじま》にある大型テーマパーク、東京グランキャッスルに囚《とら》われたハルユキを奪還《だっかん》するべく行われたシルバー・クロウ救出作戦で、タクム――シアン・パイルは先ほど本人が言ったとおり、テスカトリポカのレベルドレイン攻撃《こうげき》を受けた。

その結果、6だったレベルは4に下がってしまい、ここから再びレベル7に手が届くところまでポイントを稼《かせ》ごうと思ったら、通常対戦やエネミー狩《が》りをどれくらい繰《く》り返《かえ》せばいいのか……。

いや。それもコットン・マーテンの蘇生《そせい》と同じく、加速世界が存続できればの話だ。やはり、ネガ・ネビュラスの全員は無理でもすぐに集まれるメンバーには、ドライブリンカーの襲来《しゅうらい》と世界間戦争について説明しておくべきだろう。

と、ハルユキが考えたのと同時に。

口いっぱいに頰張《ほおば》っていたピラフを呑《の》み込んだチユリが、真剣《しんけん》な顔で言った。

「ねえハル、タッくんにもあいつらのこと、教えないと」

「あいつら……？」

怪訝《けげん》そうに顔を上げたタクムに頷《うなず》きかけてから、ハルユキはチユリを見て答えた。

「解《わか》ってる。ご飯食べたら全体会議を招集するから、そこに集まったレギオンメンバー全員に、オレが知ってることを全部説明するよ」

7

ハルユキは悩《なや》んだ末、レギオン全体会議をダイブチャットで開催《かいさい》するか、あるいは通常対戦フィールドを用いるかの判断を、黒雪姫《クロユキヒメ》とニコに預けることにした。

メンバー二人が対戦し、残りのメンバーはギャラリーとして参加する通常対戦方式の会議は、全員が現実世界で同じ戦域《エリア》に集まる必要がある。現在、ネガ・ネビュラスは練馬《ねりま》エリア全域、杉並《すぎなみ》エリア全域、さらに中野《なかの》第一と港区《みなとく》第三エリアを加えた広大な領土を所有しているので、当然ながらメンバーの自宅も広範囲《こうはんい》に散らばっている。港区は論外だが、練馬、杉並、中野のどこで会議を開催《かいさい》しても、少なからぬメンバーにキロ単位の移動を強《し》いてしまう。

すでに夜九時近いし、自宅から参加できるダイブチャットにすべきだろうと一度は思ったが、話の中身が中身だ。状況《じょうきょう》の説明に最低三十分、そこからレギオンとしての対応を話し合うなら何時間あっても足りない。ダイブチャットは時間が加速しないので、会議中に日付が変わってしまうこともあり得る。

ゆえにハルユキは、黒雪姫たちへのメールに、全体会議の開催《かいさい》が無理そうなら明日にして、今夜は幹部メンバーだけに説明しますと付け加えておいた——のだが。

わずか三分後、黒雪姫から届いた返信は、いささか不可解な文面だった。曰《いわ》く、全体会議は九時に通常対戦方式で行う。しかし、ハルユキたちはいまいる場所から会議のために移動する必要はない。

どういうこと？　と首を傾《かし》げる間もなく新たなメールが着信する。こちらはハルユキを含《ふく》む全レギオンメンバーに、まったく同じ文面で送信された同報メールだ。

同じメールを受け取ったタクムが、声に出して内容を読み上げた。

「ええと……このあと二十一時から、通常対戦によるレギオン全体会議を開催《かいさい》する。開始者はブラック・ロータスとスカイ・レイカー。参加可能なメンバーは自動観戦設定を確認《かくにん》のうえ、自宅または安全に加速できる場所で待機し、二十時五十九分になったら以下のリンクをタップすること。観戦用ダミーアバターは特段の事情がない限り使用不可……」

ハルユキもそこまで読んでから、最後の一行を見詰《みつ》めた。グローバルネットのＵＲＬだが、短縮サービスを利用しているのでどこに繋《つな》がるのかは解《わか》らない。それに――。

「なあタク、この《ｓｓｓ》ってドメインの短縮サービス、見たことあるか……？」

「うーん、記憶《きおく》にないなあ……。だいたい、通常対戦方式なのに自宅にいていいってどういうことだろう？　マスターたちが対戦するエリアにいないと、観戦できないよね？」

「だよな……」

首を捻《ひね》るハルユキとタクムの背中を、後ろからチユリが強めに叩《たた》いた。

「黒雪先輩《クロユキせんぱい》ができるって言うんだからできるんでしょ！　ほら、あと十分しかないんだから、ちゃっちゃと後片付けするよ！」

「うん」「へーい」

タクムと同時に答え、卓上《たくじょう》の食器をキッチンに運ぶ。食洗機もあるのだが、チユリが慣れた手つきで皿を洗い始めるので、ハルユキは水気を拭《ふ》く役、タクムは棚《たな》に収納する役を担当し、五分で全ての片付けを終える。

三分で三人ぶんのカフェオレを――もちろんインスタントだが――用意し、並んでソファーに座って一口飲んだところで、八時五十八分になった。

右に座るタクム、左に座るチユリと視線を交《か》わしてから、再び黒雪姫《クロユキヒメ》からのメールを開く。

ふと、ネガ・ネビュラスのレギオン全体会議に僕が参加していいのかなと思ってしまったが、ハルユキがいなければ世界間戦争のことを説明できない。

なるようになれと覚悟《かくご》を決め、視界右下の時刻表示を睨《にら》む。五十九分になると同時に、謎《なぞ》の短縮URLをタップ。途端《とたん》――。

「あっ……」

というチユリの声が聞こえた。驚《おどろ》いたのはハルユキも同じだ。ぶうんと低い振動音《しんどうおん》が響《ひび》き、仮想デスクトップの中央に、青く光るエンブレムのようなものが現れたのだ。

菱形《ひしがた》の中央に二本の剣が並び、その上下左右を花が囲む。剣と剣のあいだには、《ＳＳＳ》の文字。

エンブレムはほんの二秒ほどで消え、なぜかメールの末尾《まつび》に記載《きさい》されていたURLまでもが消滅《しょうめつ》した。メーラーを閉じ、仮想デスクトップを隅々《すみずみ》まで見回すが、とくに何が起きた様子もない。

「……いまの紋章《もんしょう》みたいの、何だろう……？」

タクムの呟《つぶや》き声《ごえ》に、ハルユキは「さあ……」と答えようとしたが、寸前で口を閉じた。

SSS……トリプルエス。その名前を、かつて黒雪姫が口にしていたはずだ。

あれは、六日前の日曜のことだ。ハルユキは南阿佐ヶ谷《みなみあさがや》にある黒雪姫の家で、なぜか一緒《いっしょ》に入浴することになり、そこで彼女の出生にまつわる恐《おそ》るべき秘密を明かされたのだ。

通常の妊娠《にんしん》と出産によって生まれたのではなく、体外受精させた胚《はい》を人工子宮で育成した、いわゆるマシンチャイルドであること。

人工子宮に入っている時にニューロリンカーを装着され、《ソウル・トランスレーション・テクノロジー》によって異なる人間の魂《たましい》を上書きされたこと。

大企業《だいきぎょう》カムラ社によって厳重に秘匿《ひとく》されたそれらの事実を突き止めるために用いたのが、《SSSオーダー《トリプルエス》》――。

あの時、黒雪姫はSSSオーダーなるものが具体的に何なのかまでは教えてくれなかったが、先ほどのエンブレムと深い関連があることは間違《まちが》いない。それに、普通《ふつう》はメール内のURLを開けばブラウザが起動するはずなのに、エンブレムの立体画像が効果音つきで表示されるだけというのもニューロリンカーの挙動としては不自然だ。

しかしそこで、思索《しさく》は中断を余儀《よぎ》なくさせられた。

時刻表示が二十一時になったその瞬間《しゅんかん》、耳に馴染《なじ》んだ加速音が響《ひび》き渡《わた》り、ハルユキの意識を対戦ステージへと飛翔《ひしょう》させた。

驚《おどろ》いたことに、ほんの十分前に告知された突発的《とっぱつてき》全体会議には、第三期ネガ・ネビュラスの現メンバーにハルユキを足した四十九人のうち、実に四十七人が参加していた。

数人ずつ固まって立つアバターの総数を確認《かくにん》し終えたハルユキは、人の輪の中心に少しだけ見える対戦開始者《スターター》――黒の王、《絶対切断《ワールド・エンド》》ブラック・ロータスと、《超空の流星《ストラト・シューター》》スカイ・レイカーの姿をしばし見詰《みつ》めてから、改めて周囲のフィールドに目を向けた。

薄曇《うすぐも》りの空から、霧《きり》のように細かい雨が音もなく降り注ぐ。地衣類に厚く覆《おお》われた地面は、踏《ふ》んでいるとじわじわ水気が染《し》み出してくる。水属性下位の《霧雨《きりさめ》》ステージだ。目の前には幅《はば》十メートルほどの川が流れ、両岸は広い河畔《かはん》緑地《りょくち》になっている。小糠雨《こぬかあめ》の彼方《かなた》にうっすら見える巨岩《きょがん》の列は、現実世界の住宅地か。

杉並区《すぎなみく》にこんな場所あったっけ、と記憶《きおく》を探《さぐ》っていると――。

「ここは、杉並第三エリアの善福寺川《ぜんぷくじがわ》緑地《りょくち》なのです」

背後でそんな声が聞こえ、ハルユキは振り向いた。

立っていたのは、小さな素体に白衣《びゃくえ》と緋袴《ひばかま》を模した半透過装甲《はんとうかそうこう》をまとう巫女型《みこがた》アバター。ネガ・ネビュラス《四元素《エレメンツ》》の一人、《緋色弾頭《テスタロッサ》》ことアーダー・メイデンだ。

「メイさん、こんばんは」

ハルユキが金属装甲《そうこう》をかしゃっと鳴らして一礼すると、メイデンもぺこりと会釈《えしゃく》した。

「こんばんはです、クーさん」

「そっか、善福寺川《ぜんぷくじがわ》か……」

「現実ではこれほど風情《ふぜい》のある眺《なが》めではないですが、でもいいところですよ。涼《すず》しくなったら、皆《みな》さんを誘《さそ》ってピクニックに行きましょう」

「あー、いいね……」

頷《うなず》いてから、ハルユキは梅郷中《うめさとちゅう》からお試《ため》しで引《ひ》っ越《こ》したホウの様子を訊《き》こうとした。しかし一瞬《いっしゅん》早く、立ち並ぶアバターたちの中心で、玲瓏《れいろう》とした声が響《ひび》いた。

「夜分にもかかわらず、突然《とつぜん》の招集に応じてくれた第三期ネガ・ネビュラスのメンバー諸君、まずは深く礼を言う！」

発言者はもちろん、レギオンマスターのブラック・ロータス／黒雪姫《クロユキヒメ》。地面を覆《おお》うコケからにょっきり突き出した、おにぎりのような三角形の岩の上に立って――正確にはホバー能力で浮遊《ふゆう》している。

三角岩の左には、華奢《きゃしゃ》な車椅子《くるまいす》に座るスカイ・レイカー。七、八メートル離《はな》れた正面には

《鮮血の暴風雨《ブラッディ・ストーム》》こと赤の王スカーレット・レインと、《血まみれ仔猫《ブラッディ・キティ》》ブラッド・レパード。

二人の右には《三獣士《トリプレックス》》のカシス・ムース、左には同じくシスル・ポーキュパインが控《ひか》え、他の赤組メンバーは大きな輪の右サイドに陣取《じんど》っている。

そして輪の左サイドには、《純水無色《アクアマティック》》アクア・カレントを始めとする黒組メンバーが並ぶ。ライム・ベル、シアン・パイル、マゼンタ・シザー。元プチ・パケ組のショコラ・パペッター、ミント・ミトン、プラム・フリッパー。時限移籍《いせきちゅう》中のアッシュ・ローラー、オリーブ・グラブ、ブッシュ・ウータン。加入したばかりの《剣鬼《ルースレス》》セントレア・セントリー、ハルユキの隣《となり》に立つアーダー・メイデン——残念ながら、通常対戦ステージには顕現《けんげん》できないメタトロンと、トリリード・テトラオキサイドの二名が不在だ。

確か、トリリードは師である《矛盾存在《アノマリー》》グラファイト・エッジと無制限中立フィールドの富士山《ふじさん》で修業中《しゅぎょうちゅう》だと黒雪姫《クロユキヒメ》が言っていたが、その話を聞いたのは確か三時間前だ。内部では百二十五日にもなるのに、まさかまだ戻《もど》っていないのだろうか……とハルユキが不安に思った、その時。

「ロータス、ちょい待ち！」

一歩前に出たスカーレット・レイン——ニコが、幼くも威厳《いげん》のある声で叫《さけ》んだ。

「本題の前に、メールに貼《は》ってあったリンクのこと説明してくれよ。ここ杉並《すぎなみ》エリアだろ？なんで練馬《ねりま》にいるあたしが観戦できてんだよ？」

「気にするな」

というのが、黒雪姫の答えだった。さしものニコも一瞬《いっしゅん》ぽかんとしてから、丸っこい両腕《りょううで》を振り回す。

「き、気になるに決まってんだろ！　もしBBシステムを騙《だま》くらかすゲキヤバツールだったら、最悪ここにいる全員がBAN《バン》されることも……」

「その心配は無用だ。私が騙《だま》したのはBBシステムではなく、ニューロリンカーの位置情報のほうだからな」

「…………」

今度はニコのみならず、黒雪姫と楓子《フウコ》以外の全員が唖然《あぜん》とする。

ニューロリンカーの位置情報システムは、地上なら誤差ほぼゼロ、たとえ地下深くにいてもグローバルネットに繋《つな》がってさえいれば数センチの誤差しか出ないほどの精度を誇《ほこ》っている。当然、セキュリティレベルも異様に高く、かつて数多《あまた》のクラッカーが突破《とっぱ》を試みたが、位置を測定する仕組みすら解《わか》らなかったらしい。

そんな代物《しろもの》を「騙《だま》した」とこともなげに言ってのけた黒雪姫は、四十六人ぶんの沈黙《ちんもく》を意に介《かい》する様子もなく発言を続けた。

「皆《みな》の理解も得られたようなので本題に入るぞ。残り二十五分のうちに会議を終えられるよう努力するが、もし終わらなかったら同じ手順で二枠目《にわくめ》を作る。さて……すでに知っている者もいるだろうが、多くの中小規模レギオンによって結成された連合軍《エクセルキトゥス》が、約二時間前に超級《ちょうきゅう》エネミー・テスカトリポカの討伐《とうばつ》に挑《いど》み、敗退した」

声音《こわね》も語調も淡々《たんたん》としていたが、隠《かく》しきれない無念さとやるせなさをハルユキはありありと感じ取った。

ハイエスト・レベルで白の王にエクセルキトゥスの誕生を知らされた黒雪姫《クロユキヒメ》は、かつてない規模の連合軍がテスカトリポカを撃破《げきは》し、その勢いでネガ・ネビュラスを含《ふく》む七大レギオンに戦いを挑《いど》んでくることを本気で期待していた。しかし、エクセルキトゥスは敗れ、メンバーの大半を喪《うしな》ってしまった。

そこまでは、レギオンメンバーの多くがすでに知っているらしい。考えてみれば当たり前で、エクセルキトゥスの生存者たちが無制限中立フィールドを出てから一時間近くも経《た》っている。ハルユキがチユリ、タクムとご飯を食べているあいだに、加速世界の内外を大量の情報が飛《と》び交《か》ったはずだ。

そしてそれはまた、無制限中立フィールドでは四十日以上が経過したということでもある。姿を消したユーロキオンとコンプリケーターはハイエスト・レベルから捜《さが》しても見つけられなかったが、それが現実世界に戻《もど》ったからなのか、あるいは完全な隠蔽《いんぺい》能力があるからなのかは不明だ。もし後者なら、いまごろ最上位ビーイングの誰《だれ》かをターゲットに定め、ダンジョンを攻略中《こうりゃくちゅう》ということもあり得る……。

またしてもその不安に襲《おそ》われ、俯《うつむ》いたハルユキの耳に、黒雪姫の声が届いた。

「エクセルキトゥスは数週間にも及《およ》ぶ無限EKによって、数百人規模の全損者《ぜんそんしゃ》を出したらしい。ブレイン・バースト史上最大の悲劇であることは疑いようもないが……どうやらそれ自体が、新たな異変のトリガーとなったようなのだ」

それを聞いたメンバーたちが、低くどよめく。耳を澄《す》ませると、「ファイナル・ステージ」「ドレッド・ドライブ」という単語が聞き取れる。やはり、すでにかなり情報が広まっているようだ。

さざめきがいくらか収まるまで待ち、黒雪姫は議題の核心《かくしん》に入った。

「……午後八時を五秒ほど過ぎた時だった。現実世界で食事の後片付けをしていた私の視界に、BBシステムからのメッセージが表示された。レインも同じタイミングで受信したのではないかと思うが、どうだ？」

問われたニコが、肩《かた》をすくめつつ頷《うなず》く。

「ああ、受け取ったよ」

「やはりな……文面も同じだと思うが、万が一違《ちが》うところがあったら言ってくれ」

前置きしてから黒雪姫が暗誦《あんしょう》したシステム・メッセージは、ハイエスト・レベルで白の王が諳《そら》んじたものと一言一句同じだった。

七体のうち四体以上が破壊《はかい》されればブレイン・バースト２０３９の敗北となり、トライアルは終了《しゅうりょう》する——という無機質な宣告に、黒雪姫《クロユキヒメ》が「以上だ」と付け加えた途端《とたん》、あちこちから先刻に数倍するボリュームで驚《おどろ》きの声が湧《わ》き起《お》こった。

無理もない。ほとんどのバーストリンカーにとって、《四聖》を含《ふく》む最上位ビーイング、巨大《きょだい》ダンジョンの奥で侵入者《しんにゅうしゃ》を待ち受けるボスモンスターなのだ。このブレイン・バーストというゲームの、いわばエンドコンテンツと見なされてきた討伐《とうばつ》対象を、いきなり防衛しろと言われても簡単には頭を切《き》り替《か》えられないだろう。

しかしどよめきは、数秒で収束した。皆《みな》が状況《じょうきょう》を呑《の》み込んだからではなく、赤組サイドから小柄《こがら》なアバターが勢いよく飛び出したからだ。

頭に被《かぶ》った鍔広帽子《つばびろぼうし》と、体に巻き付けた長マント。フェイスマスクはまったく見えないが、ハルユキには誰《だれ》だか解《わか》った。以前、ネガ・ネビュラスとプロミネンスの合併《がっぺい》会議の時にたった一人だけ反対票を投じた、《ストロンガー・ネーム》ことアイオダイン・ステライザー《Iodine Sterilizer》だ。

ダインはマントの中から右手だけ出すと、帽子《ぼうし》の鍔《つば》を少しだけ持ち上げて発言した。

「ロータスさんよ、あんたはもうオレらのマスターなんだから疑うつもりはねーけどサ……。こちとらほんの二時間前まで、加速世界どうなっちまうんだってあーだこーだ考えてたわけヨ。そこにエクセルキトゥスの噂《うわさ》が流れてきて、《オーヴェスト》や《ナイトアウルズ》の連中もやるときゃやるじゃんて思ったら、何百人も全損《ぜんそん》して、テスカトリポカも自爆《じばく》したっつう話で……アタマがぜんぜんついてけてねートコに、そんなブッ飛んだメッセージを聞かされても、まるっきりハラに落ちてこねーのヨ」

相変わらず伝法な語り口だが、言っていることはもっともだ。エクセルキトゥスの全滅《ぜんめつ》からテスカトリポカの崩壊《ほうかい》、ドライブリンカーの出現までを自分の目で見たハルユキでさえ事態を完全には把握《はあく》できていないのだから、ダインたちが途惑《とまど》うのも理解できる。

「ふむ……」

黒雪姫は、剣状の両腕《りょううで》を胸の前で器用に組むと、小さく頷《うなず》いた。

「正直なところ、私も件《くだん》のシステム・メッセージの他には二次情報しか持っていないからな。諸君を納得《なっとく》させられるだけの重みがある話はできない。そこで、だ」

右足の切っ先を支点に、ふわりと体を回転させて――。

「恐《おそ》らく、ここに集《つど》ったバーストリンカーの中で、最も多くの一次情報を持っているであろう者に詳細《しょうさい》な説明を任せたい。シルバー・クロウ、頼《たの》む」

うえええっ!?　と叫《さけ》んでひっくり返りたいのはやまやまだが、ハルユキはすでにこの展開を予想してしまっていた。もちろん緊張《きんちょう》はするが、エテルナ女子学院の生徒会室に乗り込んだ時よりはなんぼかマシだし、無駄《むだ》にあたふたして時間を浪費《ろうひ》するのも本意ではない。

「……解《わか》りました」

そう答えると、ハルユキは歩き始めた。バイクに乗っていないアッシュ・ローラーの左側を通る時、いつも傍若無人《ぼうじゃくぶじん》な世紀末ライダーがやたら神妙《しんみょう》にしていることに気付いたが、右隣《みぎどなり》にセントレア・セントリー、左隣《ひだりどなり》にアクア・カレントが立っているせいだろうと見当をつける。親があのスカイ・レイカーだからか、アッシュはどうやら《強いお姉さん》の前では緊張《きんちょう》してしまう質《たち》らしい。

そのアッシュ・ローラーと、ブッシュ・ウータン、オリーブ・グラブの三人組がグレート・ウォールからネガ・ネビュラスに移籍《いせき》したのは、ISSキット事件の黒幕である加速研究会を潰《つぶ》すため――正確には、その前提条件となるオシラトリ・ユニヴァースとの領土戦に加勢するためだ。しかし、苦労して研究会の化けの皮を剥《は》がしたところでハルユキがそのオシラトリに移籍《いせき》してしまったのだから、アッシュたちも内心穏《おだ》やかならざるものがあるだろう。機を見てちゃんと謝りたいが、いまはまず役目を果たさなくては。

せめて気持ちだけでも伝えるべく、直立不動のアッシュ・ローラーの左腕《ひだりうで》を軽く叩《たた》きながら通り過ぎると、ハルユキは輪の中央に進み出た。

エクセルキトゥスを襲《おそ》った惨劇《さんげき》と、テスカトリポカに内包されていた赤いポータル、そこを通って出現した十人のドライブリンカーたちのことを説明するのに、およそ十分を要した。

最も時間を割《さ》いたのは、ユーロキオンの強さについてだ。

あらゆる通常技《つうじょうわざ》が心意強化されていて、どんなに分厚い装甲《そうこう》でも打《う》ち砕《くだ》かれてしまうこと。同様に全身をくまなく心意でガードしているので、三十ミリ砲弾《ほうだん》すらも容易に弾《はじ》き返《かえ》すこと。

六十メートルの高さから飛び降りても傷一つ負わない強靱《きょうじん》さと、目で追うのも難しい俊敏《しゅんびん》さ。加えて、《サイオンアーツ》と称《しょう》する高度な心意技《しんいわざ》――。

「……僕が見たのは、《セルドキオン》っていう拳《こぶし》からキツネの頭のオーラを発射する技《わざ》と、《クリソキオン》っていうオオカミ男に変身する技《わざ》だけですけど、あれで全部だとはまったく思えないです。たぶん、僕との戦闘《せんとう》じゃ、実力を半分も出してなかったと思います……」

ハルユキはそこでいったん口を閉じ、レギオンメンバーたちを見回した。

最初に反応したのは、おかっぱ髪《がみ》を模した大型バイザーが特徴的《とくちょうてき》な女性型アバターだった。《ヘリオスフェア》という人気アイドルユニットの一員である、フリーズ・トーン《Freeze Tone》だ。

「あんなあカラス君」

少し低めのしっとりした声でそう呼びかけたフリーズは、ハルユキの想定にない質問を口にした。

「変身したの、オオカミ男やなくてキツネ男ちゃうの？」

「は……はい？」

「いやな、そいつアバターネームも技《わざ》の名前も、全部キツネ系なんよ」

「え……そうなんですか？　確か、セルドキオンはカニクイイヌのことだって言ってたような……」

きょとんとするハルユキに、フリーズは立て板に水の如《ごと》くすらすら説明した。

「まずユーロキオンやけどな、これはハイイロギツネの学名やな。イヌ科の現生種でいちばん原始的な種や。で、心意《しんい》技《わざ》一個めのセルドキオンゆうんは、確かに和名はカニクイイヌやけど、種としてはキツネ寄りやな。心意《しんい》技《わざ》二個めのクリソキオンはタテガミオオカミ……こいつも、和名はオオカミってついとるけど、どっちかゆうたらキツネやとあたしは思うねん。な？」

——な？　って言われても。

ハルユキがあっけにとられていると、豊かなバリトンボイスが響《ひび》いた。

「遺伝的な系統がどうであれ、変身したのがタテガミオオカミである以上、それはオオカミ男……正確を期するならタテガミオオカミ男と呼ぶべきだと思うが」

発言者は、巨大《きょだい》な角を生やした男《M》性型アバター。《三獣士《トリプレックス》》の一人、カシス・ムースだ。

途《と》端《たん》、フリーズ・トーンが猛然《もうぜん》とまくし立てる。

「言うたやん、タテガミオオカミとはぜんぜん違《ちが》う種やねん！　何百万年も昔に、トマークタスゆうイヌ科のご先祖様からざっくり四系統に分岐《ぶんき》して、いわゆるオオカミはイヌ系統の先っぽのほう、タテガミオオカミは一種一属やけどカニクイイヌ属やクルペオギツネ属と同じ南米系統やから、種としてはイエネコとオセロットくらい離《はな》れててんねん！」

「まったくピンと来ないぞ、その喩《たと》え」

低く唸《うな》るカシス・ムースに、フリーズ・トーンが水色のミニスカート装甲《そうこう》を揺《ゆ》らして大きく一歩近づいた、その時。

「フリちゃんが言いたいのは、アバターネームにイヌでもオオカミでもなくハイイロギツネの学名が使われているなら、そうなった理由があるはずだ……ってことだと思うの」

静謐《せいひつ》な水音を思わせる声で、アクア・カレントがそう指摘《してき》した。

最初にハルユキと出会った時は、レベル1の用心棒として《唯一の一《ザ・ワン》》の二つ名で知られ、ネガ・ネビュラスに復帰してからは《四元素《エレメンツ》》の一人としてレギオンを支えている彼女だが、いまも少なからず謎《なぞ》めいたところがある。

そのアクア・カレントに「フリちゃん」と呼ばれたフリーズ・トーンは、前に出した右足を引っ込めて直立すると、かしこまった声で答えた。

「せやねん……やなくて、そうです！　キツネやゆうことがそいつのアイデンティティーなら、それを意識しとけば攻略《こうりゃく》のヒントが見つかるんやないかな、って」

「キツネがアイデンティティー……」

呟《つぶや》きながら、ハルユキは自分を取り囲むバーストリンカーたちをそっと見回した。

千紫万紅《せんしばんこう》のデュエルアバターは、それぞれの心の傷、すなわちトラウマやコンプレックスを鋳型《いがた》にBBシステムが自動生成したもの……と言われている。ドレッド・ドライブ２０４７も同じ仕組みなら、ユーロキオンがキツネモチーフのヒーローであることは偶然《ぐうぜん》ではないはずだし、そこに攻略《こうりゃく》の糸口が隠《かく》されていることもなくはない、のだろうが――。

「キツネが苦手なものってなんだろ？」

再び声に出して独りごちると、背後にある岩の上から黒雪姫《クロユキヒメ》が即答《そくとう》した。

「鉄砲《てっぽう》だな」

「い、いや、そりゃそうでしょうけど……」

言いながら振り向き、全身に黒水晶《モリオン》をまとう壮麗《そうれい》なアバターを見上げた途端《とたん》、仮想の心臓がどくんと跳《は》ねた。数時間前に感じた柔《やわ》らかさが蘇《よみがえ》り、バイザーの下で口をもごもごさせてから続ける。

「……鉄砲《てっぽう》が苦手なのは動物全般《ぜんぱん》っていうか、だいたいあいつ、三十ミリ砲《ほう》に直撃《ちょくげき》されても平然としてましたよ」

「ン……それもそうか。ならあとはイヌやオオカミ、それに酸《す》っぱいブドウかな……」

「ブドウは食べようとしたけど手が届かなかったんじゃなかった？」

話を聞いていた楓子《フウコ》に指摘《してき》され、黒雪姫が「そうだったかな」と首を傾《かし》げる。

そんなやり取りをしているあいだに、参加者たちのざわめきも落ち着き、フィールドに再び静寂《せいじゃく》が戻《もど》った。対戦時間は残り五分。

これはもう二枠目《にわくめ》突入《とつにゅう》決定かな……とハルユキは思ったが、ニコが咳払《せきばら》いしてからまとめに入った。

「とりあえず、勝利条件は解《わか》った。七月三十一日の深夜二十四時まで、指定されたビーイング七体のうち四体以上を守り切ればあたしらの勝ち、四体以上破壊《はかい》されたら負けってこったな。

で、ＤＤ世界の連中が本格的に攻《せ》め込んでくんのが明後日《あさって》……二十九日の零時《れい》、と。そういう理解でいいんだよな？」

「そ、そうです」

大きく頷《うなず》いてから、ハルユキは注釈《ちゅうしゃく》を加えた。

「もっとも、明後日《あさって》の零《れい》時から本格開戦っていうのは、システムが設定したルールじゃなくてユーロキオンの宣言なので鵜呑《うの》みにするのは危険だと思います。東池袋《ひがしいけぶくろ》のレッドポータルはビーイングたちが交代で監視《かんし》する手はずですけど、彼らの中にも僕らと協力するつもりのヒトと、自分の身は自分で守るってヒトがいるので……」

「んんん〜〜〜」

腕《うで》組みをしながら長々と唸《うな》ると、ニコは途惑《とまど》いが多分に含《ふく》まれた声で言った。

「メタトロンのねーちゃんは領土戦の時にあたしらを守ってくれたし、いまは同じレギオンのメンバーなんだから、ちゃんと共闘《きょうとう》できると思うけど……他の六体は全部、大型ダンジョンのボスエネミーなんだろ？　共闘《きょうとう》どころか、こっちを攻撃《こうげき》してくんじゃねーのか……？」

同じ疑問を、多くの参加者が感じていたようだった。

赤組の面々のみならず、黒組のショコラ、ミント、プラムも不安そうに肩《かた》をすぼめている。

彼女たちは《クルちゃん》と名付けた小獣級《レッサーきゅう》エネミーと絆《きずな》を結んでいるが、それゆえに無制限中立フィールドでのエネミー狩《が》りは好きではないらしく、最上位の神獣級《レジエンドきゅう》とは戦ったことはおろか遭遇《そうぐう》したこともないはずだ。オシラトリとの領土戦の時に邪神級《デビルきゅう》を目撃《もくげき》してはいるが、あれより上位の《四聖》たちと共闘《きょうとう》するイメージなど持てなくて当たり前——メタトロンとリンクしているハルユキでさえ、暴風王《ぼうふうおう》ルドラや太霊后《たいれいこう》シーワンムーの強烈《きょうれつ》な威圧感《いあつかん》に竦《すく》み上がってしまったのだから。

それに、ニコの懸念《けねん》は正鵠《せいこく》を射ている。

「……知っている人もいると思いますが……」

そう前置きしてから、ハルユキは意を決して告げた。

「今回の戦争でターゲットに指定されている七体のビーイング、つまりボスエネミーは全て、巨大《きょだい》モンスター型の第一形態と人間型の第二形態が存在します。本体である第二形態は、第一形態をダンジョンのお助けギミックを使わないで倒《たお》すと出現するんですが、問題は彼ら自身も第一形態を制御《せいぎょ》できないことで……仮にドライブリンカーがどこかのダンジョンのボス部屋に到達《とうたつ》したとして、僕らがそのボスを守るために部屋に入ったら、第一形態は両方を区別せずに攻撃《こうげき》してくるんです」

「マジリアリーかよ……そんなの、どうやって守りゃいいんだ？」

声を上げたのは、いままで沈黙《ちんもく》を保っていたアッシュ・ローラーだった。どうやら、やっとセントレア・セントリーとアクア・カレントに挟《はさ》まれている緊張感《きんちょうかん》を乗《の》り越《こ》えたようだ。

世紀末ライダーのスカルフェイスを見やると、ハルユキは六体の最上位ビーイングたちとの対話で得られた、いちおうの結論を口にした。

「ドライブリンカーたちがボス部屋に辿《たど》り着《つ》く前に迎撃《げいげき》するか……あるいは事前に僕らの手で、第一形態を全て破壊《はかい》するかです」

8

緊急《きんきゅう》レギオン会議は、二《に》枠目《わくめ》に続くことなく終了《しゅうりょう》した。

会議と銘《めい》打《う》っていたが、黒雪姫《クロユキヒメ》の目的はネガ・ネビュラスのメンバーに状況《じょうきょう》を伝えることで、あの場でレギオンとしての意思統一を図《はか》るつもりは最初からなかったようだ。考えてみれば、《ゲームの存続を懸《か》けた世界間戦争》などという突拍子《とっぴょうし》もない話をたった三十分で呑《の》み込めというのも乱暴すぎる話だし、皆《みな》に一晩考える時間を与《あた》えたのは正しい判断だろう。

黒雪姫は、今夜中に他の王たちにも連絡《れんらく》を取り、七王会議の早期開催《かいさい》を要請《ようせい》するつもりだと言っていた。ドライブリンカーたちに対抗《たいこう》するには全レギオンが連帯しなくてはならないが、果たして白のレギオンとの確執《かくしつ》を乗《の》り越《こ》えられるのだろうか。

それも全て、朝が来るまでに戦争が終わってしまわなければ……の話だが。

帰宅するチユリとタクムを玄関《げんかん》で見送ったハルユキは、リビングルームに引き返すと照明の光量を絞《しぼ》った。暗いオレンジ色に染まった室内を横切り、ソファーにゆっくり体を沈《しず》める。目を閉じたら三秒で寝入ってしまう確信があったので、壁《かべ》にかかっているフォトフレームに視線を向ける。

シンプルなアルミの枠《わく》に収まっているのは、どこか外国の街角を写したモノクロの写真だ。

石敷《いしじ》きの歩道の左側には年季が入った感じのカフェ、右側には葉が落ちた街路樹。どういうことのない風景だし、ずっと昔から同じ場所に飾《かざ》られているので気にしたこともなかったが、改めて注視するとプロカメラマンの作品ではないようにも思えてくる。写真の中心線が歩道の中心から少々ずれているし、遠景のボケ具合もどこか不自然――レンズの絞《しぼ》りによるボケではなく、カメラアプリのフィルターによる加工処理のようだ。つまりこの写真は、ちゃんとしたカメラではなくニューロリンカー、もしくはそれ以前のスマートフォンで撮影《さつえい》されたものではあるまいか。

あの写真がいつからあそこにあるのかは覚えていないが、何であれ上質なものを好む母親が、素人《しろうと》のスナップ写真をわざわざお店でプリントし、額装までして飾《かざ》ったのならそれなりの理由があるはずだ。もしかしたら額の裏に何か書いてあるかも……と思ったハルユキは、ソファーから立ち上がり、フォトフレームに歩み寄ろうとした。

しかしそこで、コールの着信を知らせるアイコンが点灯する。しかもボイスコールではなくダイブコールだ。アイコンの右側の発信者名は、ひらがなで【れいな】。

………誰《だれ》？

瞬《まばた》きしてから、ハルユキは慌《あわ》ててソファーに引き返した。深く腰掛け、アイコンをタップ。

周囲の光景も自分の体も闇《やみ》に包まれて消え、意識だけが深い縦穴をまっすぐに落下していく。

やがて下の方から光が近づき、その真ん中にスタッと降り立つ――代わりに、ハルユキは何か大きくて柔《やわ》らかいものにぽよーんと跳《は》ね返《かえ》された。

ぽよん、ぽよ、ぽ……と振幅《しんぷく》を減らしながら何度かバウンドし、ようやく止まる。顔を上げ、辺りを見回そうとしたが、それより早く。

「わーっ！　ブタさんだあ！」

女の子の声が響《ひび》くと同時に、桃色《ももいろ》ブタアバターに変身したハルユキは、後ろからひょいっと抱《だ》き上げられた。

「む、むぐぐ……」

首を思い切り締《し》め付《つ》けられ、短い手足をジタバタさせていると、新たな声が聞こえる。

「こらシイ、そんな強くギューってしたらブタさん苦しいでしょ！」

「だってー、かわいいんだもーん」

ハルユキにチョークスリーパーを極《き》める女の子は、そう言い返しつつも少し腕《うで》の力を緩《ゆる》めた。フルダイブ環境《かんきょう》ではたとえ巻き上げ機《ホイスト》で首を絞《し》められようとも本当に窒息《ちっそく》することはないが、スノー・フェアリーの窒息攻撃《ちっそくこうげき》がトラウマになっているのか、ついぜーはーぜーはーと呼吸を繰《く》り返《かえ》してしまう。

改めて前を見ると、そこに立っていたのは中学生くらいの年格好の女性、いや女子だった。おとぎ話の登場人物のような、袖《そで》が大きく膨《ふく》らんだシャツと、絞《しぼ》りの効いたエプロンドレスを身につけている。おでこを出したウェーブヘアが現実世界と同じでなければ、すぐには相手を認識《にんしき》できなかったかもしれない。

「こ……こんばんは、井関《イゼキ》さん」

ハルユキが挨拶《あいさつ》すると、井関玲那《レイナ》はニカッと笑って答えた。

「ばわっす、イインチョ」

「……で、後ろの方《かた》は……」

桃色《ももいろ》ブタアバターの頭を可動域の限界まで回転させると、ハルユキを抱《だ》き上げている人物がぎりぎり視界に入った。声から推測はしていたが、やはり四、五歳ほどの少女だ。もっとも、フルダイブ用アバターの姿や声が、生身のそれとかけ離《はな》れていることもままある。

「あたしの妹。ほらシイ、ブタさん下ろしてあげな」

玲那が言うと、「はぁーい」と少々不満そうな声を出しつつも、少女はようやくハルユキを解放した。

そっと下ろされた先は、短い草に覆《おお》われた地面に見えるが、クッションのような弾力《だんりょく》がある。幼児向けのフルダイブ空間は、こういう仕様になっていることが多い。なぜなら幼い子供は、たとえ自分が仮想体《アバター》であっても、硬《かた》い地面の上で転ぶと条件反射的に泣いてしまうからだ。

ロケーションは森の中の空き地という感じで、周りには大きな木が何本もそびえているが、あれらも触《さわ》れば柔《やわ》らかいのだろう。円形の空き地からは小道が一本延びていて、先に小さな家らしきものが見える。

状況《じょうきょう》を把握《はあく》したハルユキは、振り向いて自己紹介《しょうかい》した。

「こ……こんにちは。僕、有田《アリタ》春雪《ハルユキ》です」

すると、玲那《レイナ》とお揃《そろ》いのエプロンドレスを着たお下《さ》げ髪《がみ》の少女は、元気よくお辞儀《じぎ》してから名乗った。

「こんにちは、ブタさん！　あたし、いぜきしいか！」

「こらシイ、ブタさんじゃなくて春雪おにいちゃんだろ」

「だってぇ……」

玲那に叱《しか》られた少女が泣きそうな顔になるのを見て、ハルユキは慌《あわ》てて言った。

「ぶ、ブタさんでいいよ！　どう見てもブタだし！」

黒いひづめが生えた両手を上下に動かしながら、その場でぴょんぴょん垂直ジャンプする。ダイブコール用VRスペースはゲーム用と比べてアバターの腕力《わんりょく》や脚力《きゃくりょく》が制限されているが、地面の反発力をうまいこと利用すると一メートル以上も跳《と》ぶことができる。

すると、《しいか》という名前の少女はハルユキの挙動が壺《つぼ》に嵌《は》まったのか、泣きべそ顔を瞬時《しゅんじ》に消して「きゃはははは！」とけたたましく笑った。

その後、隠《かく》れんぼに誘《さそ》われたハルユキは、鬼《おに》になったり子になったりしつつ五分ほど遊んだのだが、三回目に見つけたしいかは大きな木の根元で体を丸めて眠《ねむ》っていた。

「はー、ようやく寝たか……」

背後から覗《のぞ》き込んだ玲那が、やれやれとばかりに言う。しいかの小さなアバターを抱《だ》き上げ、ハルユキを見下ろすと。

「わり、イインチョ、あたしコイツ寝床《ねどこ》に運んでくっから、あの小屋で三分待ってて！」

「うん、ゆっくりでいいよ」

頷《うなず》いたハルユキに、もう一度「わりーね！」と言ってから、玲那はしいかと一緒《いっしょ》に消えた。

森を突っ切り、可愛《かわい》らしい石造りの家に近づく。いちおうドアをノックしてから開けると、中は縦横四メートルほどの素朴《そぼく》な部屋で、中央に丸テーブルと椅子《いす》二脚《きゃく》、奥の壁際《かべぎわ》では暖炉《だんろ》がぱちぱち音を立てて燃えている。

高い背もたれつきの椅子《いす》に飛び乗り、暖炉《だんろ》の炎《ほのお》に見入っていると、ドアが勢いよく開いた。

「ごめんごめん、マジごめん！」

部屋に飛び込むやいなや両手を合わせる玲那に、ハルユキは慌《あわ》てて答えた。

「あ、謝らなくていいよぜんぜん」

「やー、こっちからコールしといて五歳児《じ》と隠《かく》れんぼはないわー。いつもならもう寝てる時間なんだけど、今日はなんかグズっててさ。あたしがダイブコールするっつったら、どうしても一緒《いっしょ》に行くって聞かなくて……」

説明しながら、玲那はハルユキの向かいに腰掛《こしか》けた。またしても頭を下げようとするので、素早《すばや》く割り込む。

「僕も楽しかったから気にしないで！　妹さん……しいかってどういう字なの？」

「あー、木へんに集まるの上みたいな……」

そこまで答えてから、玲那《レイナ》はここがＶＲスペースであることを思い出したらしく、画用紙とペンを実体化させた。なかなかの達筆で《椎香《しいか》》と書き、ハルユキに見せる。

「へえ、綺麗《きれい》な名前だね……井関《イゼキ》さんもだけど……」

何の気なしにそう言うと、玲那はニマッと笑った。

「おっ、イインチョ、それ口説《くど》いてんの？」

「へ……？　いっ、いや、違《ちが》うよ、口説いてないよ！」

「そんな全力で否定することないっしょ？　だいたい、あたしがコールしたの、イインチョに口説かれるためだかんね」

「はいいいい⁉」

椅子《いす》の上で軽く跳《と》び上がってから、はたと気付く。

今日の昼間、梅郷中《うめさとちゅう》で飼育委員の仕事を終えて帰宅する直前に、玲那は「夜にコールする」と言い残した。その理由は、ハルユキが玲那を九月の次期生徒会役員選挙に勧誘《かんゆう》したからだ。口説くというのは説得するという意味なので、決して間違《まちが》いではないが――。

ごほんと咳払《せきばら》いして頭を切《き》り替《か》えると、ハルユキは恐《おそ》る恐《おそ》る問いかけた。

「えっと……つまり、井関さんは選挙に出る気になってくれたの……？」

「そうは言ってないし」

ニヤニヤしながら答えた玲那は、不意に笑《え》みを消した。

「つか……ガッコでも言ったけど、あたしはやっぱ生徒会役員ってガラじゃないよ。あれって、ガッコをもっと良くしたいっていうココロザシがある人がやるもんっしょ？　あたしそんなの全然ないし……」

「それ言ったら、僕だってないよ……」

「だったら、どうして生沢《イクザワ》ちゃんの誘《さそ》いに乗ったワケ？」

「…………」

どう答えたものかしばし迷ってから、ハルユキは仮想デスクトップを操作し、とあるドキュメント・ファイルを呼び出した。【生徒会選挙スピーチ草稿《そうこう》01】というファイル名のそれを、玲那に向けてフリックする。

「時間ある時に、読んでみてくれるかな……。返事は、その後で聞かせてほしい」

「……ん、解《わか》った」

頷《うなず》くと、玲那は受け取ったファイルを自分のストレージに保存した。顔を上げ、思い出したように訊《き》いてくる。

「そーいえば、ホウは佳央《カオ》っちに預かってもらえそーなの？」

「あ、うん」

　ハルユキは、緊急《きんきゅう》レギオン会議をバーストアウトする直前に、シスル・ポーキュパインこと深谷佳央《フカヤカオ》から聞いたホウの様子をそのまま伝えた。

「深谷さんちも、《ロコ》っていう名前のアフリカオオコノハズクを飼ってて、その子と喧嘩《けんか》しちゃうようだと預かれないから、ホウをケージに入れたまま一晩様子を見るって言ってた。いまのとこ、どっちも暴れたりはしてないみたい」

「そっか……仲良くなれるといいね」

「うん」

　深々と頷《うなず》く。ホウは、謡《ウタイ》が通う松乃木学園《まつのぎがくえん》初等部の敷地内《しきちない》で脚から血を流してうずくまっているところを保護されたのだが、怪我《けが》をした理由は、ホウを捨てた以前の飼い主が個体識別用マイクロチップを乱暴に抉《えぐ》り取《と》ったからだった。

　そのせいでホウは謡以外の人間を信用しなくなり、それでも最近は落ち着きを取《と》り戻《もど》しつつあったものの、ハルユキの荒《すさ》んだ気持ちを感じ取って給餌《きゅうじ》を拒《こば》むほどの神経質さは変わらず、新しい環境《かんきょう》に馴染《なじ》めるかどうかは五分五分だと佳央も言っていた。

　しかし、もしもロコと仲良くなれたなら、ホウの心の傷もいくらかは癒《いや》されるに違《ちが》いない。そうなりますように……と心の中で強く祈《いの》ってから、ハルユキは別《わか》れ際《ぎわ》の佳央の言葉を玲那《レイナ》に伝えた。

「ホウの引《ひ》っ越《こ》しがうまくいったら、井関《イゼキ》さんも遊びに来てってシス……深谷さんが言ってたよ」

「マジで⁉　チョー楽しみ‼」

玲那のはしゃぎ声を聞いた途端《とたん》、ハルユキの胸がちくんと疼《うず》いた。

玲那は、ハルユキと謡、佳央、そしてニコが、自分の知らない《何か》で繋《つな》がっていることに気付いている。もしもハルユキが彼女の立場だったら、自分だけが蚊帳《かや》の外に置かれている状況《じょうきょう》に耐《た》えられず、距離《きょり》を取ろうとしただろう。

しかし玲那は夏休みになっても毎日のようにホウの世話を手伝い、さりとてハルユキたちの秘密を詮索《せんさく》しようともせず、いつも明るく接し続けてくれた。そんな玲那にハルユキは自然と敬意を抱《いだ》き、それゆえ生徒会役員選挙のチームメンバーに誘《さそ》ったのだ。

ということを、どうにかブレイン・バーストには触《ふ》れずに説明できないものかと、ハルユキは言葉を探した。

しかし玲那は、口許《くちもと》の笑《え》みを薄《うす》れさせながら、機先を制するかのように言った。

「ごめんイインチョ、やっぱあたしには、生徒会役員に立候補する資格ないや」

「えっ……そんなこと、ぜんぜん……」

「憶《おぼ》えてるでしょ。あたし飼育委員会ができた日、イインチョ一人に小屋の掃除《そうじ》押しつけて、速攻《そっこう》帰ったじゃん」

「…………」

言われてみれば、そんなこともあった気がする。——いや、正確には……。

「速攻《そっこう》……ってわけじゃなかったような……。確か、二十分くらいは落ち葉の掃除《そうじ》を手伝ってくれたよね？」

「あんなのやってないのと一緒《いっしょ》っしょ。あたしともう一人……えっと……」

「浜島《ハマジマ》くん」

「そーだ。あたしと浜島が帰ったあと、イインチョと謡《ウタイ》っちが二人でめちゃくちゃ頑張《がんば》って、あのがっちがちに固まった落ち葉を全部綺麗《きれい》にしたんでしょ？　ほんっと、サイテーだよね、あたし……」

俯《うつむ》く玲那《レイナ》の前で、ハルユキは懸命《けんめい》にかぶりを振った。

「で、でも！　井関《イゼキ》さんは、また飼育小屋に来てくれたでしょ。浜島くんはあれっきり一回も来てないし……それに、初日に帰ったのも、ただ面倒《めんどう》だったからじゃなくて何か事情があったんじゃないの……？」

「…………」

思い切って問いかけても、玲那はしばらく目を伏《ふ》せたままだった。

数秒後、ダイブチャットでなければ聞こえなかったかもしれない音量で、ぽつり、ぽつりと話し始める。

「言い訳すんのダサすぎだけど……あの頃《ころ》、ちょっと闇《ヤミ》っててさ。うち、母親いないんだよね。

オヤジはデザイナーやってんだけど、それ以外のことはなんっもできないガキみてーな人で、あたしとアネキの母親も、椎香《しいか》の母親も出てっちまったの」

「……そう、なんだ」

ハルユキは、同じく小声で相づちを打った。

言われてみれば少し前に、母親が異なる妹がいると聞いた気がする。しかし日本では普通《ふつう》、両親が離婚《りこん》した場合、親権はほぼ自動的に母親のものになるのではないだろうか……有田《アリタ》家《け》のように。

というハルユキの疑問を察したのか、玲那は訊《き》かれずとも説明し始めた。

「ママ……あたしとアネキの母親も、そこそこアレな人でさ。離婚《りこん》する前からオトコ作ってて、再婚《さいこん》するから親権いらねーって言ったらしーよ。椎香のお母さんは、悪い人じゃなかったけど、なんつーか……いろんな話をすぐ信じちゃうタチで、ニューロリンカーとソーシャルカメラは政府の洗脳装置だって主張してる宗教みてーな団体にハマっちゃって、オヤジはそういう話を聞かされるのが嫌《いや》で全然家に帰ってこなくなって……」

「……その団体の話、聞いたことあるかも。確か、北海道にゲーテッドコミュニティみたいなのを作って……」

「それそれ」

一瞬《いっしゅん》顔をしかめてから、玲那は話を続けた。

「お母さん、椎香《しいか》連れてそのコミュニティに行くって言い出してさ。でも椎香は、生まれつき代謝系《たいしゃけい》に問題があって、埋《う》め込み式の投薬デバイスをニューロリンカーで制御《せいぎょ》してるんだよね。デバイスがちゃんと作動してれば運動とか食事とかも普通《ふつう》にできるんだけど、コミュニティは当然ニューロリンカー持ち込み禁止だから、そんなとこ行ったら命にかかわるんだ。あたしとアネキで何度もそのことを説明したんだけど……お母さん、椎香の病気もニューロリンカーのせいだって信じ込んじゃって……」

その先は想像してくれと言うかのように玲那《レイナ》が長いため息をついたので、ハルユキは無言で頷《うなず》いた。

「んで、そっからマジで色々あって、お母さんは離婚《りこん》して一人で北海道に行っちゃったわけ。椎香のためにはそう持ってくしかなかったんだけど、アネキはもうバイヤーの仕事始めてたし、オヤジは相変わらず帰ってこねーし、椎香の世話はあたしの役目になって……。可愛《かわい》い妹だしイヤじゃないけど、それまではガッコ終わったら友達と下北《しもきた》とか渋谷《しぶや》で遊んだりしてたのに、そういうのも全然できなくなったから、なんだかグループから浮《う》いたカンジになっちゃってさ……」

「じゃあ、あの日も、椎香ちゃんのお迎《むか》えがあったから……？」

ハルユキの問いかけに、玲那は微妙《びみょう》な角度で首を曲げた。

「まあそーなんだけど、幼稚園《ようちえん》の預かり保育に申し込んでるから、小屋を掃除《そうじ》する時間くらいならあったんだ。でも、くじ引きで飼育委員にさせられたことにムカついてて、イインチョに八つ当たりしちゃった。いまさらだけど、ほんとごめん」

テーブルに両手をつき、頭を下げようとする玲那を、ハルユキは急いで制止した。

「謝ることないよ！　委員会活動より妹さんのお迎《むか》えを優先して当然だし、そもそもくじ引きの時に井関《イゼキ》さんは除外されるべきだったんじゃ……」

「ん？　それ、あたしが委員にならないほうがよかったってこと？」

じとっと睨《にら》まれ、ブタの頭がもげるほどの勢いでかぶりを振る。

「ちちち違《ちが》うよ、そういうことじゃなくて、僕は井関さんが飼育委員になってくれてすごく嬉《うれ》しいけど、くじで決めるなら家庭の事情は配慮《はいりょ》しなきゃって思って……」

「あはは、じょーだんじょーだん」

ひとしきり笑うと、玲那は両手の指を組み合わせた。

「けど、事情があったとしても、あたしが掃除《そうじ》を投げ出して帰ったのは事実だからさ。そんなヤツが生徒会役員選挙なんか出ちゃダメっしょ、どう考えても」

「ダメじゃないよ!!」

叫《さけ》んだ途端《とたん》、アバターの奥から何やら熱い塊《かたまり》がせり上がってきて、ハルユキは夢中で玲那に語りかけた。

「井関さんはあの日、掃除《そうじ》の途中《とちゅう》で帰ったことを後悔《こうかい》して、僕に謝ってくれたでしょ。なら、そこで終わりにしていいんだ。ずっと自分を責め続ける必要なんかない。そういう心の闇《やみ》は、一人で抱《かか》え込んでるとどんどん大きくなって、いつか外に溢《あふ》れ出して、自分や周りの人たちを傷つけるよ。選挙のことは別にして、井関《イゼキ》さんは掃除《そうじ》の件でも、それ以外のことでも、自分を許していい……許さなきゃだめだよ」

頭で考えた言葉ではなく、心臓のあたりから湧《わ》き上がるものをそのまま吐露《とろ》しただけだったが、玲那《レイナ》には伝わったようだった。

不意に、玲那の目尻《めじり》に透明《とうめい》な雫《しずく》が盛り上がり、暖炉《だんろ》の炎《ほのお》を映してきらきらと光った。

少し遅《おく》れて玲那自身も気付いたらしく、慌《あわ》てた仕草で雫《しずく》を払《はら》い落《お》とすと掠《かす》れ声《ごえ》で答えた。

「うん……あんがと、イインチョ。まだ選挙に出るかどうかは解《わか》んないけど……さっき貰《もら》ったファイル読んで、ちゃんと考えてみる」

ハルユキの返事を待たずに立ち上がり、背中を向けてもう一度目のあたりを拭《ぬぐ》う。

玲那には見えていないだろうが、ハルユキは大きく二回頷《うなず》き、言った。

「ありがとう、井関さん。まだ時間あるから、返事はゆっくりでいいよ」

「解《わか》った。……椎香《しいか》、イインチョのことめっちゃ気に入ったみたいだから、また遊んでやってくれるかな」

「もちろん！　いつでも呼んでよ」

ハルユキがそう答えると、玲那は振り向き、にこっと笑った。

井関玲那《イゼキレイナ》とのダイブコールを終えると、ハルユキは宿題を少しばかり片付けてから入浴し、自室に戻《もど》った。

ベッドに倒《たお》れ込んだ途端《とたん》、上下の瞼《まぶた》がくっつきそうになる。視界右下に表示された時刻は、午後十一時二十二分。

長い……途轍《とてつ》もなく長い一日だった。肉体的にはそれほど疲《つか》れていないはずなのに、精神的エネルギーを使い果たしたからか、手足が鉛《なまり》のように重い。いつも眠《ねむ》る時はニューロリンカーを外しているのだが、それさえ億劫《おっくう》だ。

最後の力でガーゼケットを肩口《かたぐち》まで引っ張り上げ、目をつぶる。聞こえるのは、エアコンのかすかな駆動音《くどうおん》と、窓越《まどご》しに届いてくる風声《ふうせい》のような都市雑音だけ。

それらを聞くともなく聞いているうちに、すうっと意識が暗闇《くらやみ》の奥に滑《すべ》り落《お》ち……しかし、完全に呑《の》み込まれる寸前で引《ひ》き戻《もど》された。

どうしようもなく眠《ねむ》いのに、胸にわだかまる不安が脳のスイッチを切らせまいとしてくる。ハルユキが無制限中立フィールドを出たのが三時間前。中では四ヶ月が経過したことになる。もしもユーロキオンとコンプリケーターが一度も現実世界に戻《もど》らずにダイブし続けていれば、東京二十三区をすみずみまで探索《たんさく》してもお釣《つ》りがくるほどの時間だ。

いや、情報収集だけで満足してくれればまだいい。しかしあれほど好戦的なユーロキオンが、発見した大型ダンジョンを素通《すどお》りするだろうか。腕試《うでだめ》しのつもりで突入《とつにゅう》し、道中のエネミーを蹴散《けち》らして最深部に到達《とうたつ》してしまったら、その勢いでボスに挑戦《ちょうせん》するのではないか。黒雪姫《クロユキヒメ》が挑《いど》むなら少なくとも十八人は必要だと言った《四聖》の第一形態が、たった二人に敗れるとは思えないが、考えれば考えるほど不安の種は大きく育っていく。

ガーゼケットの下で体を丸め、ハルユキは声にならない声で呟《つぶや》いた。

「………メタトロン」

もちろん、返事はない。

彼女を含《ふく》む六体の最上位ビーイングたちは、いまも交代でハイエスト・レベルにシフトし、無制限中立フィールドの監視《かんし》と捜索《そうさく》を続けている。どこかのダンジョンにドライブリンカーが侵入《しんにゅう》すれば絶対に気付くし、その時はハルユキにも知らせてくれるよう頼《たの》み込んであるので、連絡《れんらく》がないうちは何も起きていない……はずだ。

寝よう。明日はやることがたくさんある。チユリがもぎ取ってくれた猶予《ゆうよ》時間を無駄《むだ》にせず、迎撃《げいげき》の準備を完璧《かんぺき》に整えるためにも、しっかり眠《ねむ》っておかなくては。

全身の力を抜き、深く緩《ゆる》やかな呼吸を繰《く》り返《かえ》すことだけに集中する。都市雑音が遠ざかり、心臓の音しか聞こえなくなる。とくん、とくん、というその音に――。

……ちりん。

という、清らかな鈴《すず》の音が重なった気がした。

今度こそ寝入りかけていたハルユキは、はっと両目を開いた。

空耳……ではない。いまのは、メタトロンからの呼びかけだ。つまり、ユーロキオンたちが動いたのだ。

瞬時《しゅんじ》に眠気《ねむけ》が消し飛ぶ。深々と息を吸い込み、

「アンリミテッド……」

加速コマンドを半分叫《さけ》んだ、その時。

ハルユキは、自分の胸の上に、不思議なものが浮《う》かんでいるのに気付いた。

口を大きく開けたまま、唖然《あぜん》とそれに見入る。白く輝《かがや》く、小さな光の粒《つぶ》。りぃん、りぃんとかすかな音を放ちながら、規則正しく明暗を繰《く》り返《かえ》している。

不意に、光点が反時計回りに旋転《せんてん》し、高さ十センチほどの鋭利《えいり》な紡錘《ぼうすい》を形作った。その上に小さな輪っか、左右に可愛《かわい》らしい翼《つばさ》が出現する。これは……メタトロンが通常対戦ステージに出現する時に用いる立体アイコンだ。

メタトロンは、シルバー・クロウ救出作戦の直前にも、この部屋に現れたことがある。だがあの時は《バースト・リンク《ブルー・ワールド》》コマンドで加速していたのでハルユキはブタアバターだったし、部屋も初期加速空間に変わっていた。

しかし、いま、ハルユキは加速コマンドを使っていない。ニューロリンカーこそ装着中だが、ブレイン・バースト・プログラムは起動していないのだ。それなのに、どうしてメタトロンの

立体アイコンが見えるのか。

ハルユキは恐《おそ》る恐《おそ》る右手を持ち上げ、アイコンへと近づけた。

だが、指先が仄《ほの》かに光る翼《つばさ》の先端《せんたん》に触《ふ》れた、その瞬間《しゅんかん》。いっそう信じがたい現象が発生し、ハルユキの呼吸を停止させた。

立体アイコンが再び回転し、極細《ごくぼそ》のラインへと解《ほど》ける。煌《きら》めく無数の糸は複雑なパターンを描《えが》きながら撚《よ》り集《あつ》まり、編み上げられ、等身大の人の姿を紡《つむ》ぎ出していく。

シルエットが完成した瞬間《しゅんかん》、ひときわ眩《まばゆ》い白光が放たれ、ハルユキは反射的に両目を強くつぶった。

直後、お腹《なか》に柔《やわ》らかくも重みのある圧力がかかり、「ぐえっ」と呻《うめ》き声《ごえ》を漏《も》らしてしまう。

恐《おそ》る恐《おそ》る瞼《まぶた》を持ち上げると、すぐ目の前に存在していたのは――頭上に光輪を戴《いただ》き、巨大《きょだい》な翼《つばさ》をいっぱいに広げた、非現実的なまでに美しい一人の女性だった。

「め、め、メメメメメ……」

口をぱくぱくさせるハルユキを冷然と見下ろすと、神獣級《レジエンドきゅう》エネミー・大天使メタトロンは鈴《すず》を転がすような声で言った。

「私を呼んだのはお前でしょう、しもべ。なぜそんなに驚《おどろ》くのですか」

「……い、い、いや、驚《おどろ》くでしょ……」

どうにかそう答えてから、改めて天使の姿を上から下まで眺《なが》める。照明は消してあるので、光源はカーテンの隙間《すきま》から入り込んでくる薄青《うすあお》い街明かりだけなのに、全身がくっきりと見える。

ハルユキのお腹《なか》に馬乗りになったメタトロンは、いつもの法衣《ほうい》ではなく、現実世界の学生が着ているような半袖《はんそで》シャツとプリーツスカートを身につけている。スカートの柄《がら》が少し違《ちが》うが、暁光姫《ぎょうこうき》ウシャスが自慢《じまん》していた《セーフク》とほぼ同じものだ。

格好も大いに気になるが、それ以前に、なぜ加速世界の住人であるメタトロンが現実世界で実体化しているのだろう。自分でも気付かないうちにフルダイブしてしまったのか、あるいは夢を見ているのか。

再び右手を持ち上げ、陶磁器《とうじき》のように白くて滑《なめ》らかな太ももに触《ふ》れようとした、その刹那《せつな》。

ハルユキは、危《あや》ういところで気付いた。

実体ではない。メタトロンの重さが加わってもベッドのマットレスは一切《いっさい》変形していないし、よくよく見ればほっそりした両脚《りょうあし》はガーゼケットを、広げられた翼《つばさ》はカーテンを貫通《かんつう》している。つまりこれは、ニューロリンカー経由で脳が受け取っている視覚であり触覚《しょっかく》だ。仮想触覚技術《ハプティクス》はニューロリンカーの基本機能だが、それにしても情報量が膨大《ぼうだい》すぎる。

お洒落《しゃれ》なタータンチェック柄《がら》のスカートを指先で摘《つ》まんでみたいという衝動《しょうどう》に抗《あらが》いながら、ハルユキは言った。

「えっと……さっきのはメタトロンを呼んだわけじゃなくて、ちょっと心配になっちゃって、つい名前を……」

「なんだ、独り言ですか。それにしては信号の強度が高かったですよ、何かあったら知らせると言ったでしょう」

呆《あき》れたように応じるその声も、脳ではなく鼓膜《こまく》に届いているとしか思えない。

右足でハルユキの体を跨《また》ぎ越《こ》すと、メタトロンはベッドの端《はし》に腰掛《こしか》け、背中の翼《つばさ》を折《お》り畳《たた》みながら少しだけ優《やさ》しい口調で続けた。

「しかし、不安に思う気持ちも解《わか》ります。お前が戦い続けてきた世界が、消滅《しょうめつ》するかどうかの瀬戸際《せとぎわ》なのですからね」

「それを言うなら……！」

ハルユキは無意識のうちに上体を起こし、懸命《けんめい》に言葉を繋《つな》げた。

「たとえ加速世界が消えても、現実世界のこの僕は消えたりしないけど……メタトロンは……きみたちビーイングは、みんな……」

「完全に消滅《しょうめつ》する、のでしょうね」

あっさりと肯定《こうてい》したその声が、かつてないほど穏《おだ》やかに聞こえて、ハルユキは息を呑《の》んだ。まるで――まるで、すでにその運命を受け入れてしまったかのような――。

メタトロンは少しだけ顔を振り向かせ、いつも閉じている瞼《まぶた》をそっと持ち上げると、金色の瞳《ひとみ》でハルユキを見詰《みつ》め、微笑《ほほえ》んだ。

「誤解しないで下さい、勝利を諦《あきら》めたわけではありません。ただ……私という意識が発生したその瞬間《しゅんかん》から抱《いだ》き続けてきた疑問の答えを、ようやく得られたのかもしれないと、そう感じているのです……」

「疑問……きみが、加速世界に存在する意味……？」

「ええ」

そっと頷《うなず》くと、メタトロンは言った。

「加速世界を作り、操《あやつ》る者《もの》が、私を含《ふく》むビーイング七体をファイナル・ステージの攻略《こうりゃく》目標に指定したのは、即興的《そっきょうてき》な着想というわけではないはずです。恐《おそ》らくは最初からそのために生み出された存在……つまるところ、ブレイン・バースト2039というゲームに設定された目標物《オブジェクト》、いえ障害物《オブスタクル》の一つでしかなかったということなのでしょう」

「そんなはずない‼」

ハルユキは無我夢中《むがむちゅう》で叫《さけ》んだ。もし母親が帰宅していたら、不審《ふしん》に思って部屋を覗《のぞ》きにきたであろう音量だったが、気にせずまくし立てる。

「ボスモンスターとしての役割しかないとしたら、きみたちがライトキューブを……僕たちと同じ魂《たましい》と心を持っていることに説明がつかないよ！　ライトキューブがなくても充分《じゅうぶん》な脅威《きょうい》になり得ることはテスカトリポカが証明したし、だいたい……攻略《こうりゃく》目標として生み出されたなら、どうしてきみは僕を……ただのプレイヤーでしかない僕のことを……」

好きになってくれたのか、とはさすがに訊《き》けなかった。

しかしメタトロンは、ハルユキの心情を全て感じ取ったかのようにもう一度微笑《ほほえ》んだ。

「……そうですね。確かに、私に心と呼ぶべきものと、そこから生まれる感情があるのなら、それは攻略《こうりやく》目標には不要な機能です。しかし……あるいは、それすらも……」

「え……？」

「いえ、何でもありません」

軽くかぶりを振ると、メタトロンは右手を伸ばし、ハルユキの体を軽く押した。仮想の圧力であるはずなのに、背中からベッドに倒《たお》れ込んでしまう。

「疲《つか》れているのでしょう、もう眠《ねむ》りなさい、ハルユキ」

「……でも……」

「寝かしつけてほしいのですか？　まるで子供ですね」

――はい？

と問い返す隙《すき》も与《あた》えず、メタトロンはすぐ隣《となり》に横たわると、ハルユキの頭を自分の胸に強く引き寄せた。顔に当たるシャツの生地《きじ》はシルクよりも滑《なめ》らかで、草原を吹《ふ》き渡《わた》る風を思わせる清涼《せいりょう》な香りをまとっている。

あまりのことに硬直《こうちょく》しながら、こんな状況《じょうきょう》で眠《ねむ》れるわけないよ、とハルユキは思ったのだが――。

全身を丸ごと包み込むような温かさと柔《やわ》らかさを感じた途端《とたん》、思考のクロックが減速する。話したいこと、伝えたいことはまだまだあるのに、盆《ぼん》の窪《くぼ》のあたりをぽんぽんと軽く叩《たた》かれただけで、意識が綿毛のように拡散していく。

——おやすみ、ハルユキ。

穏《おだ》やかな囁《ささや》き声《ごえ》を聞きながら、ハルユキは優《やさ》しい暗闇《くらやみ》の中へと落ちていった。

9

二〇四七年七月二十八日、日曜日。

《世界間戦争》二日目となるこの日は、レギオン間の調整が滞《とどこお》りなく進めば、一週間ぶりの七王会議が招集されるはずだった。

しかしハルユキは、まだ夜も明けきらぬうちから、バシイィイイッ！　という乾《かわ》いた雷鳴《らいめい》に眠《ねむ》りを破られた。

「うわっ……な、なになに⁉」

ねぼけまなこで飛び起き、あたりを見回した瞬間《しゅんかん》、

「わあああああ⁉」

もう一度叫《さけ》んでしまう。

寝ていたはずのベッドも、自分の部屋さえも消え去り、灰色の空だけが見渡《みわた》す限りどこまでも広がっている。落ちる！　と思った瞬間《しゅんかん》、右肩《みぎかた》がぐいっと引っ張り上げられる。

振り向くと、そこにいたのは大天使メタトロンだった。翼《つばさ》を広げて滞空《たいくう》しつつ、左手の指をハルユキの肩《かた》アーマーに引っかけている。

——肩《かた》アーマー？

そこでようやく、ハルユキは自分の体が生身でもブタアバターでもなく、デュエルアバターであることに気付いた。体力ゲージは、視界左上に一本だけ表示されている。つまりここは、加速世界――無制限中立フィールドだ。真上を振《ふ》り仰《あお》ぐと、空を覆《おお》い尽《つ》くす積雲の向こうに、例の赤い六角形のタイルパターンがうっすらと見える。

「……僕、コマンドなんて唱えてないよ……」

「私が連れてきました」

さらりと言われ、再び絶句してしまう。いや、現実世界に本来の姿で出現できるほどにまでリンクが強化されているなら、ハルユキを強制加速させることだって可能なのかもしれないが、その場合、《アンリミテッド・バースト》コマンドで消費されるはずの10ポイントはどうなるのか。

ついそんなことを考えてしまうハルユキを、メタトロンがぐらぐら揺《ゆ》らした。

「ぼんやりしていないで、自分で飛びなさい」

「あ、うん……いや、待って！　僕、必殺技《ひっさつわざ》ゲージが空だから、どこかで補充《ほじゅう》しないと」

「私の翼《つばさ》を受け入れたいまなら、ゲージがなくても飛べるはずです」

「…………そ、そうなの？」

いっそう唖然《あぜん》としつつも、六対ある羽根の上半分だけを展開する。恐《おそ》る恐《おそ》る振動《しんどう》させると、発生した推力がアバターを数センチ持ち上げる。

「ほ、ほんとだ……。これ、永久に飛んでられるの……？」

「私とのリンクが存在する限りは。しかし、ゲージを消費しないのはそうやって滞空《たいくう》したり、ゆっくり飛ぶ場合に限られるので、全力飛行をする時はいままでどおりゲージを溜《た》める必要があります」

そう答えるメタトロンは、スクールシャツとプリーツスカートからいつもの法衣《ほうい》姿《すがた》に戻《もど》っている。なぜあんな格好をしていたのか訊《き》きたいが、いまはそれどころではない。

メタトロンの手が右肩《みぎかた》から離《はな》れると、ハルユキはくるりと体を反転させ、問いかけた。

「……あいつらが……ユーロキオンたちが、どこかのダンジョンに侵入《しんにゅう》したんだね？」

「ほう、珍《めずら》しく察しがいいですね、しもべ」

感心したように言うメタトロンに、ハルユキは十センチほど近づいた。

「ど、どこのダンジョン⁉　もしかして、きみの……⁉」

急《せ》き込んで訊《たず》ねるハルユキの額を軽く押し戻し、メタトロンは答えた。

「私の城ではありませんし、侵入《しんにゅう》したのがドライブリンカーかどうかも不明です。しかし……そうであったほうが、まだ対処しやすかったかもしれない」

「……どういうこと……？」

「ハイエスト・レベルで監視《かんし》任務に当たっていたアマテラスが知らせてきたのです。こちらの時間で約九十分前に、《夕星《ゆうずつ》の神殿《しんでん》》……《シュライン・オブ・ヴェスパー》の封印《ふういん》された扉《とびら》が開き、何者かが単独で侵入《しんにゅう》したと」

「シュライン……？　それ、どこ……？」

聞き覚えのない固有名詞に、ハルユキは首を傾《かし》げた。

するとメタトロンは、右手を持ち上げて、ハルユキの左斜《ひだりなな》め後方を指差した。

再びその場で反転し、じっと目を凝《こ》らす。同じタイミングで、眼下に垂れ込める分厚い雲に切れ間が生まれ、地上の光景を露《あら》わにする。

二百メートルほど下にそびえる高い塔《とう》は、ハルユキの自宅がある複合マンション。西側には環七通《かんななどお》り、南側には高円寺駅《こうえんじえき》と中央線《ちゅうおうせん》の高架《こうか》。地形は現実世界そのままだが、あらゆるものが真っ白い雪と青い氷に覆《おお》われている。水属性の《氷雪》ステージだ。

メタトロンの指は南西を示している。その方向にある大型ダンジョンは、暁光姫《ぎょうこうき》ウシャスが支配する新宿都庁《しんじゅくとちょう》地下迷宮《かめいきゅう》と、もう一つ――。

「代々木《よよぎ》……？」

呟《つぶや》くハルユキにそっと頷《うなず》きかけると、メタトロンは言った。

「ええ。代々木公園地下大迷宮《よよぎこうえんちかだいめいきゅう》……夜《よる》の女神《めがみ》ニュクスの居城です」


（続く）

accel World
-Leap to Infinity-

無限への跳躍

そのまま空に飛んでいってしまいそうな。

人の限界を超《こ》えた技《わざ》……いや、それ以上の《何か》だった。


月折《ツキオリ》リサが初めて体操競技というものに触《ふ》れたのは、二〇四〇年の夏季オリンピックだ。

当時、リサは八歳になったばかりで、まだまだテレビの子供向けアニメに夢中だったから、夏休み中の父親がずっとリビングのウォールテレビを占領《せんりょう》しているのが不満で仕方なかった。

しかし、文句を言っても気むずかしい父親を怒《おこ》らせるだけなので、我慢《がまん》して興味もないオリンピック中継《ちゅうけい》を毎日見ていた。

父親が大いにエキサイトしていたサッカーも、柔道《じゅうどう》も、陸上競技も何が面白《おもしろ》いのかまるで解《わか》らなかったのに、その人が画面に映った瞬間《しゅんかん》、リサの眼《め》は釘付《くぎづ》けになった。

女子器械体操、種目は跳馬《ちょうば》。ほっそりした白いレオタードの選手は、まだ十代のルーマニア代表だった。

父親には興味の薄《うす》い種目だったらしくトイレに立っていたし、母親は買い物に出ていたのでリビングにいるのはリサ一人だった。テレビのこちら側も向こう側も静寂《せいじゃく》に包まれ、その中ですっと右手を挙げた女子選手は、不思議な仕草でタイミングを計ってから、真っ青な助走路をしなやかに走り始めた。

上体はまっすぐに起こされ、腕《うで》の振りも最小限なのに、ぐんぐん加速していく。ロイター板

（という名前は後になって知った）を激しく踏《ふ》み込み、跳馬《ちょうば》を両手で突き放して、跳躍《ちょうやく》。

その瞬間《しゅんかん》、リサには、選手の背中から白い羽根が伸びたように見えた。

すぐに膝《ひざ》を両手で抱《かか》え込み、前方に回転を開始。一回、もう一回、もう一回……そしてもう一回。

マットに突き刺さるように着地すると、その場所から一歩も動かずにすっくと体を伸ばし、両手を高々と突き上げる。会場全体を、凄《すさ》まじい歓声《かんせい》が包む。

リサはぽかんと口を開けたまま、スローモーションのリプレイ映像に見入った。

体育の時間に、六段の跳《と》び箱《ばこ》を跳《と》べたのは、クラスの女子ではリサだけだ。それがひそかな自慢《じまん》だったのに、白レオタードの選手は、リサの何倍も何倍も高く……まるで空に届きそうなほど高く跳《と》びながら、スロー映像でも眼《め》が追いつかないほどの勢いで回転し、完璧《かんぺき》に着地した。人間の動きとは思えなかった。

実況《じっきょう》のアナウンサーは、興奮の極《きわ》みにあるような掠《かす》れ声《ごえ》で、その技《わざ》を《前転とび前方かかえ込み三回宙返り》と表現していた。最初に一回前転するので、実質的には四回宙返り。同じ動きの三回宙返りには《プロドノワ》という名前があるが、四回宙返りにはまだ名前がなかった。なぜなら、そのルーマニアの選手が、世界で初めて披露《ひろう》し、成功させた技《わざ》だったからだ。

後日、技《わざ》にはその選手の名前がつけられた。

しかしそれ以降、二〇四四年のオリンピックでも他の大会でも、跳馬《ちょうば》の四回宙返りを成功させた選手は現れていない。名付け親となった本人も含《ふく》めて。なぜなら彼女は、リサを魅了《みりょう》したまさにその跳躍《ちょうやく》で右足首を骨折し、数ヶ月後に現役《げんえき》を退いてしまったからだ。

選手と技《わざ》の名前は《ラコヴィッツァ》。

リサが、体操選手の道に進むきっかけになった技《わざ》。

まだ幼かったあの日、いつか必ず跳《と》ぶと心に誓《ちか》った技《わざ》――。

1

「フィジカル・フル・バースト……？」

教えられたばかりのコマンドをリサが鸚鵡返《おうむがえ》しに呟《つぶや》くと、眼前の女性型《F》デュエルアバターは苦笑《くしょう》するようにフェイスマスクの口許《くちもと》を持ち上げた。

「ウンキー、ＢＢ関連のコマンドを口に出す時は、まず一回、それを唱えていい状況《じょうきょう》かどうか考えること。もしここがリアルワールドで、あんたがレベル9だったら、いまのでコマンドが発動して、バーストポイントが九十九パーセント消えてたぞ？」

「あ……そうか」

反射的に口を右手で覆《おお》い、しかしすぐにその手で相手を指さす。

「ていうかミモちゃん、その《ウンキー》っていうのやめてって言ってるでしょ」

「えー、可愛《かわい》いじゃんか。それにアバターネームが《Ｕｎｃｉａ《ウンキア》》なんだから、あだ名つけるならウンキーしかないだろー」

「いやいやいや、しかなくないし。そもそも可愛《かわい》くないし」

びしっと否定し、リサは反論を続けた。

「確かにブレイン・バーストが私にくれた名前は《Ｎｉｔｒｉｄｅ　Ｕｎｃｉａ》だけどさ、

それをどう読むかは本人の自由、でしょ？　このあいだ世田谷《せたがや》第二で会ったチョコ色の子も、名前を正確に読めば《チョコレート・パペッティアー》だけど、可愛《かわい》くないから《ショコラ・パペッター》って名乗ってるって言ってたじゃない。だから私も、《ナイトライド・ウニカ》なの！」

「いやまあ、あたしも、ある程度は自由にしていいと思うけどさあ……」

再び苦笑いするF型アバターの名前は《ミモザ・ボンゴ》。

ミモザは植物のニセアカシア、ボンゴはアフリカ中部に生息する偶蹄目《ぐうていもく》の草食動物だという。その名のとおり、デュエルアバターも装甲《そうこう》にトゲを隠《かく》した牛角《うしづの》少女という感じの外見なのだが、本人はウシ要素を薄《うす》めていきたいらしく、ミモザではなくボンゴと呼ばれるとすぐにむくれてしまう。

という自分のこだわりはおくびにも出さず、ミモザが言った。

「それにしたって限度はあるっしょー。《Ｕｎｃ·ｉａ《ユーエヌシーアイエー》》を《ウニカ》って読むのは、さすがに無理なくない？」

「なくなくない！　……そんじゃミモちゃん、《ウンキア》って十回言ってみて」

「ウンキアウンキアウンキアウンキアウンキアウンキアウンキアウンキアウンキアウンキア」

「《Ｕｎｃ·ｉａ》ってどう読む？」

「ウンキア」

「ぐぬう……………」

悔《くや》しがるリサを見て、ミモザはひゃひゃひゃと愉快《ゆかい》そうに笑う。

リサのアバターネームの上半分、《ナイトライド》は窒化物《ちっかぶつ》という意味だ。そして下半分の《ウンキア》改め《ウニカ》はユキヒョウのこと。ミモザと同じ動物系デュエルアバターだが、出し入れ可能な鉤爪《かぎづめ》と弾力《だんりょく》のある肉球つきの手足、三角形の耳と長い尻尾《しっぽ》は、ネコ科の猛獣《もうじゅう》を思わせる。

散々笑ったミモザは、むくれモードのリサの猫耳《ねこみみ》を宥《なだ》めるようにフニフニしてから、視線をステージの彼方《かなた》へと向けた。

二人が並んで座っているのは、世田谷《せたがや》第一エリアにそびえ立つ岩山の頂上。現実世界の同じ場所には、《キャロットタワー》という高層商業ビルが存在する。

前世紀の末ごろ、三軒茶屋《さんげんぢゃや》駅前《えきまえ》に建設されたキャロットタワーは、高さ百二十四メートル。新東京都庁舎《しんとうきょうとちょうしゃ》に代表される、五百メートルクラスの次世代型超《ちょう》高層ビルが増えてきた昨今では決して高いとは言えない建築物だが、住宅地ばかりの世田谷《せたがや》エリアでは充分《じゅうぶん》に見晴らしを楽しめる。

ステージ属性は《黄昏《たそがれ》》で、茜色《あかねいろ》に染まった西空には箱根《はこね》や丹沢《たんざわ》の山々、そして富士山《ふじさん》がくっきりと浮《う》き上がる。通常対戦ステージにはエリア境界があるので地平線までは行けないが、いつか壁《かべ》のない無制限中立フィールドで、沈《しず》む太陽を追いかけてひたすら走り続けてみたいと思う。もっとも、ようやくレベル6に到達《とうたつ》したばかりのリサでは、巨獣級《ビーストきゅう》エネミーはもちろん野獣級《ワイルドきゅう》にすら単独では勝てないので、無制限中立フィールドを気ままに走れるようになるのはまだまだ先の話だが。

その想念によって思考が引《ひ》き戻《もど》され、リサは教わったばかりのコマンド名をもういちど口にした。

「フィジカル・フル・バースト……現実世界で、生身の体を百倍に加速するコマンドかぁ……。ちょっと信じられないなあ、BBプログラムにそんな力があるなんて……」

「まー、あたしも実際に誰《だれ》かがそれを使うとこを見たわけじゃないし、噂《うわさ》で聞いただけなんだけどさ」

そう言って肩《かた》をすくめるミモザ・ボンゴは、リサと同じレベル6。リサにBBプログラムをインストールしてくれた《親》であり、現実世界では同じ体操部に所属する一学年上の先輩《せんぱい》でもある。つまり草食獣《そうしょくじゅう》の《親》から肉食獣《にくしょくじゅう》の《子》が生まれてしまったわけだが、ミモザ曰《いわ》く親子揃《そろ》って動物系になること自体が相当に珍《めずら》しいらしい。しかもどちらも走力と跳躍力《ちょうやくりょく》に特化したアバターで、そういう意味では似たもの親子だと言えるだろう。

「……でも、夢があるだろ？　現実世界で、百倍の速さで走れるんだぜ。《ラコヴィッツァ》の四回転どころか、五回転、六回転だって跳《と》べるかもよ」

にやっと笑いながらそう言われ、リサも思わず想像してしまう。

リサは、女子体操四種目の中では跳馬《ちょうば》を最も得意としているが、四回転どころか三回転の《プロドノワ》も大会で跳《と》べるほどの成功率には達していない。ミモザの得意種目はゆかだが、やはりG難度技《わざ》で苦労しているようだ。

リサがいま中学三年生、ミモザが高校一年生なので二人ともまだ伸びしろはあるはずだが、早い子は高一で日本体操協会のナショナル選手になる。

選考基準はシンプルで、毎年春に開催《かいさい》される《全日本体操競技個人総合選手権大会》か、夏に開催《かいさい》される《全日本体操種目別選手権大会》の上位入賞者がナショナル選手に指定される。リサもミモザもすでにジュニア強化選手には選ばれているのだが、二〇四八年――つまり来年のオリンピック出場を目指すなら、今年度のナショナル選手になることが必須《ひっす》条件だ。しかし二人とも、春の大会では惜《お》しいところで指定を逃《のが》してしまった。

次のチャンスである夏の種目別選手権は、二ヶ月後に迫《せま》っている。

跳馬《ちょうば》種目でのリサの、唯一《ゆいいつ》にして最大の弱点は助走だ。跳馬《ちょうば》は助走でしっかりスピードに乗りつつ、ロイター板をちゃんと踏《ふ》み抜かなければ高さが出せない。しかしリサは、踏《ふ》み切《き》りにばかり意識が行きすぎて、タイミングを合わせようとするあまりに助走のスピードが落ちてしまうのだ。

もし、百倍の速さで走れたら。

二十五メートルの助走路を豹《ひょう》のように駆《か》け抜け、鳥のように空へ羽ばたけたら……。

両眼をつぶり、その瞬間《しゅんかん》を想像していると、隣《となり》でミモザが呟《つぶや》いた。

「けどまあ、フィジカル・フル・バーストが実在するとしても、ポイントを九十九パーセントも消費したらまず間違《まちが》いなく全損《ぜんそん》しちゃうだろうし、使えても一度きりだよな……。バーストリンカーじゃなくなることと引《ひ》き替《か》えに、たった一度だけ超《ちょう》高難度の大技《おおわざ》を跳《と》べてもしょーがないよなあ……」

自分に言い聞かせるようなその言葉に、リサは我知らずかぶりを振っていた。

「そうかな……」

「え……？」

「私は、たった一度だけでも……それで何もかもをなくしちゃうんだとしても、あんなふうに跳《と》べるなら跳《と》んでみたい気もする……」

「オリンピックでたった一度だけ奇跡《きせき》の四回転を跳《と》んで、すぐ引退しちゃったラコヴィッツァ選手みたいに、か？」

少しだけ低くなったミモザの声に、はっと眼《め》を見開く。

隣《となり》を見やると、日頃《ひごろ》はひょうきんで優《やさ》しくて頼《たの》もしい《親》のフェイスマスクには、いつになく厳しい色が浮《う》かんでいた。

「確かにラコヴィッツァはすげーよ。いや、凄《すご》かったよ。三回転技《わざ》でさえ跳《と》ぶ選手がほとんどいなかった時代に、四回転技《わざ》に挑戦《ちょうせん》して着地まで完璧《かんぺき》に決めてみせたんだからさ。……けど、もともと跳馬《ちょうば》は着地の衝撃《しょうげき》が全種目で最大なんだ。四回転の着地で故障する危険があるのは、ラコヴィッツァ自身も解《わか》ってたはずだ……いや、オリンピック前からトラブルを抱《かか》えてたって可能性もある。もし、選手生命と引《ひ》き替《か》えにたった一度きりの栄光を求めたんだとしたら……あたしはそんな挑戦《ちょうせん》、認めたくない。スポーツは、そういうもんじゃないはずだろ……」

最後はほとんど囁《ささや》き声《ごえ》になりながらもそう言い切ると、ミモザは抱《かか》えた両膝《りょうひざ》の上に顔を伏《ふ》せてしまった。

ミモザの言いたいことは、リサにもよく理解できた。二人が通っているのは中高一貫《いっかん》の私立女子校で、中等部高等部合同の器械体操部は伝統ある強豪《きょうごう》クラブだ。顧問《こもん》教師のほかに三人のコーチを雇《やと》っていて、中でもヘッドコーチはオリンピック出場経験もある有名選手なのだが、膝《ひざ》の故障に苦しめられ、メダルにあと一歩及《およ》ばず現役《げんえき》を引退した、という経歴を持っている。「アスリートは怪我《けが》しちゃダメ」が口癖《くちぐせ》で、練習の前と後のストレッチで手を抜いたりするとこっぴどく怒《おこ》られる。

《スポーツ》の語源は《デポルターレ》というラテン語で、《憂《うれ》いを離《はな》れる》＝《気晴らしをする、遊ぶ、楽しむ》という意味らしい。原義を尊重するのなら、名声や金銭を求めて体に無理をさせ、怪我《けが》をしてしまうのは本末転倒《ほんまつてんとう》というものだろう。

でも、とリサは思う。

でも、楽しいから、という理由だけで続けていけるスポーツ選手が、世の中にどれほどいるものだろうか。楽しければいいなら、大会に出る必要などないはずだ。みんな何かを背負って、何かを求めて、自分の限界に挑戦《ちょうせん》し続けている。きっとルーマニアのラコヴィッツァ選手も、あの時、絶対に跳馬《ちょうば》で四回転を跳《と》ばなくてはならなかったのだ。どんな理由があったのかは、リサには解《わか》らない。でも、どうしても……たとえ選手生命と引《ひ》き替《か》えることになろうとも、というその気持ちは、ほんの少しだけ解《わか》る気がするのだ……。

「……………ミモちゃん」

体を丸めたままのミモザ・ボンゴの背中に右手を触《ふ》れさせ、リサは囁《ささや》きかけた。

「大丈夫《だいじょうぶ》、私は怪我《けが》しないよ。いつか必ず四回転を成功させてみせる……でもその一回限りで引退したりしない。そうでなきゃ、ラコヴィッツァ選手を超《こ》えたことにはならないもん」

すると、数秒してからミモザはゆっくり顔を上げ、鼻のあたりを指先でごしごし擦《こす》ってから言った。

「おう、約束だぞ。あと、万が一、まかり間違《まちが》ってレベル9になっても、フィジカル・フル・バーストは使うなよ」

「あのねえ……そのコマンドのこと、教えてくれたのはミモちゃんじゃない」

苦笑《くしょう》しながら言うと、ミモザは軽く頰《ほお》を膨《ふく》らませる。

「それは……ブレイン・バーストにはまだまだ色々ヒミツが隠《かく》されてるって知ったら、ウニカが加速世界でも、もうちっとハングリーに戦ってくれっかなーって思ったんだよ」

「えー、マジメに戦ってると思うけどなあ……」

リサがミモザからBBプログラムを貰《もら》ったのは小学校六年生の時だ。三年足らずでミモザと同じレベル6まで到達《とうたつ》したのだから、早いとは言えずともまずまずのペースではなかろうか。

という思考を読んだかのように、ミモザはリサの脇腹《わきばら》を軽くつついた。

「あのなー、あたしがレベル6で止まってんのは、レベル7……つまりハイランカーになると狙《ねら》われたり誘《さそ》われたりしていろいろ面倒《めんどう》だから、だかんな。上がる気があるなら、もう7にはなれるんだぞ」

「えっ、ほんと？　じゃあ、レベル9まであとたった2つじゃない」

すると、牛角《うしづの》アバターはずこっと腰《こし》を滑《すべ》らせ、危《あや》うく屋上の縁《へり》から百二十四メートル離《はな》れた地面に落下しそうになったが、さすがのバランス感覚で踏《ふ》み留《とど》まって盛大《せいだい》なため息をつく。

「あのな〜、レベル8もめちゃめちゃ大変だけど、レベル9ってのはめ〜っちゃめちゃめちゃ大変なの！　加速世界に、たったの七人しかいないんだぞ！」

「知ってるよ、《純色の七王》でしょ。ミモちゃんもそこに加わって八王になっちゃえばいいじゃない。でもそしたら何の王になるんだろうね……牛の王？」

「ボンゴは牛じゃないし！　羚羊《レイヨウ》の仲間だし！」

「じゃあ羊の王」

「レイヨウは羊じゃないし！　ウシ目ウシ科ウシ亜科《あか》だし！」

しまったという顔になったミモザは、ごまかすように何度か咳払《せきばら》いしてから、ふと真剣《しんけん》な顔になった。

「あ…………」

「やっぱ牛じゃん」

「……まあ、あたしのことはいいよ。それより、ウニカ……いや、リサ」

珍《めずら》しく加速世界で本名を呼ばれ、リサもにやにや笑いを引っ込めた。ミモザは両手を伸ばし、リサの肩《かた》を摑《つか》むと、ひと言ひと言を嚙《か》み締《し》めるように告げた。

「……あたしがあんたにBBをあげたのは、この世界はあんたが思ってるより、ずっとずっと広いんだってことを知って欲しかったからなんだ」

「世界っていうのは……加速世界のこと？」

「違《ちが》う。加速世界と現実世界をひっくるめた、で〜っかい世界だよ。……確かにあたしらは体操選手で、ジュニア強化選手にも指定して貰《もら》ってて、体操部のコーチとかチームメイトとか協会の人とか、何より家族の期待に応えなきゃなんない。でもさ、そのことばっか考えてると、他のものが見えなくなっちゃうんだ。世界には、たった十五、六年しか生きてないあたしらが知らないことがいっぱい、いっぱいある。このブレイン・バーストみたいな、クッソとんでもない秘密がまだまだ隠《かく》れてる。そのことだけは……忘れないでくれよな」

リサの両肩《りょうかた》に置いていた手を持ち上げてぽんと叩《たた》き、照れくさそうに笑うミモザに、リサはゆっくり頷《うなず》き返した。

「うん……解《わか》った」

「よし。そんじゃ、キツイ練習に戻《もど》るとすっか」

その言葉に視線を上げると、対戦時間は残り二十秒を切っていた。二人は部活の休憩《きゅうけい》時間に加速したので、このステージを出ればそこは学校の体育館だ。

「うん、後半もがんばろ」

ミモザにそう答えると、リサは瞼《まぶた》を閉じ、精神の減速に備えた。

2

「……ねえママ、ほんとに毎日迎《むか》えにきてくれなくてもいいよ。うちから学校まで、そんなに遠くないんだからさ」

これを言うのは何度目だろう、と思いながら、リサは隣《となり》でミニバンのハンドルを握《にぎ》る母親に話しかけた。

リサの学校がある千歳烏山《ちとせからすやま》から、自宅最寄《もよ》りの三軒茶屋《さんげんぢゃや》までは、京王線《けいおうせん》と東急世田谷線《とうきゅうせたがやせん》を乗《の》り継《つ》いで三十分だ。体操部には、一時間以上かけて電車で通っている生徒も少なくないので、中学三年生にもなって毎日車で迎《むか》えにきてもらうのはいかにも気恥《きは》ずかしい。

しかし母親は、ほんの一瞬《いっしゅん》だけリサに視線を向けると、耳にまとわりついてくるような早口でまくし立てた。

「何言ってるの、りぃちゃんは日本代表選手の候補なのよ？　満員電車に乗ったりして、怪我《けが》でもしたらどうするの。ほんとは、行きだって電車に乗ってほしくないのよ」

「やめてよ、まだジュニア強化選手なんだから……」

小声で反駁《はんばく》すると、たちまち倍の言葉が返ってくる。

「大丈夫《だいじょうぶ》よ、七月の種目別大会で、りぃちゃんなら絶対にナショナル選手に指定されるわ。

今日だって、尾島《オジマ》コーチにあんなに褒《ほ》められてたじゃない」

「尾島《オジマ》さんはいつも褒《ほ》めるんだよ。阿東《アトウ》ヘッドコーチだったらぼろくそ怒《おこ》られてたよ……」

ロードノイズに紛《まぎ》れるほどの音量で呟《つぶや》き、ジャージのジッパーを首許《くびもと》まで引っ張り上げる。シートを少しリクライニングさせ、眼《め》を閉じて言う。

「ごめんママ、家までちょっと寝かせて」

「いいわよ、じゃあゆっくりめに運転するわね」

そう言った母親がアクセルを緩《ゆる》めかけたので、慌《あわ》ててかぶりを振る。

「大丈夫《だいじょうぶ》、ふつうでいいから。ふつうに運転して」

以前、眠《ねむ》ってしまったリサに気を遣《つか》うあまり、世田谷通《せたがやどお》りを法定速度より十キロも遅《おそ》く走ってクラクションを鳴らされたことをまったく気にしていないらしい。いっそ自動運転モードにすればいいのに……と思うが、母親にはAIの運転さえも不安なようだ。

オリンピックに出るという途方《とほう》もない夢を、子供の頃《ころ》から応援《おうえん》し続けてくれていることにはもちろん感謝している。

器械体操は新体操やバレエほどには費用はかからないし、学校の体操部なので部費も月千円だが、そこにプロテクターやウェア等《など》の用品代、大会の遠征費《えんせいひ》などを加えれば毎月それなりの出費となる。ジュニア強化選手に指定されてからは強化費を支給して貰《もら》えるようになったが、親の協力がなければ続けていけないことは間違《まちが》いない。

しかしこの頃《ごろ》、母親の入れ込み具合が普通《ふつう》ではなくなってきているような気がするのだ。

ネットに上がっているあちこちの大会の動画を見ては「この子は脚《あし》がきれいじゃない」だの「肉が付きすぎてる」だのと文句をつけ、いっぽうでリサがスナック菓子《がし》やジャンクフードを買い食いしようものなら烈火《れっか》の如《ごと》く怒《おこ》る。リサの演技にもあれこれ注文をつけようとするし、最近では学校の体操部を辞《や》めさせて、有名な体操クラブに移籍《いせき》させたいと考えている気配すらある。

まるで、リサと自分を同一視しているかのように。

もしそうなら――。助手席で体を左に傾《かたむ》け、瞼《まぶた》をぎゅっとつぶりながらリサは考える。

リサがこのままナショナル選手になれず、壁《かべ》を破れないまま体操を辞《や》めざるを得なくなった時、母親は何と言うだろうか？　これまでの頑張《がんば》りを労《ねぎら》い、新しい目標探しを応援《おうえん》してくれるだろうか？　それとも……リサをも捨てようとするのだろうか？　ずっと昔、社内不倫《ふりん》をして大手企業《きぎょう》を解雇《かいこ》された父親を、あっさり見限って家から追い出した時のように……？

ぶるり、と小さく体を震《ふる》わせた途端《とたん》、いつもの優《やさ》しい声が聞こえた。

「あら、ちょっと寒かった？　ごめんねりぃちゃん、エアコン入れるわね」

その言葉に、リサはもう返事をしなかった。

厳密に栄養やカロリーが計算された夕食を食べ、日課の柔軟《じゅうなん》と筋トレを母親の監視《かんし》のもとにこなしたリサは、浴室でようやく一人になれた。

世田谷区太子堂《せたがやくたいしどう》の自宅は、もともと母親の両親が住んでいた家を壊《こわ》して新築した一戸建てだ。祖父母ともリサが生まれる前に亡《な》くなったので、リサにおじいちゃん、おばあちゃんの記憶《きおく》はない。父方の祖父母は健在のはずだが、両親が離婚《りこん》して以来会っていないし、メールや電話も禁じられている。

浴室は、家を建てる時に父親が唯一《ゆいいつ》希望を譲《ゆず》らなかった場所だということで、ユニットバスだがかなり広い。浴槽《よくそう》も大きく、中三では背が高いほうのリサも両脚《りょうあし》をまっすぐ伸ばすことができる。

ぬるめのお湯に浸《つ》かりながら両脚《りょうあし》を丁寧《ていねい》にセルフマッサージする時間が、リサが一日で最もリラックスできる瞬間《しゅんかん》だ。入浴時の事故を心配する母親の指示で、心拍《しんぱく》や血圧をモニターするために体を洗う時以外ニューロリンカーを外せないが、カメラで監視《かんし》されるよりはよほどいい。優《やさ》しく筋肉を揉《も》みほぐしてから、バスタブに背中を預けて両脚《りょうあし》を伸ばす。

中三の女子なら、こんな時は好きな男の子のことを考えたりするものなのかもしれないが、あいにくリサにそういう相手はいない。小学生の時にクラスの男子から一度、女子校に入ってからも他校の体操部の男子に一度告白されたが、まったくその気になれずにごめんなさいしてしまった。

恋愛《れんあい》に興味が持てないのは、体操選手だからか、それともバーストリンカーだからなのか。

体操部には恋愛禁止《れんあいきんし》という暗黙《あんもく》のルールがあるが、隠《かく》れて他校の男子と付き合っている部員がいないわけではない。いっぽう、加速世界でカップルらしきリンカーを見たり、噂《うわさ》を聞いたりしたことはただの一度もない。

もしかしたら、ブレイン・バースト・プログラムは、思考を千倍に加速するのと引《ひ》き替《か》えに使用者の恋愛《れんあい》エネルギーを減衰《げんすい》させるのかもしれない。そうだとしてもいまのところ特に困るわけではないが、将来的にはどうなんだろう……と首までお湯に沈《しず》みながら考える。

女子の体操選手は、二十歳《はたち》前後にピークが訪《おとず》れ、二十代後半で引退する場合が多い。現在はドーピングと見なされているマイクロマシン賦活療法《ふかつりょうほう》が許可されれば、選手生命は飛躍的《ひやくてき》に伸びるだろうが、国際的な議論が決着するのにあと十年はかかりそうだ。

リサはいま十五歳。十年後に引退するとして……その後は何をするのだろうか？　クラブのコーチたちのように指導者を目指す？　あるいは体操からは完全に離《はな》れて、新たな生活を送る……？

いかなる進路を選ぶにせよ、自分が誰《だれ》かと付き合って、結婚《けっこん》して、子供を作って……という未来図はまったく想像できない。そうしたいという願望もない。

ミモザには「広い世界を見ろ」と言われてしまったが、やはりリサの中にはオリンピックで四回転技《わざ》のラコヴィッツァさえ跳《と》べれば、その先はどうなってもいい……という気持ちがある。七年前のあの日、ルーマニアの少女が世界でたったひとりだけ見た景色を、自分も見てみたい。

ただそれだけを願って、ひたすらに努力してきたのだから。

チチッ、チチッ、とニューロリンカーのアラームが鳴った。血圧が安全設定値を超《こ》えたのだ。立《た》ち眩《くら》みを起こさないよう気をつけて立ち上がり、浴槽《よくそう》から出てバススツールに座る。まとめていた髪《かみ》を解き、ぬるめのシャワーを全開にして頭からかぶる。

まとわりつく余計なあれこれを、全部押し流してしまいたい。母親が向けてくる重い期待も、自分自身に対する不満や不安も。

以前は、風呂《ふろ》に入ればその日いちにちで溜《た》め込んだネガティブな想念はとりあえずリセットできた。しかし四月の個人総合選手権でナショナル選手の指定を逃《のが》し、七月の種目別選手権が近づくにつれ、お湯を浴びるだけでは気分を切《き》り替《か》えられなくなってきている。

シャワーを浴びたままニューロリンカーをグローバル接続すると、水流の中で眼《め》を閉じて、呟《つぶや》く。

「……バーストリンク」

視界全体が透《す》き通《とお》ったブルーに染まり、無数の水滴《すいてき》が空中でほぼ静止する。同じように凍《こお》り付《つ》いた生身の肉体から、リサの魂《たましい》は妖精《ようせい》ふうのアバター姿で抜け出す。

《親》のミモザは、ブレイン・バースト・プログラムが作り出すこの《初期加速空間《ブルー・ワールド》》を、ソーシャルカメラの映像から自動生成されたVR空間なのだと説明した。しかしそのわりには、ソーシャルカメラなどあるはずもない自宅の浴室で加速しても、プログラムは凄《すさ》まじい精度で現実世界を再現する。恐《おそ》らくは、ニューロリンカーの内蔵カメラを利用しているのだろうが、レンズの視界外にあるリサの体までリアルに生成するのだから恐《おそ》ろしい。

自分の背中を仔細《しさい》に眺《なが》め、大会までにあと一キロくらい絞《しぼ》らないと……などと考えてから、ブレイン・バーストのマッチングリストを開く。

リサの自宅がある太子堂《たいしどう》は、世田谷《せたがや》第一エリアに属している。過疎《かそ》エリアと言われる世田谷区の中では、対戦の盛《さか》んな渋谷《しぶや》第二エリアに近いので、夕方から夜にかけての時間帯なら対戦待ち受け中のバーストリンカーが一人もいないということはない。

予想どおり、リストには八人の名前があった。その中から、これまでに何度も対戦したことのある同レベルの相手を選び、乱入。

青い凍結《とうけつ》世界が炎《ほのお》に呑《の》まれて溶《と》け崩《くず》れ、リサの意識を新たなステージへと運ぶ。

雪豹《ゆきひょう》モチーフのF型アバター《ナイトライド・ウニカ》が降り立ったのは、あらゆる建物が謎《なぞ》の生産施設《しせつ》に変貌《へんぼう》する《工場》ステージだった。暗い空の下、どこまでも広がる工業地帯がガッチャンガッチャンプシュープシューと巨大《きょだい》な歯車やピストンやコンベアを動かし、無数のサーチライトが雲の底を丸く照らし出す。

リサが立っているのも小さな工場の屋根上で、これはもちろん自宅が変貌《へんぼう》した姿だ。ここでぼんやりしていると自宅がリアル割れする危険があるので、視界下部のガイドカーソルが示す方向へと移動を開始する。

工場の屋根から屋根へと飛び移りながら、無害そうなオブジェクトを両手の鉤爪《かぎづめ》で引《ひ》き裂《さ》き、必殺技《ひっさつわざ》ゲージを溜《た》めていく。半分チャージされた瞬間《しゅんかん》、最低限のボリュームで叫《さけ》ぶ。

「《シェイプ・チェンジ》！」

途端《とたん》、アバターを白い光が包む。両腕《りょううで》、両脚《りょうあし》はより逞《たくま》しく、胴体《どうたい》はよりしなやかに。勝手に体が前傾《ぜんけい》していき、両手が屋根に触《ふ》れる。

動物系デュエルアバターの真骨頂たる《ビーストモード》になったリサは、走行スピードを一段階引き上げる。ただの一度も道路に降りることなく、どんなに広い道も軽々と飛《と》び越《こ》えて、夜の対戦ステージを駆《か》け抜けていく。

——現実世界でも、こんなふうに走れたら。こんなふうに跳《と》べたら。

ふとそんな考えが頭を過《よぎ》るが、すぐに振《ふ》り払《はら》い、ひたすら疾駆《しっく》する。対戦する時くらいは、体操のことも母親のことも忘れたい。いまはただ無心に走れればそれでいい——もっと速く、もっと遠く……。

けれど、全開ダッシュはほんの数十秒しか続かなかった。行く手に京王井《けいおうい》の頭線《かしらせん》の高架《こうか》と、下北沢駅《しもきたざわえき》が変貌《へんぼう》した大型工場が見えてきたのと同時に、ガイドカーソルが消えたのだ。

しかしリサは、消える寸前のカーソルが小刻みに振動《しんどう》したのを見逃《みのが》さなかった。対戦相手が自分より高い場所にいる時特有の動き。屋根を移動してきたリサの上を取れるほど高い建物は、二〇三〇年代に再開発された駅前のショッピングモールしかない。

足を止めることなく、リサはモールが変じた工場の外壁《がいへき》に飛びつくと、ダクトやパイプ類を足がかりに壁《かべ》を登り始めた。現実世界のモールはガラス張りのお洒落《しゃれ》な建物なので、そのまま再現されればビーストモードでも壁登《かべのぼ》りは難しいが、凹凸《おうとつ》だらけの工場ステージならリサにはアスレチックのようなものだ。

ほとんど走るようなスピードで垂直の壁面《へきめん》を駆《か》け抜け、モールの屋上に飛び出そうとした、その瞬間《しゅんかん》。

何やら丸くてきらきらするものが、頭上から狙《ねら》い澄《す》ましたように落下してきたので、リサは慌《あわ》てて横っ飛びに回避《かいひ》した。

尻尾《しっぽ》の先を掠《かす》めながら振り下ろされたのは、直径五十センチ、長さ八十センチはありそうな円筒《えんとう》に細長い柄《え》がついた、巨大《きょだい》なハンマーだった。一秒前までリサが足場にしていたダクトを直撃《ちょくげき》すると、耳障《みみざわ》りな金属音とオレンジ色の火花――の代わりに、やたらポップな効果音と色とりどりの星形エフェクトを撒《ま》き散《ち》らす。ハンマーはハンマーでも、子供向けのオモチャのような《ピコピコハンマー《スクイーキー》》なのだ。

しかし威力《いりょく》はオモチャの比ではなく、ダクトはひとたまりもなく壁《かべ》から剝《は》がれて落下する。それを視界の左端《ひだりはし》で捉《とら》えながら、リサは別のパイプを足場に再びジャンプし、今度こそ屋上に着地する。

「さっすがウニウニ、いまのをさくっと避《よ》けるか〜。完全に視界外から攻撃《こうげき》したつもりなんだけどなぁ～」

そんなボヤキとともにピコピコハンマーを構え直したのは、小柄《こがら》な少女型アバターだった。あちこちにリボンがくっついている、フレアドレス型の装甲《そうこう》。ツインテール型のヘアパーツにも大きなリボン。胸にはほうき星を象《かたど》った巨大《きょだい》なペンダントが光り、左肩《ひだりかた》には何やら得体の知れない小動物型アクセサリーパーツがくっついている。

端的《たんてき》に表現するなら《魔法少女《まほうしょうじょ》》と呼ぶしかないデュエルアバターの名前は、《コメット・スクイーカー》。渋谷《しぶや》、目黒《めぐろ》、品川《しながわ》エリア全域に加えてこの世田谷《せたがや》第一をも支配している巨大《きょだい》レギオン、グレート・ウォールのメンバーだ。

見た目は可愛《かわい》らしいが、戦闘力《せんとうりょく》は可愛《かわい》くない淡青色《コメット・ブルー》の魔法《まほう》少女に油断なく対峙《たいじ》しながら、リサは答えた。

「コメっちのその武器《ピコハン》、振り始めから光るのが良《よ》し悪《あ》しだよね。かっこいいけどこういう暗いステージだと目立ちすぎて、奇襲《きしゅう》には向かないよ」

「うぬぅ～、確かに。でもそこは譲《ゆず》れないね！　キラキラお星様はボクのアイデンティティーだしっ！」

そう言い切ったコメットが左手を持ち上げ、顔の前で横向きにブイサインを決めると、それだけで小さな星が飛び散る。魔法《まほう》少女な外見とこの所作に加えて、アニメの声優もやれそうな甘酸《あまず》っぱい超《ちょう》ハイトーンボイス、そして一人称《いちにんしょう》が《ボク》と来れば男のバーストリンカーにはファンが多いいっぽうで女子リンカーへの受けは必ずしもよくない……というかあからさまに嫌《きら》っている者も少なくないのだが、なぜかリサとは昔からウマが合う。

「そっちの質問に答えたんだから、私にも教えてよ。視界外から、どうして私が屋上に近づくタイミングが解《わか》ったの？」

お返しとばかりに訊《たず》ねると、コメットは「うにゅにゅ……」と唸《うな》ってから、ちらりと周囲を見回し、頷《うなず》いた。

「ギャラリーもいないし、まあいっか！　実はボク、ついにレベル6ボーナスを取ったんだよね〜」

「ええ!?　い……いまごろ!?」

思わず叫《さけ》んでしまう。コメットがレベル6に上がったのは、リサと同時期――三ヶ月近くも前だったはずだ。

いちどに四つも提示されるレベルアップ・ボーナスを決めるのは確かになかなか大変だが、普通《ふつう》はどんなに迷っても一週間というものだろう。長いこと引き延ばすと、すでにボーナスを取っている同レベル相手に不利な条件で戦うことになるし、新たな能力への習熟も遅《おく》れるしでいいことは何もない。

リサは三ヶ月前、レベル6のボーナスをまったく迷わずに即決《そっけつ》してしまった。というより、レベル4で《シェイプ・チェンジ》を取った時以外は、必殺技《ひっさつわざ》にも強化外装にも目もくれずに

《運動能力強化》を選び続けているのだ。もっと速く走りたい。もっと高く跳《と》びたい……それだけがリサの望みであり、ナイトライド・ウニカはその望みを叶《かな》えるために生まれてきたのだから。

いっぽうコメット・スクイーカーも、《魔法少女《まほう》》という明快なコンセプトなうえに本人の性格もきっぱりしているので、ボーナスであれこれと迷うようなキャラクターには思えない。

首を傾《かし》げながら問いかける。

「いったい、三ヶ月も何を迷ってたわけ？」

「それがさぁ……」

再び口ごもってから、コメットは自分の左肩《ひだりかた》に向けてぼそっと囁《ささや》いた。

「ほら、あんたも挨拶《あいさつ》しなさいよ」

するとーー。

リサがいままでずっと、《そういう形の装飾《そうしょく》パーツ》だと信じて疑わなかったリスのようなサルのようなウサギのような小動物が、丸くて大きな眼《め》をくりっと瞬《まばた》かせ、可愛《かわい》らしい右手をふりふりしながら言った。

「はじめましてりゅ！　コメットのおともだちの《ボレリー》だりゅ！　こんごともよろしくだりゅー！」

「…………………」

約二秒の思考停止状態からどうにか復帰すると、リサは視線をコメットの顔に戻《もど》した。

「そ……それ、喋《しゃべ》るヤツだったの？」

「いやぁ、いままではただ肩《かた》にくっついてるだけの邪魔《じゃま》なヤツだったんだけどね……。レベル6のボーナスに《オプション進化Ⅰ》ってのがあってさ。どー考えてもこいつのことでしょ？ボクも散々迷ったんだけど、好奇心《こうきしん》に負けて取ってみたら……」

と、いささか複雑そうな顔でコメットが説明した途端《とたん》。

「りゅっぴー！　ボレリーはオプションじゃないんりゅよ⁉　ゆかいでかわいくてたのもしいおともだちだりゅー‼」

と短い手足をじたばたさせてオプションが怒《おこ》った。

「………ごめんコメっち、それちょっとイラッとくる」

思わずリサが正直なコメントを口にすると、コメットも頷《うなず》いた。

「いいよ、解《わか》る」

「あーっ！　ひどいりゅー！　さっきボレリー、ちゃんとテキがきたことをおしえてあげたのりゅー！」

というオプションの猛抗議《もうこうぎ》を聞いて、リサはようやく、コメットが死角に隠《かく》れたままリサを正確に狙《ねら》えた理由を悟《さと》った。

「ああ、なるほどね。そのオプションがどっかに隠《かく》れて、私が壁《かべ》を登ってきたのをコメっちに教えたわけか」

「そゆこと」

「だから、オプションじゃないっていってるりゅ——!!」

再びじたばたしかけたオプションの丸い頭を、コメットが左手の指三本できゅっと摘《つま》む。

「ボレリー、ちょっと静かにしてて?」

「……………りゅ、りゅぴ……わかったりゅ…………」

怯《おび》えたように頷《うなず》くと、オプションは電源が切れたかのように再び動かなくなった。はーっとため息をついてから、コメットは右手のハンマーを床《ゆか》の上でコマのようにぐるぐる回しながら言った。

「……というワケなんだけど、どうする? 対戦の続き、する?」

「え——っと…………」

何度かアイレンズを瞬《まばた》かせてから、リサは答えた。

「…………なんか、びっくりしたからかな、意外とすっきりしちゃったから今日はもういいや。私から乱入したのに、ごめんね?」

「いーよいーよ、こいつが喋《しゃべ》るとこ初めて見たヒトは、だいたいそーゆー反応になるんだよ。そんじゃ、ドローにするね」

そう言ったコメットがインストを開こうとしたので、リサはふと止めてしまった。

「あ、待って、コメっち」

「ん？　やっぱ対戦する？」

「そうじゃなくて……ちょっとだけ、話していい？」

別に仲が悪いわけではないが、リサがコメットを……それを言うならミモザ・ボンゴ以外のバーストリンカーを対戦ステージでのお喋《しゃべ》りに誘《さそ》ったのはこれが初めてだ。水色の魔法少女《まほうしょうじょ》は、つぶらなアイレンズをぱちくりさせてから、にこっと笑った。

「いいよ、もちろん！　そんじゃ、ちょっと静かなとこにいこ」

雑然とした下北沢駅《しもきたざわえき》周辺から、東に一キロほど離《はな》れた駒場公園《こまばこうえん》へと移動した二人は、敷地《しきち》の中央にひっそりと建っている洋館の屋根に並んで腰掛《こしか》けた。

明治時代の華族《かぞく》のお屋敷《やしき》で、重要文化財に指定されているというチューダー様式の洋館は、工場ステージなのにほぼ元の姿のままだ。公園の三方を囲む大学キャンパスの巨大《きょだい》な校舎群はきっちり工場化しているが、騒音《そうおん》もほとんど届いてこない。

リサの右側に座ったコメット・スクイーカーは、ちらりとタイムカウントを確認《かくにん》してから、無邪気《むじゃき》に問いかけてきた。

「それで、ウニっちが話したいことってなに？」

コメットの左肩《ひだりかた》で沈黙《ちんもく》している小動物型オプションをまじまじと眺《なが》めていたリサは、突然《とつぜん》の質問に虚《きょ》を衝《つ》かれたせいか、胸中の悩《なや》みをそのまま口に出してしまった。

「あ、うん……私、最近、跳馬《ちょうば》が怖《こわ》くて……」

言ってから、しまったと思う。

《リアル割れ》はバーストリンカー最大の禁忌《きんき》だと、ミモザには繰《く》り返《かえ》し戒《いまし》められている。しかし跳馬《ちょうば》のスランプに関して説明するにはリサが体操の選手であることも教えねばならず、このあたりで器械体操部がある学校はさして多くないので、コメットがその気になればリサのリアルを割ることも不可能ではなくなる——。

と、思ったのだが。

「はぁ？　チョウバ？　……なにそれ、五虎将《ごこしょう》の顔つきヘルメットの人？」

予想外極《きわ》まるコメットの返しに、リサは軽くずっこけながら突っ込んでしまった。

「それは馬超《ばちょう》でしょ！　だいたい、顔ヘルメットなのはマンガの話だし！」

「お、詳《くわ》しいねーウニウニ。ボクは五虎将《ごこしょう》だと黄忠《こうちゅう》が好きだなー」

などとうそぶく魔法《まほう》少女を見ていると、リアル割れを警戒《けいかい》するのも馬鹿馬鹿しくなってきて、リサは苦笑《くしょう》しながら答えた。

「私は趙雲《ちょううん》。……そうじゃなくて、跳《は》ねる馬って書いて跳馬《ちょうば》。器械体操の種目の一つだよ」

「あー、あーあーあー、あのチョウバね！　知ってた知ってた！」

調子いいなあ……と思ったのも束《つか》の間《ま》。今度はコメットがにっこり笑うと、

「ってことは、ウニっちは体操部なんだね。他の、段違《だんち が》い平行棒とかゆかや平均台は怖《こわ》くないの？」

と訊《たず》ねてきた。思わず、「へえ、詳《くわ》しいね」と驚《おどろ》いてしまう。

器械体操の種目が男子と女子で違《ちが》うことくらいならまだしも、女子体操の四種目——ゆか、跳馬《ちょうば》、段違《だんちが》い平行棒、平均台をすらすらと挙げられる人はあまり多くない。そこまでの知識があるなら真面目に答えないと……とリサは背筋を伸ばし、ゆっくり頷《うなず》いた。

「うん。平行棒と平均台、それにゆかは普通《ふつう》に演技できるの。……でも、跳馬《ちょうば》だけは助走路に立った時点で、だめなふうに緊張《きんちょう》してきちゃって……」

「ふうん……。——クラブにメンタルコーチはいないの？」

そんな言葉がするっと出てくるからには、コメットも運動部に入っているのだろう。なのにいったいどうして魔法《まほう》少女に……という疑問は脇《わき》に置いて、小さく頷《うなず》く。

「いるんだけど……ちょっと相談しにくくて。緊張《きんちょう》する理由も、自分で解《わか》ってると思うし」

「昔、跳馬《ちょうば》でケガでもしたの？」

「ううん、苦手だから緊張《きんちょう》するんじゃないんだ……。ずっと、跳馬《ちょうば》は私の得意種目だったの。でも、だからかな。跳馬《ちょうば》は絶対に失敗できない、ここでいい点を取らないと、って思うようになっちゃって……」

「なるほどねえ……」

頷《うなず》いたコメットが、そのまま何やら考え始める様子なので、リサは半ば自分に向けて訥々《とつとつ》と言葉を続けた。

「……跳馬《ちょうば》は助走がすごく大事なんだけど、だからってフルスピードで走ればいいってものじゃないの。うまい人は七割、八割くらいの走りからしっかりロイター板を踏《ふ》んで、安定した演技ができる。けど……私がやりたい技《わざ》は、八割のスピードじゃ跳《と》べない。十割は無理でも、せめて九割の走りから完璧《かんぺき》に踏《ふ》み切《き》らないと、高さが足りない……」

現在のリサの目標は、前転とび前方かかえ込み二回宙返り——つまり三回転技《プロドノワ》を大会で成功させることだ。最終的な夢である四回転技《ラコヴィイツァ》より一回転少ないとはいえプロドノワも難度は最高クラスで、オリンピックでも挑戦《ちょうせん》する選手はあまりいない。リサの練習での成功率はせいぜい六割。

これでは、とても大会では使えない。種目別選手権は二ヶ月後に迫《せま》っているのだ。遅《おそ》くとも一ヶ月以内に成功率を九割まで持っていけなければ、コーチの許可が出ないだろう。

どうすれば、助走のスピードと踏《ふ》み切《き》りの正確さを両立できるのか。

その答えも、もう自分の中にある。走らなければ始まらないのだから、思い切って走るだけ。九割のスピードで助走して、ロイター板をしっかり踏《ふ》む練習をひたすら反復する以外に方法はない。

それは解《わか》っているけれど……でも走れない。八割のスピードに達した瞬間《しゅんかん》、体が反射的にリミッターをかけてしまう。それで上手《うま》く踏《ふ》み切《き》れたとしても高さが足りないので、着手後の第二空中局面で回転力を上げるために足を大きく開かざるを得ず、そのせいで着地がぴたりと決まらない。

結局、勇気が足りないのだ。

ラコヴィッツァ選手が二〇四〇年のオリンピックで見せたような勇気が、リサには備わっていないのだ……。

ネガティブな想念をリセットするために始めた対戦で、加速前より暗くなってしまっていることに気付き、リサは自嘲《じちょう》の笑《え》みを浮《う》かべつつ立ち上がろうとした。

しかしその寸前、長いこと考え込んでいたコメット・スクイーカーが口を開いた。

「方法は二つあると思うよ」

「え……ほ、方法？」

「助走の恐怖《きょうふ》を克服《こくふく》する方法」

「…………‼」

半信半疑で、魔法《まほう》少女のフェイスマスクをまじまじと覗《のぞ》き込む。

大きなアイレンズでリサの視線を受け止めながら、コメットは右手の指を一本立てた。

「一つは、本番で《フィジカル・バースト》コマンドを使うこと」

「ええーっ……⁉　む、無理だよそれは！　ポイントを九十九パーセントも消費しちゃうし、大会までにレベル9になれるわけないし、そもそも現実世界で通常の百倍のスピードなんかで走ったらさすがにおかしいと思われるよ」

慌《あわ》てて異を唱えるリサを見て、コメットは一瞬《いっしゅん》きょとんとしてから、アハハハ……と大声で笑った。

「ちがうちがう、ウニウニが言ってるのは《フィジカル・フル・バースト》のことでしょ？　ボクが言ってるのは、フルがついてない《フィジカル・バースト》だよ。レベル1から使えて、消費するバーストポイントは5……効果は、現実世界で、意識を生身の肉体に留《とど》めたまま思考だけを十倍に加速すること」

「思考だけを……十倍に……」

少し考えてから、眉《まゆ》を寄せて訊《たず》ねる。

「それってつまり、自分の動きが遅《おそ》くなるってことだよね？　それがどうして、助走の練習になるの？」

「正確には、動きが遅《おそ》くなるんじゃなくて、時間の流れが十分の一の速さに感じられるんだよ。跳馬《ちょうば》って、スタートから着地までせいぜい五秒くらいでしょ？　それが体感で五十秒になる。踏《ふ》み切りや突き放しのタイミングのシビアさが、十倍も緩和《かんわ》されるってこと」

「あ………！」

コメットの説明で、リサはようやく《フィジカル・バースト》コマンドの意義を悟《さと》った。

知覚が十倍に加速されれば、ロイター板に到達するタイミングをいくらでも微修正《びしゅうせい》できる。九割……もしかしたら十割のスピードで助走したうえで、完璧《かんぺき》に踏《ふ》み切《き》ることができるようになるというわけだ。

「すごい……BBプログラムには、そんなコマンドもあったんだね。ミモちゃんは、どうして教えてくれなかったんだろ」

感心しつつも、つい《親》への不満を漏《も》らしたリサに、コメットが再び思いがけない言葉をかけてきた。

「それは、ミモザちゃんの優《やさ》しさだよ」

「え……？」

「いったん《フィジカル・バースト》コマンドを使い始めたスポーツ選手は、ずーっとそれを使い続けるしかないの。感覚が〇・一倍速の世界にアジャストしちゃって、コマンドなしだとタイミングを合わせられなくなる。ほら、去年の夏の甲子園《こうしえん》で、本塁打《ほんるいだ》の大会新記録を出した一年生バッターがいたでしょ？　彼もバーストリンカーで、打つ時にフィジカル・バーストを使ってたんだよ」

コメットが突然《とつぜん》さらりとそんなことを言うので、リサは両目を見開いて絶句した。

野球はルールもよく知らないが、そのスーパールーキーが大いに世間を賑《にぎ》わせていたことは覚えている。ニュース番組で見かけるたびに、同じアスリートとして感嘆《かんたん》していたのだが――

よもやバーストリンカーだったとは。

しばし放心してしまってから、ふと気付く。

「え……待って、野球って、一試合で何回も打つんだよね？」

「そうだよ。四番打者だと、平均四・五打席ってとこかな」

「じゃあ、そのたびに最低一回はフィジカル・バーストしてたの……？　ってことは、一試合で二十ポイント以上も消費してたわけ⁉」

「だろうね……」

どこか切なさを噛《か》み締《し》めるような表情で、コメットは頷《うなず》いた。

屋根に立てかけてあったピコピコハンマーを持ち上げ、右手で軽く振る。そのたびに、ごく小さな星のエフェクトが宙に舞《ま》い、儚《はかな》く消えていく。

「……そのバーストリンカーは去年の秋大《あきたい》でも大活躍《だいかつやく》して、チームは今年の春のセンバツにも出たんだけど……スタメンに、彼は入ってなかったよ。ポイントが足りなくなったのか、それとも……」

コメットが口にしなかった言葉は、バーストリンカー事情に疎《うと》いリサにも想像できた。

それとも、全損《ぜんそん》してしまったのか。そう言いたかったに違《ちが》いない。

黙《だま》り込むリサの背中を、コメットが左手でぽんと叩《たた》く。

「ま、そんなワケだからさ。ボクとしては、フィジカル・バーストを使うのはオススメしない。

そこで、二つ目の方法……ほんとはこっちが本命だったんだ」

「…………また、アブナイやつじゃないでしょうね？」

気持ちを切《き》り替《か》えてそう訊《たず》ねると、水色の魔《ま》法《ほう》少女はにんまり笑う。

「リスクなきところにリターンなし！　そーだよね、ボレリー？」

コメットがちらりと左肩《ひだりかた》を見た途《と》端《たん》、いままでずっと人形のように停止していた小動物が、小さな両手を振り上げて叫《さけ》ぶ。

「もちろんだりゅ！　がんばったぶんだけつよくなれるのりゅ!!」

「…………で、二つ目って、なに？」

「シンプルイズベストだよ！　加速世界で練習するの」

「は……はあ!?」

叫《さけ》んでから、きょろきょろと周囲を見回し、最後に自分のアバターを見る。

「……でも、対戦ステージには跳《ちょう》馬《ば》もロイター板もないし……デュエルアバターも、生身の私とは違《ちが》うし……あと、ステージに入るには誰《だれ》かに乱入しなきゃだし……しかも三十分で終わりだし……」

思いつくままに問題点を列挙したが、コメットは平然としている。代わりに、オプションがぴょんぴょん跳びながら言い返してくる。

「やるまえからダメダメいってたらダメなんだりゅ！　がんばればかならずみちはひらけるん

だりゅー！」

辛抱《しんぼう》できずに、リサはボレリーに顔を近づけると、普段《ふだん》はフェイスマスクに隠《かく》れている口を大きく開き、鋭《するど》い牙《きば》を見せつけながら囁《ささや》いた。

「それ以上りゅーりゅー言ってると食べちゃうんだりゅ」

「りゅっ、りゅっぴいいい!?」

ボレリーは、大きな目を白黒させて飛び上がり、コメットの頭に着地するとブルブル震《ふる》える。それを右手で摘《つま》み上げたご主人様は、再びニマッと笑ってから言った。

「大丈夫《だいじょうぶ》、その問題点はまとめて解決できるよ。ま、跳馬《ちょうば》と踏《ふ》み切《き》り板は代替物《だいたいぶつ》でなんとかするしかないけどね」

「え……？　つまり、コメっちが練習に付き合ってくれるの？」

「もちろん！　――と言いたいとこだけど、ボクもそこまでヒマじゃないからなー。大丈夫《だいじょうぶ》、加速世界には、一人で行ける場所もあるじゃない」

「ど、どこ……？」

「決まってるっしょ！」

いきなりすっくと立ち上がると、コメット・スクイーカーは、ピコピコハンマーでまっすぐ上空を指した。

「――無制限中立フィールドだよ！　あそこで死ぬほど練習するの。そのアバターの能力でも簡単には跳《と》べないような目標に向かって、ひたすら走って走って跳《と》んで跳《と》んで……ウニっちの中に、シンイの光が生まれるまで跳《と》び続けるんだよ!!」

3

翌日の夕方、器械体操部の専用体育館で練習後のストレッチをしながら、リサは隣《となり》のミモザ・ボンゴ——本名、稲舘望未《イナダテノゾミ》に囁《ささや》きかけた。

「ノゾ先輩《せんぱい》、今日も部活のあと、ちょっとだけ向こうに付き合って貰《もら》えませんか？」

すると望未《ノゾミ》は、男の子のようなショートヘアを少しだけ近づけて答える。

「そりゃいいけど……珍《めずら》しいね、リサが自分から対戦に誘《さそ》うなんて」

「あー、その、先輩《せんぱい》との対戦じゃなくてですね………」

そこでヘッドコーチの視線がこちらに向く気配を感じたので、慌《あわ》てて顔を離《はな》す。二人が所属している体操部はケガの予防を最重要視していて、クールダウン・ストレッチだからといって手を抜いているとすぐさま叱責《しっせき》が飛んでくる。

しばし無言で上体反らしに励《はげ》み、コーチの視線が離《はな》れるや密談を再開。

「……対戦じゃないなら、何なの？　お喋《しゃべ》りだけ？」

「いえ、そうでもなくて……」

「歯っ切れ悪いなぁ。渋谷《しぶや》か新宿《しんじゅく》あたりに殴《なぐ》り込むとか？」

「あー……まあ、ちょっと近いかも……」

　そう答えた途端《とたん》、望未《ノゾミ》がすううっと空気を吸い込み、何やら叫《さけ》ぼうとするのでリサは慌《あわ》てて先輩《せんぱい》の口を塞《ふさ》いだ。

「むぐ！　…………だから、何なのよ、いったい」

「えーと、その……無制限中立フィールドに、付き合って貰《もら》えないかなーって……」

　再び、先刻より倍増した吸引力で望未《ノゾミ》が肺に空気を溜《た》める。それが絶叫《ぜっきょう》になる前に、今度は両手で蓋《ふた》をする。

「むぐぐぐ！　…………む、無制限フィールドぉ⁉　な、何しに行くわけ⁉」

　望未《ノゾミ》の質問に、どう答えたものか考えていると――。

「こら、そこ‼　お喋《しゃべ》りする元気があるならもうワンセット追加するぞ‼」

　とヘッドコーチの怒声《どせい》が飛んできて、二人はカタツムリのように首を縮めた。


　晩ご飯は八分目にしておくこと。

　トイレはきっちり済ませておくこと。

　ベッドに横になって、部屋を弱めに加湿《かしつ》すること。

　グローバルネットにはホームサーバー経由で有線接続して、二時間で回線切断されるようにタイマーを設定しておくこと。

　――という望未《ノゾミ》の指示を全てクリアして、リサが《アンリミテッド・バースト》コマンドを唱えたのは午後十時ちょうどだった。

久しぶりにダイブする無制限中立フィールドは、真珠《しんじゅ》を溶《と》かしたような淡《あわ》い乳白色の輝《かがや》きに満たされていた。

地上の建物群は、神殿《しんでん》を思わせる造形の大理石製。道路や空き地には艶《つや》消《け》しの白いタイルが敷《し》き詰《つ》められ、あちこちに巨大《きょだい》な正八面体クリスタルが不思議な音を立てながら浮遊《ふゆう》している。レアな神聖系上位の《霊域《れいいき》》ステージだ。

ナイトライド・ウニカの姿で自宅の屋根から道路に飛び降りたリサは、クリスタルを片《かた》っ端《ぱし》から破壊《はかい》したいという衝動《しょうどう》を堪《こら》えつつ、ミモザ・ボンゴとの待ち合わせ場所であるキャロットタワーに急いだ。

霊域《れいいき》ステージのクリスタルは、破壊《はかい》すれば必殺技《ひっさつわざ》ゲージが大量にチャージされるだけでなく、無制限中立フィールドではごくまれにだがランダムなアイテムカードがドロップするという。しかし壊《こわ》れる時にかなり大きな音が出るので、周辺のエネミーを呼び寄せてしまうことがある。空でも飛べない限り、少人数でクリスタル粉砕祭《ふんさいまつ》りをするのは危険だ。

誘《さそ》うようにゆっくり回転する八面体の群れをスルーし、キャロットタワーの正面入り口まで到着《とうちゃく》した途端《とたん》、ミモザ・ボンゴ／望未《ノゾミ》の声が聞こえた。

「おっそーい！　二十分も待ったぞ！」

「無制限フィールドでの待ち合わせで誤差二十分なら、かなり上出来でしょ」

言い返したリサの目の前に、キャロットタワーのファサードからミモザが飛び降りてくる。四本の脚《あし》で衝撃《しょうげき》を完璧《かんぺき》に吸収し、すっくと立ち上がる。

「……んで、あたしの言いつけはちゃんと守ったか？」

「もちろん。ちゃんと二時間で切断するようにしてきたよ」

「よし。ほんとは二分にしたいとこだけど、ウニカの目的にはそれじゃまるで足りないからな。んじゃ、行くか……と、その前に……」

そこでミモザ・ボンゴは真面目な表情を崩《くず》し、何やら俗《ぞく》っぽい笑《え》みを浮《う》かべると、リサの肩《かた》をぽんと叩《たた》く。

「せっかくの《霊域《れいいき》》ステージだし、予定変更《へんこう》してクリスタル祭りしない？」

「う……………だ、だめだめだめ！」

一瞬《いっしゅん》の誘惑《ゆうわく》を振り切り、リサは叫《さけ》んだ。

「今日は、跳馬《ちょうば》の練習をしに来たんだからね！　エネミーに絡《から》まれたら、練習どころじゃなくなっちゃうでしょ！」

「わーったわーった。……しっかし、無制限フィールドで体操の特訓するなんてことを、サボリンカーのウニっぺがよく思いついたなあ」

《親》に感心するように言われれば、真実を打ち明けるしかない。

「や……実は私のアイデアじゃないんだけどね。昨日、コメットちゃんと対戦して、その時にアドバイスして貰《もら》ったんだ」

「なにぃー？　あの殴《なぐ》り系魔《けいま》法《ほう》少女め、ひとの《子》に勝手なことを……」

望未《ノゾミ》が不満そうな顔をするので、リサは上目遣《うわめづか》いになりながら訊《たず》ねた。

「……ミモちゃんは、私がここで練習するの、反対なの？」

「ん～、反対ってワケじゃないけど……心配ではあるかな」

「どういうこと……？」

その問いに、すぐには答えず、ミモザ・ボンゴは真珠色《しんじゆいろ》の空を見上げた。

つられて上を向くと、空のずっと高いところを、小さな鳥の群れがゆっくりと横切っていく。地上からは豆粒《まめつぶ》のようだが、あれらも立派なエネミーだ。この世界はバーストリンカーだけのものではないのだということを、強く意識させられる光景。

「……無制限中立フィールドこそ、真の加速世界……。あたしは《親》に、そう教わった」

不意に望未が呟《つぶや》くようにそう言ったので、リサは軽く息を呑《の》んだ。

過去に望未が自分の《親》について語ったことはほとんどない。バーストリンカーになったばかりの頃《ころ》に、気になって何度か訊《たず》ねはしたのだが、毎回はぐらかされるのでいつしかリサも触《ふ》れなくなった。

空から視線を戻《もど》した望未は、ちらりとリサを見てから、現実世界では花壇《かだん》であろう大理石のブロックに腰掛《こしか》けた。リサも、隣《となり》に浅く座る。

「……あんたには言ったことなかったけどさ。あたしの《親》も体操選手だったんだ。ウチの学校の体操部じゃなくて、民間クラブに入ってたんだけどさ……」

望未《ノゾミ》が口にしたのは、同じ世田谷区内《せたがやくない》にある強豪《きょうごう》体操クラブの名前だった。リサの母親が、学校の体操部から移籍《いせき》させようと画策しているところだ。リサが無言で頷《うなず》くと、望未はしばし間を置いてから説明を再開した。

「……彼女、ゆかが得意で、あたしなんかよりずっと上手《うま》かった。小五でジュニア強化選手に指定されて、オリンピック出場確実って言われてた……」

「えっ、それって、――選手のこと？」

リサが口にした名前に、望未は無言で頷《うなず》いた。

知っているどころではない。リサたちの一学年上だが、大会で演技を見たことも何度もある。無重力感がある、滞空《たいくう》時間の長い跳躍《ちょうやく》が持ち味だが、驚異的《きょういてき》なのはむしろメンタル面だった。どれほど重圧のかかる場面でも、演技前には必ず笑顔《えがお》を浮《う》かべ、常に最高のパフォーマンスを発揮していた。

しかし彼女は中一の時に突然《とつぜん》引退を発表し、体操界から姿を消した。それから三年、名前を聞くこともなくなっていたが――まさかバーストリンカーで、しかもミモザ・ボンゴの《親》だったとは。

「私、ファンだったんだよ。ううん、いまでもすごく尊敬してる。なんでミモちゃんの《親》

だって教えてくれなかったの？」

　身を乗り出すリサをそっと押し戻し、望未はかすかな切なさの滲《にじ》む笑《え》みを浮《う》かべた。

「悪かったな。……でも、ウニカに……リサに教えたら、会いたがっただろ？」

「当たり前でしょ！　同じ体操選手で、同じバーストリンカーで、しかも《親の親》だもん！　話したいことも訊《き》きたいこともいっぱいあるよ！」

「残念ながら、それはできないんだ」

　小さくかぶりを振り、望未は囁《ささや》くように言った。

「……あの人は、リサがバーストリンカーになる前にポイント全損《ぜんそん》して、ブレイン・バーストを強制アンインストールされちまったからな。体操選手を引退したのも、それが理由だ」

「えっ…………」

　再び、リサは息を詰《つ》める。

「全損《ぜんそん》って……どうして……。対戦で負け続けたの……？」

「違《ちが》う。でも具体的に何があったのかは、あたしも知らないんだ。……あの人は、よく無制限フィールドに行ってた。いったんダイブすると、現実時間で十時間……内部時間で一年以上も潜《もぐ》りっぱなしになることもよくあったよ」

「……一年……」

　掠《かす》れ声《ごえ》で繰《く》り返《かえ》す。

無制限中立フィールドにダイブした回数は両手の指で数えられるほど、しかも必ず一日以内にポータルから離脱《りだつ》していたリサにとって、それは想像を絶する時間だった。

「何のために、そんなに……？」

「体操の練習さ」

ぽつりとそう答え、望未《ノゾミ》は再び無限の空を振《ふ》り仰《あお》いだ。

「――彼女の精神的な強さは、無制限フィールドで積み重ねた膨大《ぼうだい》な反復練習に支えられてた。デュエルアバターは疲《つか》れないいし、故障もしないからな……まあ、腹は減るし眠《ねむ》くもなるけど、それは精神力でどうにかできる。その気になったら、何十日でも同じ技《わざ》を跳《と》び続けられるんだ。しかも、高さ百メートルの塔《とう》の上とか、巨大《きょだい》エネミーの巣の近くとか、強烈《きょうれつ》なプレッシャーのかかる場所でな。そんな極限《きょくげん》状況《じょうきょう》でもノーミスで演技できるようになれば、どんな大会の会場だっていつもの練習場所と大差ないだろ？　メンタルだけなら、小学六年でオリンピックメダリストの域にまで行ってたかもしれない……。でも…………」

不意に望未は、意識してなのか無意識の動作なのか、左手をリサの右手に重ね、強く握《にぎ》った。まるで、自分のいる場所に繋《つな》ぎ止《と》めようとするかのように。

「…………でも、その精神力と引《ひ》き替《か》えに、失ったものもあるんだよ、きっと。――あたしも、レベル４になった頃《ころ》からしばらくは、よくあの人と一緒《いっしょ》に無制限フィールドで練習してたよ。確かに得るものは大きかった。生身の体とデュエルアバターの性能は違《ちが》うけど、ここで磨《みが》いた跳躍《ちょうやく》タイミングや空中感覚は現実世界でも活《い》かせたし、大会で落ち着いて演技できるようになったし。あたしがいま、まがりなりにもナショナル選手を狙《ねら》えるとこにいるのは、あの頃《ころ》の経験があったからかもしれない。けど……無制限フィールドは、ヤバいんだ。こっちで時間を過ごせば過ごすほど、現実が薄《うす》くなる……」

その言葉の意味は、すぐには解《わか》らなかった。しかし望未が続けて発した囁《ささや》き声《ごえ》を聞いた途端《とたん》、リサは思わず息を呑《の》んだ。

「──たぶん、あの人の累計《るいけい》ダイブ時間は、中一になった頃《ころ》にはもう二十年を超《こ》えてたと思う。現実世界で生きてきた時間の二倍近くだぜ？　そんなの、生身の自分に影響《えいきょう》を及《およ》ぼさないはずがないよ……。実際、一年とか潜《もぐ》った翌日のあの人は、前の日までの記憶《きおく》が曖昧《あいまい》になってた。そのぶん、体操の技《わざ》も見違《みちが》えるようにキレてたんだけどな……」

「現実が……薄《うす》くなる………」

望未の言葉を繰《く》り返《かえ》してから、リサは掠《かす》れ声《ごえ》で訊《たず》ねた。

「その人は、無制限フィールドで全損《ぜんそん》したの……？」

すると望未は、真珠色《しんじゆいろ》の《霊域《れいいき》》ステージを見回し、小さく頷《うなず》いた。

「そうだと思う。さっきも言ったけど、何があったのかはあたしも知らない。三年前のある日、いつもみたいに長時間ダイブから目覚めたあの人は、もうバーストリンカーじゃなくなってた。エネミーにやられたのか、他のバーストリンカーに狩《か》られたのか……対戦でもぜんぜん弱くはなかったし、ポイントの余裕《よゆう》も充分《じゅうぶん》だったはずなんだけどな……」

「何があったのか、訊《き》かなかったの？」

「それがさ……。ブレイン・バーストをなくしたあの人は……まるで自分がバーストリンカーだったことさえ忘れちゃったみたいに、もう加速世界の話はいっさいしようとしなくて……。あたしが話しかけても、誰《だれ》だっけ、みたいな目で見られてさ」

そこで言葉を切ると、望未《ノゾミ》は顔を膝小僧《ひざこぞう》に押し当てるようにして丸くなった。

いつもより小さく見える《親》の背中に、リサはおずおずと右手を触《ふ》れさせた。少しして、望未は顔を伏《ふ》せたまま、ぽつりと言った。

「そのすぐ後に、あの人は体操もやめた。いまは経堂《きょうどう》の女子高に通ってて、家が近くだからたまに道ですれ違《ちが》ったりするんだけど……もう、あたしのことは覚えてもいないみたいで……。もしかしたら、バーストリンカーだったあの人は、まだこの無制限フィールドのどこかにいるのかもって、時々思うんだ…………」

「…………」

リサは、体を丸めたままの望未の背中をぎこちなくさすりながら、言葉を探した。

口から零《こぼ》れたのは、これまで本気で訊《き》いたことのなかった問いだった。

「…………ミモちゃん……ノゾ先輩《せんぱい》は、どうして私を《子》にしてくれたの……？」

すると望未はゆっくりと顔を上げ、エメラルド色のアイレンズでじっとリサを見返してから、思いがけないことを言った。

「それは……リサが、あの人に似てたから、かな。言っとくけど、あの人の代わりにしようとか思ったわけじゃないぜ。体操バカで、いつも張《は》り詰《つ》めすぎで……なんかちょっと心配だったからさ。あたしが《親》にしてもらったことを、誰《だれ》かに返したくなった……それだけだよ」

その言葉を聞いて、ようやくリサは、望未がいままで無制限中立フィールドで体操の練習をさせようとしなかった理由を悟《さと》った。

心配だったのだろう。自分の《親》のように、リサがこの世界に囚《とら》われてしまうことが。

リサの思考の流れを感じたかのように、望未は不意に顔を寄せると、真剣《しんけん》な声で囁《ささや》いた。

「いいか、リサ。こっちで練習するなとは言わない。あたしも昔はよくやってたからな……。でも、これだけは約束してくれ。一回の連続ダイブは、最長でも現実の二時間、こっちの時間で八十三日と八時間までだ。それ以上は記憶《きおく》の混乱と人格変容を引き起こすからな。それに、ノーマルな対戦もちゃんとしろよ。ポイントを稼《かせ》ぐためじゃなくて、ブレイン・バーストっていうゲームを楽しむために」

「ゲームを……楽しむ？」

きょとんとするリサの猫耳《ねこみみ》を、望未は微笑《ほほえ》みながら軽く引っ張った。

「あたしたちには、放課後に渋谷《しぶや》で買い物したり、友達とカラオケ行ったりする時間はない。朝から晩まで体操漬《づ》けだもんな。……でもブレイン・バーストなら、たった一・八秒で、三十分も別世界に行ける。そこには、現実世界にはない出会いがある。お前もこっちでそれなりに新しい友達とかできたろ？」

「ん……まあ、五、六人は……」

脳裏《のうり》に、コメット・スクイーカーを始めとする数人の顔を思い浮《う》かべながら頷《うなず》くと、望未《ノゾミ》は微笑《びしょう》を苦笑《くしょう》に変えた。

「もうレベル6だってのに少ないなあ……。まあいいや、そいつらを大事にしな。ブレイン・バーストは、リアルの問題を解決するだけのためのツールじゃない。あたしたちに色んなものを与《あた》えてくれる、もうひとつの現実なんだ。そこを忘れるなよ」

「…………うん」

リサが頷《うなず》くと、望未《ノゾミ》はにかっと笑い、もういちど猫耳《ねこみみ》を引っ張ってから立ち上がった。

「ほんじゃ、跳馬《ちょうば》の練習ができそうな場所に行くとすっか。このへんだと……世田谷公園《せたがやこうえん》か駒沢公園《こまざわこうえん》かな……」

太子堂《たいしどう》から近い公園の名前を挙げる望未に、リサはふと思いついて答えた。

「あ……そうだ、あそこじゃだめ？　ちょっとだけ遠いけど、せっかくエリア境界の壁《かべ》がない無制限フィールドなんだし……」

「あそこって、どこだよ？」

「えっとね……代々木体育館《よよぎたいいくかん》」

正式名称《めいしょう》《国立代々木屋内総合競技場第一体育館》は、一九六四年――つまり八十年以上も昔の第一回東京オリンピックのために建設された、都内でも有数の屋内競技場だ。二〇二一年の第二回東京オリンピックに合わせて大規模改修工事が行われたが、外見は建てられた当時のまま。多くのスポーツの都大会や全国大会が開催《かいさい》される、アスリートにとっては憧《あこが》れの場所で、七月の全日本体操種目別選手権大会の会場にもなっている。

「あー……ヨヨイチかぁ……」

怪《あや》しげな略称《りゃくしょう》を口にした望未は、代々木方面の空を見上げながらしばし考え込んでいたが、やがて頷《うなず》いた。

「まあ、いっか。でも、南の渋谷《しぶや》エリア中心部と……すぐ北の代々木公園には近づくなよ」

「え？　渋谷は他のバーストリンカーがいるかもだから解《わか》るけど、代々木公園はなんで？」

「移動しながら話すよ」

そう言うと、望未はキャロットタワーのすぐ近くを通る国道２４６号線目指して走り始める。リサも慌《あわ》てて後を追う。

２４６に出ると、ミモザ・ボンゴは一気にスピードを上げた。さすがはレイヨウの仲間、と思わせる見事な走りっぷりだが、ヒョウの仲間としては遅《おく》れを取るわけにはいかない。ストライドを広げて加速し、ミモザの斜《なな》め後ろにつける。

秋葉原《あきはばら》エリアにある、《対戦の聖地》ことアキハバラ・バトル・グラウンドには、その名も

《ブラッド・レパード》という豹頭のデュエルアバターが出没するらしい。いつか手合わせをしてみたい気もするが、世田谷《せたがや》から遠く離《はな》れた秋葉原《あきはばら》まで遠征《えんせい》する根性《こんじょう》はいまのところない。

種目別選手権が終わったら……そこで満足できる演技ができたら、ブレイン・バーストにももう少し真剣《しんけん》に向き合ってみよう。そんなことを考えながら走るうちに、神泉町《しんせんちょう》の交差点が見えてくる。直進して道玄坂《どうげんざか》を下るほうが近道だが、渋谷《しぶや》エリアの中心部で他のバーストリンカーと出くわしても面倒《めんどう》なので、交差点を西に曲がって山手《やまて》通《どお》りに入る。

少し先で右折し、松濤《しょうとう》の高級住宅街を抜けると、行く手に国営放送局の社屋が姿を現す。二〇二〇年代に巨額《きょがく》を費《つい》やして建《た》て替《か》えられた放送センターは、霊域《れいいき》ステージでは巨大神殿《きょだいしんでん》の如《ごと》き姿に変貌《へんぼう》し、屋上にはひときわ眩《まばゆ》く光るクリスタルが鎮座《ちんざ》している。

「……アレ壊《こわ》したら、何かイイモノ出そうだよな～」

少しスピードを落とした望未《ノゾミ》がそんなことを言うので、リサも一瞬《いっしゅん》ぐらっと来たが、すぐにぶるぶるかぶりを振る。

「そんなことして、デカエネミーが寄ってきたら本末転倒《ほんまつてんとう》でしょ！　帰りにまだあったらね」

「へいへい」

小声でお喋《しゃべ》りしながら放送センターの南を抜け、左に曲がると今度こそ目的地が見えた。

古代のガレー船のようでも、未来の宇宙船のようでもある優美なシルエットの大型建築物が、代々木《よよぎ》競技場《きょうぎじょう》第一体育館だ。無制限中立フィールドでも現実とほぼ同じ姿を留《とど》めているが、周囲の神殿群《しんでんぐん》とも不思議にマッチする。三百メートルほど手前でいったん立ち止まり、近くにエネミーや他のバーストリンカーがいないことを慎重《しんちょう》に確かめてから、いままでの半分以下のスピードで近づく。

「……そう言えばミモちゃん、なんで代々木公園には近づくなって言ったの？」

「あー、それな。ええと………うーん………」

移動中に説明すると言っていたのに、なぜか歯切れの悪いミモザ・ボンゴの顔を覗《のぞ》き込むと、二本角の下のフェイスマスクには憂慮《ゆうりょ》の色が浮《う》かんでいた。

「……ウニカは、ビビリのくせに妙《みょう》なとこで好奇心《こうきしん》強いから心配だなぁ……」

「ビビリは余計だってば。……絶対近づかないから、理由教えてよ」

「わーったよ。──あのな、無制限フィールドの代々木公園の地下には、加速世界でマックスヤバいって言われてるダンジョンがあるんだ」

「へえー………って、あれ、それおかしくない？　前に教えてもらった無制限フィールドの《四大ダンジョン》って、確か東京《とうきょう》ドーム地下《ちか》と、東京駅《とうきょうえき》地下《か》と、東京《とうきょう》タワー地下《ちか》と、あとは新宿都庁《しんじゆくと　ちょうち》地下《か》じゃなかったっけ？」

「そうだよ。でも、昔はそこに代々木公園地下を加えて《五大ダンジョン》だったんだって。でも、最初の大規模攻略《こうりゃく》で無限ＥＫになった……つまり脱出《だっしゅつ》できなくなった人がいっぱい出て、危険すぎるからって封印《ふういん》されたんだってさ」

「封印《ふういん》…………」

そう聞けばどんなものなのかちょっとだけ覗《のぞ》いてみたい気もするが、「ほら！」と言われるのも癪《しゃく》なので好奇心《こうきしん》を抑《おさ》え込み、「ふうーん」と答えるだけにしておく。

それでも望未《ノゾミ》は疑わしそうな顔をしていたが、第一体育館が近づいてくると気持《き》ちを切り替《か》えるようにぽんと手を叩《たた》いた。

「いいかリサ……現実世界で自動切断セーフティが発動するのは、こっちでは八十三日後だ。あんたにはとんでもなく長い時間に思えるだろうけど、一秒も無駄《むだ》にはできないぞ。ひたすら跳《と》んで跳《と》んで跳《と》びまくるんだ。デュエルアバターの性能限界を超《こ》えるまで……シンイの輝《かがや》きに触《ふ》れられるまで、な」

「……その《シンイ》ってての、ゆうべコメっちも言ってたけど、何なの？」

「まだ知らなくていいよ。いつかちゃんと説明してやっから、いまはとにかく跳《と》ぶべし！」

背中をばしーんと叩《たた》かれ、リサはよろけながら代々木《よよぎ》競技場《きょうぎじょう》の敷地《しきち》に足を踏《ふ》み入《い》れた。

真珠色《しんじゅいろ》の光に照らされた巨大《きょだい》なアリーナは、ひっそりと静まり返っている。四月の個人総合選手権の時に味わった緊張感《きんちょうかん》が急激に甦《よみがえ》り、呼吸が浅くなる。

でも、これでいい。このプレッシャーと戦って乗《の》り越《こ》えるために、リサはここに来たのだ。

「……よし、行こ」

振り向いて呼びかけると、望未も無言で頷《うなず》いた。

最後のスロープを上り、エントランスに近づく。

薄暗《うすぐら》い屋内に踏《ふ》み込もうとした、その時。

「……………？」

ふと誰《だれ》かに呼ばれた気がして、リサは立ち止まった。

もう一度後ろを見たが、視界には静謐《せいひつ》な無人の世界が広がるばかりで、動くものは何ひとつなかった。

4

二〇四七年七月二十一日、日曜日。

国立代々木《よよぎ》競技場《きょうぎじょう》第一体育館の観客席は、八割がた埋《う》まっていた。

第一〇一回全日本体操種目別選手権大会、女子決勝。

月折《ツキオリ》リサは四種目全てにエントリーし、跳馬《ちょうば》と平均台で決勝に進んだ。ゆかと段違《だんちが》い平行棒は予選落ちだったが、各種目のスペシャリストが集まるこの大会で二つも決勝に進めたのは初めてのことだ。三種目で決勝に進んだ選手が一人、二種目は四人いるが、リサ以外の全員がナショナル選手である。

稲舘望未《イナダテノゾミ》も得意のゆかで予選を突破《とっぱ》し、いまごろ同じ会場のどこかで決勝演技の準備をしているはずだ。姿は見えなくとも、せめてニューロリンカーのボイスコールでひと言励《はげ》まし合いたいが、競技場で他の選手と通信することは禁じられている。

——ノゾ先輩《せんぱい》、一緒《いっしょ》に優勝して、来年のオリンピックに出ようね。

心の中でそう呼びかけた直後、閉じていた瞼《まぶた》の裏に、【跳馬《ちょうば》：演技準備】の文字が点灯した。リサの前の選手が演技を終えたのだ。歓声《かんせい》の音量からしてかなりの大技《おおわざ》を決めたのだろうが、いつもと違《ちが》って心は乱れない。

眼《め》を開け、立ち上がる。

この大会に合わせて新調したレオタードは、基本色が白で、胸元《むなもと》に黒のドットをあしらったデザインだ。会場にいる人間で解《わか》るのは望未だけだろうが、ナイトライド・ウニカの配色と、とてもよく似ている。

――ウニカ。見ててね……あなたみたいに跳《と》んでみせるから。

もういちど、今度は自分の分身に向けて呼びかけ、リサは助走路の端《はし》に立った。

心は落ち着いている。雑音が遠ざかる。すぐ近くの観客席にいるはずの、母親の視線も気にならない。

見えるのは、長さ二十五メートルの青い助走路と、その先の跳馬《ちょうば》だけ。

視界中央下部に、【跳馬《ちょうば》：演技開始】の文字列が浮《う》かび、消える。

右手をまっすぐに挙げ、下ろし、息を吸って、吐《は》いて――走り始める。

リサが跳《と》ぶのは《前転とび前方かかえ込み二回宙返り》――つまり三回転技《わざ》のプロドノワ。

一ヶ月前にヘッドコーチの許可が出てからも数え切れないほど練習し、成功率を上げてきた。

予選では着地がわずかに乱れたが、三回転を跳《と》んだのはジュニア選手のリサ一人だったので、会場は大きく沸《わ》いた。

今度こそ、完璧《かんぺき》に決める。

静まり返った世界の中を、リサは大きなストライドで跳《は》ねるように走る。以前は短すぎると思っていた助走路が、無制限中立フィールドで積み重ねた膨大《ぼうだい》な特訓のおかげで何倍にも感じられる。もっとスピードに乗れる。もっと……もっと。

ようやくロイター板が近づいてくる。あと五歩……四歩……三歩。タイミングが完璧《かんぺき》に合うことは、走り出す前から解《わか》っていた。恐《おそ》れずにランウェイを蹴《け》る。

あと二歩……一歩……ここ。

両手を振り上げ、膝《ひざ》を軽く曲げながら、両足をロイター板へ。

素足《すあし》が滑《すべ》り止《ど》めのゴムシートに触《ふ》れる。板の下の特殊《とくしゅ》合金製コイルばねが圧縮される感覚が、足裏にありありと伝わってくる。フルスピードの助走で蓄積《ちくせき》された運動エネルギーが、跳躍《ちょうやく》力に変わる………。

その時。

バキッ、という音と衝撃《しょうげき》がリサの全身を駆《か》け上《のぼ》り、頭の芯《しん》を貫《つらぬ》いた。

——バネが壊《こわ》れた!?

そう直感した時にはもう、リサの体は左斜《ひだりなな》め前方に投げ出されていた。

角度が浅い。このままでは跳馬《ちょうば》に激突《げきとつ》する。必死に手を突き、体を持ち上げる。

どうにか跳馬《ちょうば》本体を飛《と》び越《こ》すことには成功したが、いつもの半分の高さしか出ていないし、スピードが乗りすぎている。空中姿勢が乱れ、回転軸《かいてんじく》を制御《せいぎょ》できない。無数の光が視界を斜《なな》めに流れていく。

その視界の中に――。

遠く離《はな》れたゆかの演技場で、リサに向けて必死に何かを叫《さけ》ぼうとしている望未《ノゾミ》と。

観客席で、両手を口許《くちもと》に押し当てている母親がはっきり見えた。

二人の姿は瞬時《しゅんじ》に消え去り、着地用のマットが急速に近づく。

回転力が足りない。このままでは頭から落下する。両手で頭を守らなければならないのに、強引《ごういん》な突き手のせいで肘《ひじ》が痺《しび》れて動かない。

このスピードで激突《げきとつ》すれば、間違《まち》いなく頸椎《けいつい》に重大なダメージを負う。最悪、二度と体操が……それどころかどんな運動もできなくなる。

体操は、跳馬《ちょうば》は、私の全てなのに。

いつか四回転を――ラコヴィッツァを跳《と》ぶ。そのためだけに生きてきたのに――。

リサの心の中に黒い絶望が広がる。未来が粉々にひび割れ、砕《くだ》け散《ち》る音が聞こえる。

これは罰《ばつ》なのだろうか？　他の選手たちが行けない場所、選べない方法で練習を積み重ねたことに対する報《むく》いなのだろうか……？

そんな思考が脳裏《のうり》を過《よぎ》った、その刹那《せつな》。

もういちど、あの声に呼ばれた気がした。

初めて無制限中立フィールドの代々木《よよぎ》競技場《きょうぎじょう》第一体育館に足を踏《ふ》み入《い》れた時に聞こえた声。

リサを永遠の世界に誘《さそ》う、誰《だれ》かの声。

頭がマットに激突《げきとつ》する寸前、リサは誰《だれ》にも聞こえない声で叫《さけ》ぶ。
アンリミテッド・バースト。
暗転。
そして——。

（続く）

あとがき

アクセル・ワールド第27巻、『第四の加速』をお読み下さってありがとうございます。
もはや、前巻のあとがきに「今巻（26巻のこと）は過去最大級に刊行が遅《おく》れてしまい」と書かれていたことを記《き》憶《おく》しておられる方も少なかろうと思いますが、あっさりと記録更新《こうしん》してしまいました。「今年はバリバリ頑張《がんば》ります」とも書いていたのになぜ……という感じですが、いや頑張《がんば》ってはいたんです！　しかし二〇二三年は各シリーズ本編以外の短編や掌編《しょうへん》の執筆《しっぴつ》、諸々《もろもろ》の監修《かんしゅう》タスク等が重なり、薄暗《うすぐら》い仕事場でそれらに取り組んでいるうちに長い夏と短い秋が過ぎ去って、気付けば年《とし》の瀬《せ》となっておりました。この本が刊行される頃《ころ》には二〇二四年のお仕事の見通しも立っているかと思いますが、なるべく本編に集中できる年にしたいな……と思っています。

　といったところで27巻の内容についても少し。前巻ラストで姿を現した、第四の加速世界こと《ドレッド《Ｄ》・ドライブ《Ｄ》２０４７》のプレイヤーたちを、ようやく動かすことができました。以前の巻で、ＡＡ２０３８はシューター、ＢＢ２０３９は格ゲー、ＣＣ２０４０はハクスラと書いた時からＤＤのゲームジャンルはＭＯＢＡにしようと思っていて、ＭＯＢＡにはヒーローユニットがつきものなのでドライブリンカーたちのモチーフも自然とスーパーヒーローということになったんですが、一番槍《いちばんやり》のユーロキオンはけっこうくだけた感じでしたね。私はキャラクターを設定する時、口調までは決めずに実際に台詞《せりふ》を書く時のフィーリングに任せることが多くて、そのせいで時々《口調かぶり》が発生してしまうんですが、ユーロキオンの喋《しゃべ》り方がちょっとニコっぽいのはたまたまで、生き別れのお兄さんとかではありません！

あとは、いままで名前だけの登場だった最上位ビーイングもニュクス以外が出揃《でそろ》いまして、これでアクセル・ワールドのネームドキャラはほぼほぼお目見え完了《かんりょう》となりました。エテルナ女子学院中等科の生徒会長を出せなかったのが心残りですが、本格開戦となる次巻では大いに活躍《かつやく》してくれることと思います。

巻末に収録されている『無限への跳躍《ちょうやく》』は、二〇一六年に劇場公開された『インフィニット・バースト』の来場者特典として書き下ろした短編で、22巻に一瞬《いっしゅん》だけ登場した月折《ツキオリ》リサ／ナイトライド・ウニカのお話です。彼女も次巻から本編に合流してくる予定ですので、ついにクライマックス突入《とつにゅう》となるアクセル・ワールドを、これからもどうぞよろしくお願いします！

いつもならここに作者の近況《きんきょう》を書いているのですが……今年はマジで仕事ばっかりでした！なのに刊行が延び延びになり、イラストのＨＩＭＡさんにもご迷惑《めいわく》をおかけしてしまったので、二〇二四年はバリバリ……いや、バリンバリンに頑張《がんば》ります！

二〇二三年十二月某日《ぼうじつ》　川原《かわはら》　礫《れき》

◉著者・原作：川原 礫著作リスト

「アクセル・ワールド1〜27」（電撃文庫）
「ソードアート・オンライン1〜27」（同）
「ソードアート・オンライン プログレッシブ1〜8」（同）
「ソードアート・オンライン IF 公式小説アンソロジー」（同）
「絶対ナル孤独者《アイソレータ》1〜5」（同）
「デモンズ・クレスト1〜2」（同）

本書に対するご意見、ご感想をお寄せください。

ファンレターあて先
〒102-8177　東京都千代田区富士見2-13-3
電撃文庫編集部
「川原 礫先生」係
「HIMA先生」係

『第四の加速』／書き下ろし
『無限への跳躍』／映画『アクセル・ワールド －インフィニット・バースト－』来場者特典

電撃文庫

アクセル・ワールド27
−第四《だいよん》の加速《かそく》−

川原《かわはら》 礫《れき》

◇◇◇

2024年３月10日　初版発行

発行者　山下直久
発行　株式会社KADOKAWA
〒102-8177　東京都千代田区富士見2-13-3
0570-002-301（ナビダイヤル）
装丁者　荻窪裕司（META＋MANIERA）
印刷　株式会社暁印刷
製本　株式会社暁印刷

●お問い合わせ
https://www.kadokawa.co.jp/（「お問い合わせ」へお進みください）
※内容によっては、お答えできない場合があります。
※サポートは日本国内のみとさせていただきます。
※ Japanese text only

※定価はカバーに表示してあります。

ISBN978-4-04-915389-7　C0193　Printed in Japan

電撃文庫　https://dengekibunko.jp/

電撃文庫DIGEST　3月の新刊

発売日2024年3月8日

第30回電撃小説大賞《金賞》受賞作

新作

蒼剣の歪み絶ち

著／那西崇那　イラスト／NOCO

この世界の《歪み》を内包した超常の物体・歪理物。願いの代償に人を破滅させる《魔剣》に「生きたい」と願った少年・伽羅森迅は、自分のせいで存在を書き換えられた少女を救うため過酷な戦いに身を投じる！

リコリス・リコイル
Recovery days

著／アサウラ　原案・監修／Spider Lily
イラスト／いみぎむる

千束やたきなをはじめとした人気キャラクターが織りなす、喫茶リコリスのありふれた非日常を原案者自らがノベライズ！　TVアニメでは描かれていないファン待望のスピンオフ小説をどうぞ召し上がれ！

アクセル・ワールド27
-第四の加速-

著／川原 礫　イラスト／HIMA

加速世界《ブレイン・バースト2039》の戦場に現れた戦士たち。それは第四の加速世界《ドレッド・ドライブ2047》による侵略の始まりだった。侵略者たちの先鋒・ユーロキオンに、シルバー・クロウが挑む！

Fate/strange Fake⑨

著／成田良悟　原作／TYPE-MOON
イラスト／森井しづき

女神イシュタルを討ち、聖杯戦争は佳境へ。宿敵アルケイデスに立ち向かうヒッポリュテ。ティアを食い止めるエルメロイ教室の生徒たち。バズディロットと警官隊の死闘。その時、アヤカは自らの記憶を思い出し——。

幼なじみが絶対に負けないラブコメ12

著／二丸修一　イラスト／しぐれうい

群青同盟の卒業イベントとなるショートムービー制作がスタート！　その内容は哲彦の過去と絶望の物語だった。俺たちは哲彦の真意を探りつつ、これまでの集大成となる映像制作に邁進する。そして運命の日が訪れ……。

豚のレバーは加熱しろ（n回目）

著／逆井卓馬　イラスト／遠坂あさぎ

この世界に、メステリアに、そしてジェスと豚にいったい何が起こったのか——。“あれ”から一年後の日本と、四年後のメステリアを描く最終巻。世界がどんなに変わっていっても、豚と美少女は歩み続ける。

わたし、二番目の彼女でいいから。7

著／西 条陽　イラスト／Re岳

早坂さん、橘さん、宮前を“二番目”として付き合い始めた桐島。そんなある日、遠野は桐島の昔の恋人の正体に気づいてしまい……。静かな破綻を予感しながら。誰もが見て見ぬふりをして。物語はクリスマスを迎える。

君の先生でもヒロインになれますか？2

著／羽場楽人　イラスト／塩こうじ

担任教師・天条レイユとお隣さん同士で過ごす秘密の青春デイズ——そこに現れたブラコンな義妹の輝夜。先生との関係を疑われるし実家に戻れとせがんでくる。恋も家族も諦められない！？　先生とのラブコメ第二弾！

青春2周目の俺がやり直す、ぼっちな彼女との陽キャな夏2

著／五十嵐雄策　イラスト／はねこと

『あの夏』の事件を乗り越え、ついに安芸宮と心を通わせた俺。ところが、現代に戻った俺を待っていた相手はまさかの……!?　混乱する俺が再びタイムリープした先は、安芸宮が消えた二周目の高校一年生で——。

飯楽園-メシトピア- Ⅱ
憂食ガバメント

著／和ヶ原聡司　イラスト／とうち

メシトピア計画の真実を知り厚労省の手中に落ちた少女・矢坂弥登。もう、見捨てない——夢も家族も、愛する人も。そう全てを失った少年・新島は再び“社会”に立ち向かうことを決意する。

新作

少女星間漂流記

著／東崎惟子　イラスト／ソノフワン

馬車型の宇宙船が銀河を駆ける。乗っているのは科学者・リドリーと、相棒のワタリ。環境汚染で住めなくなった地球に代わる安住の星を探す二人だが、訪れる星はどれも風変わりで……二人は今日も宇宙を旅している。

新作

あんたで日常《せかい》を彩りたい

著／駿馬 京　イラスト／みれあ

入学式前に失踪した奔放な姉の代わりに芸術系女子高に入学した夜風。目標は、姉の代わりに「つつがなく卒業」を迎える事。だが、屋上でクラスメイトの橘棗と出会ってしまい、ぼくの平穏だった女子高生活が——!?

新作

プラントピア

著／九岡 望　イラスト／LAM
原作／Plantopia partners

植物がすべてを呑み込んだ世界。そこでは「花人」と呼ばれる存在が独自のコミュニティを築いていた。そんな世界で目を覚ました少女・ハルは、この世界で唯一の人間として、花人たちと交流を深めていくのだが……。

全人類の記憶を
ロックした前代未聞の
身代金テロの真相は
夏海公司
絵・れおえん
セピア×セパレート
SEPIA X SEPARATE
復活停止
RESTORATION SUSPENSION
3Dバイオプリンターの進化で、
生命を再生できるようになった近未来。
あるエンジニアが〈復元〉から目覚めると、
全人類の記憶のバックアップをロックする
前代未聞の大規模テロの主犯として
指名手配されていた――。
電撃文庫

主人公の成長だけ止まったまま、
7年経ったら——？
年上の美人教師
初恋のリベンジを誓う同級生
もう、あの頃の
3人の関係には
戻れない。
著／葉月 文
イラスト／U35
さんかくのアステリズム
Summer Triangle
俺を置いて大人になった幼馴染の代わりに、
隣にいるのは同い年になった妹分
電撃文庫

命短し恋せよ男《だん》女《じょ》
余命1年でも
恋がしたい!!!
[著]
比嘉智康
Tomoyasu Higa
[イラスト]
間明田
Mamyoda
恋に恋するぽんこつ娘に、毒舌クールを装う元カノ、
金持ちヘタレ御曹司とお人好し主人公——
命短い男女4人による前代未聞な
余命宣告から始まる多角関係ラブコメ!
電撃文庫

第29回
電撃小説大賞
受賞作
電撃文庫
四季大雅
[イラスト] 一色
TAIGA SHIKI
Illust: ISSHIKI
僕が君と別れ、君は僕と出会い、
舞台《ものがたり》は始まる。
ミリは猫の瞳のなかに住んでいる
MILI LIVES IN THE CAT'S EYES
STORY
猫の瞳を通じて出会った少女・ミリから告げられた未来は、
探偵になって『運命』を変えること。
演劇部で起こる連続殺人、死者からの手紙、
ミリの言葉の真相——そして嘘。
過去と未来と現在が猫の瞳を通じて交錯する！
豪華PVや
コラボ情報は
特設サイトでCheck!!
電撃文庫